Human
新民説

—成为更好的人—

自然
\002\

Penguin Books
企 鹅 图 书

MY ANIMALS AND OTHER FAMILY

我的动物

我的家人

〔英〕克莱尔·鲍尔丁 / 著

朱虹博 / 译

GUANGXI NORMAL UNIVERSITY PRESS
广西师范大学出版社
· 桂林 ·

图书在版编目（CIP）数据

我的动物，我的家人 /（英）鲍尔丁著；朱虹博译．
桂林：广西师范大学出版社，2016.4
书名原文：My Animals and Other Family
ISBN 978-7-5495-7374-5

Ⅰ．①我… Ⅱ．①鲍…②朱… Ⅲ．①自传体小说－
英国－现代 Ⅳ．①I561.45

中国版本图书馆 CIP 数据核字（2015）第 255817 号

广西师范大学出版社出版发行
（广西桂林市中华路 22 号　邮政编码：541001
网址：http://www.bbtpress.com）
出版人：何林夏
全国新华书店经销
广西民族印刷包装集团有限公司印刷
（南宁市高新区高新三路 1 号　邮政编码：530007）
开本：945 mm × 1 150 mm　1/32
印张：9.625　　插页：28　　字数：275 千字
2016 年 4 月第 1 版　　2016 年 4 月第 1 次印刷
印数：00 001~10 000 册　　定价：39.80 元

如发现印装质量问题，影响阅读，请与印刷厂联系调换。

献给爱丽丝

爱上一只动物，人的灵魂才能完整。

——阿纳托尔·法朗士[1]

① 阿纳托尔·法郎士(Anatole France,1844—1924),法国诗人、小说家、文学评论家,1921年诺贝尔文学奖获得者。(若无特殊说明,均为译者注)

目　录

第一章
糖　果

浮现在我脑海中的第一张面孔，是“糖果”。它是我的守护者、同伴、保姆，还是我的好朋友。它身子胖胖的，脾气温和，总是一副吸着鼻子的样子。

我注视着它棕色的大眼睛，把手指戳进它脸上的褶子里，闻着它身上臭臭的味道。这是种难以言说的感觉，它告诉我：到家了。

我拉着它的耳朵，把嘴唇朝上下两边卷起，检查它的小牙齿，就算紧紧地捏着它脸上的赘肉，它也不会咬我，也不朝我叫，甚至都不会凶巴巴地盯着我。糖果可老实了，它知道自己的角色：它来到地球是为了守护我，并且会一直守护我直到它生命的终结。

糖果是我妈妈的斗牛犬，在家里它最得宠，然后才轮得到其他人，就连新出生的小宝宝都只能排第二。毫无疑问，糖果很爱我妈妈，而且妈妈需要从某人那里得到爱，就算这个“人”只是一只狗。

糖果是“红白斗牛犬”[1]：深棕色的身体，白色的前胸，脖子和脸周围也是白色的。眼睛向下垂着，两排松垮的小乳头低低地晃着，腰围也不算细。但是在我和妈妈看来，乌苏拉·安德斯[2]都得靠边——对于糖果，她的身材可没有竞争力。

当糖果兴奋的时候，它的整个身体都屁颠屁颠的。小尾巴开始晃，屁股也跟着左摇右晃，晃得几乎都走不了路。整个身子晃来晃去，嘴巴向上咧着，露出大大的微笑。大多数时候它都像个保姆，理智、冷静。但是当它开心的时候，就像刚从精神病医院放出来的。

我很爱糖果，它也很爱我，除了爱，它对我还有一种直接而坚定的责任感。它会躺在我边上守着我，如果我挪个地儿，它也会跟着挪；当我想攀着它站起来的时候，它会变成一个婴儿学步车，拉着我，让我能用胖嘟嘟的小短腿慢慢向前走。有时候拉的力气大了点儿，我向后一摔，直接摔倒在地，还好背部垫着尿布，它也不着急，坐着等我重新站起来。它不怎么喜欢其他人靠近我，尤其是男人，它会死盯着他们，警告他们离开。

糖果似乎是唯一愿意了解我的。我出生后从医院回来的第一天，妈妈把装着我的篮子放在地上，把我孤零零地留

---

① 起源于19世纪英国，身体颜色为棕红和白色相间。

② 瑞士女演员，“007”系列电影第一任邦德女郎的扮演者。

在了那儿。贝狄，一只冷漠高傲的勒车犬[1]，快速地用鼻子嗅了嗅我，跷起腿搭在篮子边上，冷冷地看着我，随后就仰着它高贵的头走掉了，再没看过我第二眼。

而糖果恰恰相反，它站在我边上，再也没离开过。当我回想起来，它的爱护对我来说真是一种安慰。要知道，从我出生的那一刻起，我就是令人失望的，并且我对此无能为力。

“噢，”我的外祖母，一个大家都觉得很可怕的女人说道，“是一个女孩儿啊。没关系，你只能不断努力了。”

外祖母 6 英尺[2]高，非常健壮，所以她看起来有点儿吓人。她的头发不长也不短，温蒂每周来家里为她理一次发。外祖母从不化妆，她觉得只有轻佻的女人和妓女才化妆。比赛日的时候，她喜欢穿正式的套装——一件纯丝的裙子和配套的外衣。因为外祖母的上围特别大，衣服都是专门找裁缝做的，她总是穿素色的衣服，不然会显得她的上围更宽。另外，她总是穿着一双合脚的平底鞋，拿着一个巨大的手提包，包里装了钱包、眼镜、日记本和双筒望远镜。最后配上贝雷帽，如果是夏天，就会戴一顶丝质头巾帽。

比赛周的时候，外祖母会穿上一条长及小腿的裙子和一件纯色的立领衬衫或羊毛衫。她从不穿裤装。很久之前，她曾是一名非常厉害的女骑手，但是取消了侧骑以后，她就不骑马了。她拒绝跨坐在马上，也觉得女人不该穿骑马裤。

她觉得女人只能做女人该做的事，想女人该想的事。

外祖母来自一个权贵家庭。她的祖父是第十七任德比伯爵，但是作为伯爵的外孙女，外祖母只继承了大量精美的珠宝和强烈的等级意识。她的童年辗转于伦敦利物浦郊区诺斯利的一处住所和法国南部的一幢别墅之间，她的母亲维

---

① 一种杂交犬，通常用于追猎野兔。

② 1 英尺约为 0.3 米，6 英尺则约为 1.8 米。

多利亚·斯坦利夫人在一次狩猎活动中意外离世，当时外祖母只有 7 岁。可能母亲的过早离世是外祖母缺乏母爱本能的原因。

家里很少过问孩子们的情况，但外祖母至少还记得男孩子，对于我这个女孩子来说，早年的生活是一场未战先输的战斗。

妈妈在童年的时候有一个很好的朋友——她的爸爸——彼得·黑斯廷斯上尉。他的血统可以追溯到金雀花王朝。那个王朝可是诞生了狮心王理查[1]和亨利五世的呢。家谱中还有一支和罗宾·汉有神秘的关联。在我们家族的人看来，罗宾·汉可不是一个虚构的人物，他就是亨廷顿伯爵——罗伯特。

不论是从前还是现在，罗宾·汉都存在着，不仅在好莱坞的电影里能看见他，在我舅舅们的名字里也能看到。他们每个人都是罗宾·汉。威利[2]舅舅是威廉·爱德华·罗宾·汉，是现任的第十七任亨廷顿伯爵，这个名号并没有给他带来什么物质上的利益，我们也没有因此得到富丽堂皇的房子和大片大片的土地。但是我想，这个名字一定是一个历史传奇。

威利舅舅、我妈妈和另外两个舅舅都很少见到自己的父母。保姆和女仆负责照顾他们的日常起居，派蒂夫人为他们做饭，幽默的斯坦彼先生是管家。此外，房子里还有很多佣人。

孩子们在房子的东楼吃饭、玩耍和休息。每天晚上六点，他们就得准备好，威廉、艾玛、西蒙和约翰依次被领到房子的主楼客厅去见爸爸妈妈，然后全部上床睡觉。

---

① 狮心王理查一世，1189—1199 年在位，英格兰金雀花王朝的第二位国王。

② 男子名，威廉(William)的昵称。

因为外祖父，我们才能住在金斯克利尔①的公园马厩里。外祖父的叔叔是威廉·巴斯爵士，一个啤酒业巨头。威廉·巴斯爵士没有孩子，他担心"巴斯"这个名字会失传，因此就问我的外祖父是否愿意用"巴斯"作为自己的名字。

外祖母对这件事非常震惊。

"我绝不接受我的名字里有啤酒的名字，"外祖母说道，"你如果愿意就改，不过别改我的，改你自己的就行了。"

外祖父随即把自己的名字改成了彼得·黑斯廷斯-巴斯上尉，接着他所有孩子的姓都变成了黑斯廷斯-巴斯。外祖母仍然坚持普里西拉·黑斯廷斯的名字。大家都叫她黑斯廷斯夫人。一些亲近的朋友称她为普利斯。两个淘气的侄子把她名字里"r"的发音去掉，称呼她为"矫情的普利斯"②。

"我不是矫情的普利斯，谁都不许这么叫我！"

作为传续"巴斯"这个名字的回报，巴斯爵士死后，我的外祖父继承了他的家族遗产。1953 年，外祖父用这笔钱买下了公园马厩和周围位于金斯克利尔南部郊区 1500 英亩的土地。买下的土地里有一片埃能希斯丘陵，这片丘陵从未开垦过。丘陵里的草很深，郁郁葱葱的，踩起来柔软有弹性，是赛马奔驰的绝佳之地。那里有五十多个赛马场，赛马场里还有雇员宿舍和一所能住下一大家子人及家仆的大房子。

那所房子非常富丽堂皇。保养得近乎完美的草地中间有一条车道，车道两旁种着黎巴嫩雪松③，车道的尽头是一扇 12 英尺高、7 英尺宽的大门。门的两边有两根爬满了常

---

① 位于英国汉普郡和伯克郡边界的一个小镇。

② 普利斯"Pris"去掉字母"r"以后，读音同英文中"Prissy"，意为过分讲究、矫情。

③ 常绿乔木，树冠尖塔形，树形美观，为普遍栽植的庭院树。

春藤的罗马柱[1],还有一块很大的石头,房子朝北的墙上满是爬藤植物,朝南的那面墙上则开满了芳香的八仙花[2]。

阳光透过巨大的推拉窗照进来,把房子照得亮堂堂的。厨房是间地下室,厨子和帮手们在里面负责烹制食物。厨房将大人的卧室和孩子们的卧室分开。

当管家斯坦彼把客人从前门迎进来时,他的鞋跟在黑白相间的大理石地板上踢踏作响。我的外祖父母共住一间主卧,透过主卧南面和西面的窗户,可以看到周围的农田——这些农田也是属于外祖父母的,还能看到沃特希普丘陵和灯塔山。威廉·巴斯爵士如果知道他的姓氏可以带来这么多福利,一定会非常满意。

但是外祖父只享受了几年这样的环境。他常年的咳疾随年月的递增越来越恶化,脸色也变成了灰黄。随着疾病的侵蚀,他不得不为身后事做些打算了。

外祖父雇了一名 24 岁的美籍训练助手,他觉得这个助手跟别人不太一样。这位美籍助手是个优秀的业余骑手,曾为剑桥大学英式橄榄球队效力,除此以外,还打板球和马球。他模样俊俏,一头乌黑的头发边分着,有深棕色的眼睛和乌黑油亮的皮肤,唯一的缺陷是左脸颊上一道显眼的红色伤疤。

他对马很有一套,更重要的是,他一点都不怕我的外祖母。他家没什么钱,这对我们倒很有利,因为这样的话他就只能待在这儿。他身上唯一不好的就是他的名声,人们都说他有点儿拈花惹草,总是跟女主人有点儿暧昧。但是我的外祖父对这点非常有信心,他觉得外祖母不可能跟他发生点什么。

---

① 一种柱子,柱身有花纹的建筑用装饰,因起源于古罗马而得名。

② 又名绣球花、紫阳花,为虎耳草科八仙花属植物,其花悦目,是常见的盆栽观赏花木。

这个人的名字叫伊恩·鲍尔丁。他来到公园马场六个月以后,外祖父因为癌症去世了,享年 43 岁。当时是 1964 年,那年举办了东京奥运会,妈妈才刚 15 岁。保姆告诉孩子们父亲离世的消息,也向他们传达了外祖母的指示:谁都不许在外人面前哭。

外祖母独自承受这种悲痛。

在骑马方面,直到两年后,赛马骑师俱乐部才允许女性获得赛马驯马师的执照。从前女性是不能出现在赛马场上的,因为她们有可能在配料间看见半裸的骑师,更别提接着会发生什么！她们会跟男骑师乱来吗?或是会吓得脸色煞白?

外祖母只得让一个男人去担任公园马厩的驯马师。她让伊恩·鲍尔丁去考取了执照。她则负责帮助那些马主——他们之中很多人都是外祖母的朋友,她还会给出一些意见和看法,比如哪匹马该跑哪场比赛之类的。我父亲就负责料理生意,管理员工和马匹每天的训练。

外祖母每天和我父亲一起吃早餐和晚餐。我父亲每次骑着赛马出去,都会戴一顶平顶帽,穿着一套花呢夹克衫,夹克衫的长度到他的臀部上边一点儿。外祖母手里拿着望远镜,让她的小灵犬①走在她自己或者她骑的赛马边上,让拉布拉多犬走在爸爸边上。他们互相讨论对方马匹走路的步伐、骑师间配合的情况,以及到底赛马比赛应该在哪里举办,是阿斯科特②、纽伯里③,还是古德伍德④。伊恩·鲍尔丁常把失去丈夫的外祖母和我妈妈逗得哈哈大笑。他让我妈妈重新绽放了笑容。

---

① 一种体型适合奔跑、狩猎的巡回犬。
② 位于伯克郡的一个镇,距离伦敦西部大约 40 公里。
③ 英国伯克郡的小镇。
④ 英国苏塞克斯郡的一个小镇。

伊恩把我妈妈介绍给他的一大堆时尚漂亮的女性朋友。她们都穿着超短裙和紧身上衣,戴着蛤蟆镜,头发扎得高高的。妈妈和她们之间的交往从没得到过外祖母的批准。伊恩工作努力,训练冠军赛马,和男孩子玩板球,和爱好体育的美籍马主玩网球;还经常开车把我妈妈搭回学校,这让妈妈的同龄朋友非常开心。她有时和伊恩说说自己的爸爸,但也只能跟他诉说自己对外祖父的思念。当时她才 15 岁,需要一个人在她左右,可以让她诉说心里的恐惧,倾诉内心的苦恼,分享学校里发生的新事情,抱怨抱怨让人压抑的母亲,以及帮她测试法语。伊恩成了妈妈的知己,最棒的是,当他开着车载她回家时,妈妈的朋友会围在边上,看着一个长相酷似加里·格兰特①的人从后备箱里拿出她的手提箱。

妈妈是个很聪明的人。一名 A 级好学生,尤其擅长英语和历史这两科。她的学科老师建议她申请剑桥大学。她最年长的哥哥威廉已经是剑桥大学三一学院②的学生。她的另外两个弟弟,西蒙和约翰,也会进入剑桥大学学习。但是,当轮到了妈妈上大学的时候,却连一点鼓励都没有了。

"别傻了,"外祖母说,"我才不愿意要一个卖弄学问的女儿呢。"

这事一点儿商量的余地都没有。20 世纪 60 年代的英国虽然处在全盛时期③,但是妈妈就像被困在简·奥斯汀的小说里那样——女人们得学习钢琴、针线活,甚至是烹饪;女人们原本可以聪慧、漂亮,接受良好的教育,但是上帝不允许她们有思想有主见。

---

① 20 世纪 60 年代的著名电影演员,出演过的经典电影有《美人计》《捉贼记》《西北偏北》等。

② 剑桥大学中规模最大、财力最雄厚、名声最响亮的学院之一,拥有全剑桥大学中最优美的建筑与庭院。该学院由英国国王亨利八世于 1546 年所建,其著名毕业生包括牛顿、培根、丁尼生等人。

③ 20 世纪 60 年代,英国经济高速发展,女权运动最为兴盛。

伊恩建议妈妈去他在美国的家看看。巧合的是,他的小妹妹盖尔曾经和妈妈同在一所预备学校念书,而且她们是很要好的朋友。那是我妈妈第一次出国。家里总会去博格诺里吉斯①度假,那儿有一所租来的房子,房子离布满鹅卵石的海滩不远,走路就能到。最关键的是,那里离古德伍德马场很近,外祖母可以跟她的朋友们一起活动,也不会离孩子们太远。因此,孩子们总是到无聊的博格诺里吉斯去。

妈妈选择飞去了美国,那片自由之地,这至少可以让她远离她的母亲。当妈妈回来的时候,她用"独立"武装了自己:去伦敦找了份文秘工作,靠工作赚钱养活自己。她变得越发自信,而且让她非常高兴的是,她能自己替自己做主,但是当她回家的时候,一切又都回到了原点。外祖母总是会说:"你看看你自己,穿得像个什么样子!"然后就把妈妈打发回自己的房间,换上保守的衣服。在那个家里,社会的进步永远被封印住了。

相反,伊恩·鲍尔丁却非常适应。不论是燕尾服还是运动装,穿在他身上都非常好看。他没参过军,所以没有一点官兵的架子,也不像其他人,总是穿着粗花呢和灯芯绒的衣服。他和别人都不一样,看起来有点儿坏坏的,可是内心却像个童子军一样单纯。

他跟我妈妈在伦敦见到的人都不一样。妈妈看到伊恩和他妈妈相处是如此轻松愉快,非常羡慕。他总那么平易近人。有一天早上,他和我妈妈并肩骑着赛马,当赛马做完规定动作以后,伊恩朝她喊着:"过来呀,艾玛!我们从这儿走回去。"

他朝着栅栏径直跑去,拉起马头,迎着山坡向上,跳了3英尺高。妈妈也跟在后面,他们一起骑着马飞驰,跃过了一

---

① 英国一个民政教区和海边度假地,地处英格兰南岸。

道道树篱、水沟、桩子和栅栏。妈妈体验到了前所未有的感觉，害怕与兴奋在内心交织。

公园马厩的会客厅内，很多女人都很美艳，但是没有一个人能让伊恩感受到那天那种特别的感觉。似乎一夜之间，妈妈就长大了。他从来没有像那天那样，以那样的心绪看过她。

三个月以后，伊恩向外祖母提亲，希望能娶她唯一的女儿。

“真的吗?”外祖母说道，“那真是太好了。”

然后伊恩给他远在美国的母亲打了个电话，妈妈被外祖母叫了进去。

“我听说你要嫁给伊恩了，你可真走运!”

“噢!”妈妈说，“是吗?! 他都还没向我求婚呢。”

确实，他并没有向她求婚，但一切似乎都已经定下来了。当伊恩把这个消息告诉他远在美国的妈妈时，他的妈妈埃莉诺·霍格兰·鲍尔丁问：“你要跟谁结婚? 女儿还是她妈妈?”

外祖母筹备了婚礼，她允许妈妈邀请十个朋友。当时她20岁，他30岁。伊恩记下了一些前女友们的名字和地址，她们也来参加了在金斯克利尔的圣玛丽教堂的婚礼，见证了她们的白马王子跟别人喜结良缘。

新娘出场时并没有父亲在身旁，外祖母觉得由妈妈最年长的哥哥威廉把新娘交给新郎比较合适。妈妈非常紧张，她压根都没有仔细考虑过结婚这件事，伊恩让她心里小鹿乱撞，但是她一点儿都不知道对于婚姻，自己到底有没有准备好。未婚夫的前任都穿着迷你短裙、高跟鞋，戴着时髦的大檐帽[1]和蛤蟆镜[2]，她们的眼神让她非常害怕，这种感觉就像那天骑马奔驰的感觉，危险而又让人着迷。

大舅舅威廉跟妈妈一并站在教堂门口。他牵着她走过教堂走廊的时候，她看着自己的哥哥，想寻求一点儿心理上的安慰。但是舅舅只是告诉她："你的手心全是汗。"

伊恩和艾玛，我的爸爸妈妈，在 1969 年结婚。他们的蜜月是在爸爸的朋友位于康沃尔的房子里度过的。他们在那儿并没有待多久，因为那年生意特别好，爸爸太忙了。他们只在那儿待了四个晚上就回到了繁华的金斯克利尔，回到了外祖母的眼皮底下。

爸爸给了妈妈一匹叫作米罗的赛马作为结婚礼物。其实这就是个说辞，因为爸爸名义上把它给了妈妈，但是自己一直骑着马。1970 年的时候，他已经完全忘了这件事，不仅把米罗划在自己名下，并且在整个定点越野赛马比赛中都把自己列为米罗的主人。

妈妈的生活完全围着爸爸转。他的工作非常重要，并且占用了他所有的时间。赛马分成两批，每批大约三十匹。早餐前后各训练一批。爸爸六点前就会起床，骑着米罗、领着第一匹赛马出去，然后去公园马厩，与外祖母、驯马助手和马场骑师杰夫·里维斯一起吃早餐。吃完早餐后，他换另一匹马，领着第二批赛马训练，然后去办公室办公，计划参赛，和马主谈话，付账，给员工发工资，等等。

从周一到周六都有训练。剩下的周日里，他夏天打马球，冬天玩橄榄球。妈妈有时会把马拖车开到推斯顿[3]、云雀山[4]或者哈克伍德公园，这样爸爸就可以骑着米罗参加定

---

① 一种帽檐很大的圆形帽子，是 20 世纪 60 年代的时尚标记。

② 因为镜片大，颜色浅，戴在人的脸上像蛤蟆的两只大眼睛，故而得名，是 20 世纪 70 年代的时尚元素。

③ 伦敦附近城市，常常在此举办各种马术比赛。

④ 英国小镇。

点越野赛。

爸爸的生活丰富多彩，妈妈却很孤独。她需要陪伴。她翻阅了《马与犬》《电报》《体育生活》上的广告。最终，找到了《纽伯里周报》上的一则告示：

> 出售斗牛犬宝宝——三母两公。已断奶，小宝宝们都准备好咯！
>
> 致电：保罗，0703556218

妈妈和我的小舅舅西蒙开车去南开普敦看那些小狗。保罗开了门，他穿着一件紧身女式上衣，A字裙，脖子戴着的丝质领巾扎成了蝴蝶结，脸上化着精致的妆容。

"进来吧，进来吧，"他边把他们领进门边说着，"好了，坐下吧你们俩，噢，你们这小两口可真甜蜜。来点儿茶吗？"

西蒙舅舅脸红到了脖子，着急得话都不会说了："我们不是，我们不是，不是那样的。她是我的姐姐。"西蒙叔叔都不知道该往哪儿看了。

保罗一摇一扭地进了厨房，关上了烧水壶。

"那么，亲爱的，你们了解斗牛犬多少呢？你们知道它们该有多大的运动量吗？你知道它们会在你们生命里扮演多么重要的角色吗？"

保罗泡好了茶，谈起斗牛犬所有行为的每个细节，整整说了半个小时。他仔细盘问了妈妈家里住的房子是怎么样的，狗崽子们睡哪儿，是否能经常锻炼，它们将会进入一种怎么样的生活。保罗甚至不停地发问，来考验妈妈到底能养多长时间的狗。他还让妈妈更深入地思考养狗这件事，不过妈妈打心眼儿里想要养狗。

妈妈最终看到那窝小狗的时候，整个人像着了迷一样。她蹲下去的时候，一只红白相间的小母狗正在和它的兄弟们玩耍。保罗和西蒙舅舅往后站了点儿,小狗又靠了过来。那只小母狗抬起头看着妈妈,扭着它的小屁股。妈妈弯下腰来抱起它,它就对着妈妈笑。它舔了舔妈妈的脸颊,把自己毛茸茸的脑袋靠在妈妈的下巴上。

妈妈笑了,眼角还泛着泪花。

"你好呀,"她小声说着,"我终于找到你了。"

西蒙舅舅说出了他进门一小时后的第一句话:"我们想要那只,如果要求不过分的话,请给我们那只狗。"

保罗看着妈妈就明白了。她像艘搁浅的船,漂浮在失去重心的生活里。

"当然可以,它已经断奶,也打过疫苗了,可以把它带走。"

西蒙舅舅坐在车子后排,糖果坐在他脚边上。他穿着露脚趾的凉鞋,当车子经过温切斯特的时候,他感觉到糖果在他脚上撒尿了。那是糖果唯一做错的事。

家里有只斗牛犬可好玩了。它永远都在玩耍,对主人绝对忠诚,胖墩墩的样子惹人怜爱,它的存在占据了家庭生活很大的一部分。妈妈说,如果我们长大以后觉得斗牛犬很漂亮的话,那我们会觉得全世界都很漂亮。这一点妈妈可说对了。

1971 年 1 月,糖果来到我家六个月以后,我出生了。我出生的时候爸爸不在场,就好像我的出生不是他该管的事。

很小的时候我就发现,家里的狗太招人喜欢了,所以我觉得做一只狗最棒了。我在地上爬来爬去,从狗的水碗里喝水——小时候大家都这么干。我也会爬着爬着停下来吃点狗粮,谁叫我是个"馋"不择食的好吃鬼呢。

我刚出生的那几年,糖果就像城堡里的皇后,可尽职了。一位摄影师来家里给我照新生儿的黑白正式照,他让妈妈找点东西给我玩,好让他在玩耍中捕捉画面镜头。我当时趴在一块地毯上，坐在院子里。糖果看到妈妈不见了，悄悄挪到我边上，免得那个摄影师把我拐跑。摄影师照了一张我和糖果在一起的照片，那张照片是我照得最好的。

照相那天下午，妈妈把糖果和勒车犬贝狄关在家里，把我放进婴儿车，推着车朝大门口的车道远处走去。她当时穿着一件新大衣，从背后看不太认得出来。走着走着，她听到一阵响声，转过头去，看到一只走路晃晃悠悠的斗牛犬沿着车道迅速走来，嘴里发出低沉沙哑的警告声。

"糖果！"妈妈说，"你怎么在这儿！"

糖果傻眼了，原来这个"陌生人"是妈妈。糖果以为我是被这个人给拐走了，自己从顶楼的窗户飞身跳了出来。

它试过后门、前门和一楼所有的窗户，但是它们全都锁了。它跑到顶楼，发现有一扇窗户还有个缝儿。它用力地推开窗，从缝里面挤了出去，从20英尺高的地方跳到地面。它的职责是保护我，它非常尽职。

还好，糖果只受了点儿轻微的震荡，恢复得也非常快。

糖果9岁的时候，我爸妈很少见地一起去度假了。经过一番劝说，妈妈违背自己的意愿，把糖果和贝狄送到了养狗场。没人知道后来发生了什么，但是糖果心脏病发作了。妈妈回来之前它就死了。

后来妈妈再也没有把狗送去养狗场。她知道不是养狗场的责任，但是她很后悔，糖果一定是觉得自己被抛弃了，它不知道自己只要在那儿待两周就能回来了。它一定是在焦虑和害怕中，心脏慢慢衰竭了。

第二章

水车礁石

1971年，在约翰·库克这名骑手的指挥下，赛马“指定”(Specify)在一年一度的英国国家障碍赛马大赛[1]上，以一个脖子长度的优势打败了赛马“黑色秘密”(Black Secret)。约翰·库克是代表弗雷德·庞廷参赛的，庞廷可是庞廷度假营地[2]的所有者。

---

① 英国国家障碍赛马大赛(Grand National Horserace)，世界上难度最大的越野障碍赛马，在每年4月的第一个周末举行。

② 英国一所著名度假营地。

我是用每年德比马赛[1]或者英国国家障碍赛马大赛获奖冠军的名字来记录年月的。有时候，我也用奥林匹克来计算。给我一年的时间，我就能告诉你所有奥林匹克运动会的比赛地点，但是如果用奥林匹克运动会来计算的话，只能每四年用一次，所以用德比马赛或者英国国家障碍赛马大赛来纪年比较准确。

1971年，赢得德比奖的是一匹叫作“水车礁石”[2]的赛马。它是真正的马中豪杰。直到现在，人们都口口相传，说它是历届德比马赛中的最佳得主。它是我唯一“骑过”，严格地说是“坐过”的德比赛冠军马。这可是有图有真相的。照片里我穿着红色灯芯绒裤子、蓝色雨靴、蓝色针织衫背心，戴着红色的巴拉克拉法帽[3]。这看起来像幅红蓝色拼图。

我像个骑师一样，向前倾斜身体斜跨在马背上，面向镜头微笑，手里轻握着缰绳，没人牵着我。

等等，没人牵着我，也没人牵着它。这到底是怎么了！我只有18个月大，骑着一匹4岁的公马，要知道，这匹马上一年得了德比马赛、日食大奖赛[4]、英皇乔治锦标赛[5]和凯旋

---

① 1780年，由英国第十二世德比伯爵在萨里郡埃普瑟姆唐创办，是传统的五大马赛之一。德比大赛这天也被命名为“德比日”(Derby Day)。

② 英国最负盛名的纯种公马，几乎赢遍所有赛马奖项。

③ 巴拉克拉法帽(Balaclava)，一种几乎完全围住头和脖子的羊毛兜帽，仅露双眼，有的也露鼻子。

④ 日食大奖赛(The Eclipse)，国际级赛马比赛。

⑤ 起源于1937年，由当时的英皇乔治六世发起。比赛每年都会在英国的肯普顿公园举行，奖金高达20万英镑，多年来只有13匹良驹有幸夺得满贯王。

门大赛[1]冠军，再前一年还得了加冕杯冠军[2]。我只有自己一个人，没有任何大人在身旁。

它随时会突然直立起上半身，我就会失去平衡摔裂头盖骨；它只要踩偏一步，我就有可能粉身碎骨。很明显，对于这个问题，我周围的大人，也就是我的爸妈，一点儿都不在乎。

每当说起水车礁石我爸爸就哭，因为他知道这匹赤褐色的赛马所带来的一切都是他的。我曾亲眼见过有一个人在德比马赛中，把注押在水车礁石身上，靠着赢回来的钱就买了第一所房子。爸爸没在水车礁石身上花一分钱，仍然能拥有这匹马所带来的一切。

如果你问我爸爸1971年发生了什么，他会告诉你，两千畿尼赛[3]中，当水车礁石被另外一匹赛马格列准将[4]打败的时候，他有多失望；他还会告诉你水车很聪明，一会儿就能领悟训练的要领，告诉你面对各种大型比赛，水车所表现出来的临危不乱和沉着自信；他第一次看到水车飞奔时，他会告诉你，水车就像芭蕾舞者在舞台上轻盈地舞动；每次跨越障碍的时候，你几乎都看不到它的蹄子碰到地面。它非常灵

---

① 凯旋门大赛(The Arc)，每年10月的第一个星期日在法国巴黎隆尚马场举行。赛程是草地2400米，为国际一级赛，总奖金达400万欧元，是目前为止奖金最高、最为重要的国际平地赛事之一。3岁或以上雄马及雌马可以出战此赛事。

② 每年7月在英国萨里举办的赛马比赛，参赛马匹为4岁以上纯种赛马，赛程约为2400米。首届“加冕杯”是为了庆祝新的英国君主——爱德华七世的继任而举办的。

③ 每年4月末或者5月初在纽马克特举办的平地赛马比赛，参赛马匹为3岁以上的公马或母马，赛程1英里。该马赛是英国传统的五大马赛之一，同时也是三冠赛的开赛项目(两千畿尼赛、德比马赛和圣里格赛)。近十年很少有赛马赢得这三项比赛的三连冠。

④ 格列准将(Brigadier Gerard)，在1970—1972年的短长途比赛(赛程1000—2400米不等)中，赢得了18场17胜的傲人成绩，堪称“万能名驹”。曾斩获英国两千畿尼、萨塞克斯锦标、英国冠军锦标、日食大赛、英皇钻石锦标赛等国际一级赛马比赛冠军。1999年英国《赛马邮报》(*Racing Post*)所评选的英、爱地区20世纪百大名马中，此马获选第一名。

活，体型结实。尽管有的人说它个子小了点儿，但是它灵活、敏捷，速度快。

赛马的强度适应性训练采用的是三匹赛马一起奔驰的形式，每周进行两次，时间分别在周三和周六，通常是在金斯克利尔进行，每次都是在丘陵上跑 20 分钟，由爸爸来训练它们。也是在那儿，马儿会一起进行一些其他的正式训练。

一些马在训练中表现得比较温顺，整个训练过程中也能逐渐提高自己的能力，其他一些马则显得非常懒散，一到训练日就情绪低落。水车礁石却是例外，它的体力太好了，没有哪匹马能陪它跑完全程，都是由一匹马带着它跑完前半段，中途再加入另外一匹马陪它跑完剩下半程。整个马厩再没有比它厉害的了。

爸爸还会告诉你一件事，在他去埃普瑟姆①的路上，因为交通堵塞，剩下的 2 英里②他是跑回去的——因为水车礁石要参加德比马赛，他得及时把马鞍给马儿套上。他可能会告诉你，第六感觉告诉他水车礁石一定会赢，但是他从没想过会赢得如此不费吹灰之力。

如果你问他 1971 年发生了什么，他可能会忘记告诉你，1971 年我出生了。

没人催外祖母出去住，她也不慌不忙地继续跟我们生活在一起。后来她准备好搬出去了，她就在路中间建了一所房子，还把它漆成了粉色。我们叫它“粉宫”。她在那里也许还能再“统治”个五十年。

马厩的员工也住在这里，而且有种经历了岁月以后的沧桑感。妈妈搬到了离粉宫不远的一所新房子里，远离了原来房子里的活儿，也与外祖母保持了“安全”的距离；不过，她

① 英国小镇，为德比马赛举办地。
② 1 英里约为 1.6 千米。

跟每天都忙着工作的丈夫联系也愈发少了。

有时候爸爸急匆匆地回来换衣服，妈妈还能看见他，但是通常是另一番景象：他回家洗澡，换身衣服，就急急忙忙地训练赛马去了。晚上训练的时候他会准时回到马厩，七点钟以后，他终于回到家，还拿着一个巨大的像窄梯子一样的板子，那块板子可是神圣不可侵犯的。

在每块横着的板条上，有两个可以滑动的滑块，上面写着两个骑师的名字。板条左边印着马的名字，两个滑块上分别写着跑第一批和第二批的骑师的名字。这些名字都是用打印枪印上去的。打印枪上有可以滑动的字母轮，把沾有白色印油的字母印在彩色的塑料板上。赛马名字的颜色是根据它们的年龄来安排的，骑师的名字全是蓝色的。

做这些计划很费时，但每周三前得完成这个计划，每周六之前还得更新。爸爸用一只全色的圆珠笔来做计划，这时他很不喜欢被别人打扰。黑色用来写日期和赛马的名字，蓝色用来写骑手的名字和体重，绿色用来标注该跑哪条道、跑道距离和相应的指示，红色是事后写一些评语用的。比如像这样：

1972 年，8 月 30 日，周三

第七道　7 弗隆①

赛马：快乐拖鞋　骑手：乔·博纳　第八个出场，擅长滚球慢跑

赛马：水车礁石　骑手：约翰·哈伦　第九个出场，擅长慢跑和巡回跑

1972 年夏天，爸爸为水车礁石安排了一次高强度的 7

① 一种长度计量单位，1 弗隆约为 200 米。

弗隆赛跑(一种训练项目),之所以这么叫是因为这条跑道就是7弗隆。因为水车礁石还没准备好,所以这并不是所有的训练项目,但是这已经足够能测试出它的能力以及在全程训练前它需要怎样的强度训练。由骑手约翰·哈伦进行训练。哈伦和水车礁石(哈伦通常把水车礁石称作吉米)在“快乐拖鞋”之后出场,“快乐拖鞋”也会尽它所能地跑。水车礁石像往常一样奔驰而去。

不论当时还是现在,对于一个德比马赛冠军来说,不间断地训练一匹4岁的马都是很少见的。但是保罗·麦伦——拥有水车礁石的美国慈善家认为,训练对马儿有益。德比马赛的上一位冠军马是绝对的新闻头条——它在第一季光是配种就挣了好几百万。但是接下来继续对它训练就不太保险了,因为它虽然有进步的可能,但是万一它在训练中的表现不如从前,最后连当种马的价值都会失去。

水车礁石也有这种风险,它那年春天在法国赢得了一级组别赛①的冠军,7月又在艾普森赢得了“加冕杯”。爸爸担心水车礁石在比赛中过于疲劳,因此找来一名兽医给它进行全身检查。结果发现,水车礁石感染了某种“病毒”,它生病了。

驯马师口中的“病毒”是一种没有确切记载的马疾,会感染整个马场,不同程度地影响马儿的健康。现在还不知道是什么带来的“病毒”,就连它是怎么突然消失的也是个谜。感染后的马儿表现并没什么异常,因此发病症状也很难察觉。感染“病毒”后,赛马的训练和进食都跟平常一样,不同的是,在比赛的冲刺阶段,赛马会上气不接下气,步伐会看起来异常沉重,像在齐膝的水里奔跑跋涉。很多感染了这种疾

---

① 在欧洲,赛马组别赛是由欧洲赛马组别赛委员会根据赛事的影响力和重要程度进行分级的赛马比赛,共分为三级。一级组别赛为传统比赛且具有重要国际影响力的赛马比赛。

病的赛马在最后冲刺阶段仅一步之遥却错失冠军。虽然水车礁石获得了冠军,但是它的身体出现了异常。

赛后的整个夏天,水车礁石都在调养身体。在 8 月末它参加了一场比赛,为凯旋门大赛作赛前准备——这场在巴黎举办的比赛在 10 月的第一个星期天举行。凯旋门大赛是当时赛马界日程上最为隆重的一场比赛。我在电视上看过凯旋门大赛的实况转播,非常喜欢——作为一场体育比赛、一场时尚游行和法兰西风情的展示平台,用法国人的话说,凯旋门大赛能最好地体现法国人做事的态度——热忱。

当 1971 年水车礁石第一次获得这个奖时,它是自 1948 年以来第一匹由英国人训练的获奖赛马。如果它能再赢一次,那它将会是唯一一匹由英国人训练出来的"凯旋门"奖双连贯冠军得主。比赛那天早上, 爸爸的第六感觉仍然告诉他,水车礁石一定会赢得这场比赛。

光坐在看台上还不够,爸爸还得坐在一匹马的背上,整个人比看台高出许多,这样才不会错过他的明星赛马在最后四百米的全力冲刺,还能随时监控水车礁石的健康状况。早上太阳还不怎么热。那天非常晴朗,草地上有的地方被数个月的夏日高温烤成了棕色。爸爸很喜欢他那天的位子,从高处往下看,能看清楚比赛的每一个细节。从他的视野望去,由高处往北面,穿过伯克郡和汉普郡,能看到 16 英里之外。他的位子可好了,真走运。

可是这种好运很快就像泡沫一样破碎了,这是他生命中的第一次,不论是好运或者他的魅力,都不能挽救他。

远处传来马蹄落在地面的声音。水车礁石和带领它的"快乐拖鞋"一路呼啸而来,鼻孔喘着大气,有规律地扩张着,身上的皮毛在清晨阳光的照射下看起来像打磨过的红木一样。约翰·哈伦蹲伏在水车礁石的颈后,遮檐帽的帽檐向后戴着,这样帽子不会被风吹掉,他手里紧紧地握着缰绳,随着赛马步伐的大小调整着缰绳的长短。水车礁石跑得非常顺利,看起来也非常不错,爸爸脸上露出了满意的笑容,于是转去看下一对迎面跑来的赛马。

当他的眼睛跟着第二组赛马的时候,视线从右扫向左,他发现一些奇怪的现象:第一组赛马并不在它们本该在的赛道上,而是慢慢地迈着小步子向上走了一截,然后转身沿着赛道往回走。其中一匹居然还站在赛道中间,而且是三条腿站着。天呐——站着的居然是水车礁石!怎么会这样!

约翰·哈伦牵着水车礁石,想要它冷静下来,别的赛马从他们身边疾驰而去。

爸爸的心脏都要停止跳动了,他朝着跑来帮忙的辅助骑手大叫着:"全力跑起来!全力跑起来!"

然后他转向约翰和水车礁石,朝着他们一路跑去。

约翰说:"我听到碎裂的声音,先生,情况不妙。"约翰的声音在颤抖。

刚才在赛道上情绪还平稳的马儿却猛然震动了一下。约翰几乎在一秒钟之内就意识到一定是大事不妙了,他立即拉起缰绳制止水车礁石做出一些伤害自己的事情。

约翰比爸爸更加爱护也更加珍惜这匹马,他把水车礁石的头埋在自己的胸膛里不让它动来动去。他捋着马儿的脸,在耳边对水车礁石轻声耳语:"吉米,会好的,会好的。"

水车礁石(吉米)左前腿位于膝盖和脚踝之间的管骨骨折了。它把那只腿悬着,眼里充满了困惑,疼痛袭遍了全身。

大多数赛马受伤时都不会站着原地不动,它们会撕咬,会冲撞周围的人,或者飞奔出去,以为这样能远离让它们疼痛的源头,但其实这样只会加重原本的伤。相反,水车礁石老老实实地站着,约翰一直在它耳边低声安慰着,告诉它很快就会不痛了,告诉它,它是个冠军,很快就会没事的。

但是约翰和我爸爸都知道,不可能没事的。他们知道水车礁石再也不能参加比赛了。

一个人如果摔断了腿,可以靠拐杖恢复,因为拐杖可以承受伤腿的重量,这样骨头就能重新长好。但是马骨折了就用不了拐杖,对马匹来说,做手术也会带来巨大的伤害。在20世纪70年代,从没听说过马的管骨断了还能活下来的。

爸爸和约翰都明白事情的严重性。不论花任何代价,他们都得治好水车礁石。救活它并不只是为了钱:自从它来到马厩,他们的世界就都是围着它转的。如果我爸爸的字典里有"爱"这个词,那么爸爸是爱这匹马的。

接下来的步骤必须争分夺秒。外祖母一直在马厩照顾其他的马,听到消息后,她用最快速度开车冲去了赛场,还找来了马拖车和兽医。在赛道上骑手们经常会摔跤,谢天谢地,那天没发生这样的事情。一个赛季会发生一到两次严重的摔伤事件,但是对于赛马场里最棒的那匹马来说,发生这种事情的可能性只有百分之一。对于全场乃至全国最棒的赛马来说,发生这样的事情,的确令人震惊。

约翰不断地安慰水车礁石,一直在身边陪着它,他陪着的不是一位德比奖得主、一位冠军、一个超级明星,而只是他的朋友,他所珍爱的马儿——吉米。

其他更强壮、体型更大、肌肉更发达的赛马从赛道上飞驰而过,水车礁石忍受着剧烈的疼痛,尽全力保持平衡站在那儿,这已经是非常了不起的了,更让人钦佩的是它在被救治过程中表现出来的克制。水车礁石信任约翰,也信任我的爸爸。水车礁石蹒跚着走上斜板,站在马拖车里,大家把它送到了不远处的赛马候场室。

兽医在为吉米做检查时,约翰一直都在它旁边安抚着,跟它说话。"医生会治好你的,"约翰贴着它的耳朵轻声地说,"他会治好你的。"

兽医确实做到了。在一间曾经用作小教堂的正方形房间里，医生给马儿进行了手术，麻醉期间给水车礁石断了的管骨打了三根钢钉和一块金属板。保罗·麦伦告诉爸爸，不论花多少钱都得治好这匹马。当爸爸给远在美国的麦伦打电话时，麦伦先生的第一个问题是："可怜的约翰啊，他怎么样了？"麦伦先生非常清楚，对这位每天照顾马儿、给马儿喂草、给马儿清扫粪便和训练马儿的人来说，这匹马意味着什么。

手术以后，他们给马儿布置了一间恢复室，里面全都垫上了厚厚的新鲜青草。水车礁石在那儿从没孤单过。在它左前腿绷着石膏躺着的时候，约翰、爸爸、比尔·帕尔默会轮流在恢复室里给它守夜，照顾它。

后来，水车礁石终于能站起来了。它一天天恢复，人们也越来越关注它。恢复室里挂满了人们写给它的祝福卡片，英国广播公司(BBC)在1972年10月的一档电视节目《年度体育人物》中还和爸爸进行了现场电视连线，播出了水车礁石的恢复情况。

拆掉石膏以后，水车礁石又可以走路了。一开始，它还只是蹒跚地迈着小步子，不知道怎么迈出那条断过的腿，当它慢慢感觉到就算站在地上那条腿也不会痛的时候，它重拾了信心。再没过多久，大人们就把我放到它背上，然后照了张照片。那是它在家里的最后一张照片。

水车礁石渐渐恢复了健康，约翰·哈伦也明白，这一次，自己得离开了。水车礁石的命救了回来，但是它的赛马生涯却已经终止了，这意味着它得离开金斯克利尔了。

约翰把水车礁石送到了全国种马中心，和它挥泪告别。

"好孩子，你现在得改变身份了，你会有不同的生活了，"约翰接着跟水车礁石解释，"母马会来这里找你，你得绅士礼貌一点，它们可都会感谢你的。"

"这是你在纽马克特[1]的新家,这儿可好了,有大把的新鲜草可以吃,还有一大片能让你飞奔的草地。我跟你保证,再没比这儿更好的地方了,再没有了。我会回来看看你过得怎么样,一定会的。吉米,你得做一个乖孩子,一定得听话。"

约翰没有食言,每次他回来看水车礁石,只要一听到他的脚步声,吉米都能认出他来,高兴地嘶鸣。

根据水车礁石的故事还拍了一部电影,是由著名演员阿尔伯特·芬尼[2]为旁白配音的。水车礁石在最光辉的时候却不得不因伤而终止职业生涯,不过,不论是在赛道上表现出的非凡天分,还是在赛道以外所表现出的风范和克制,它仍然是冠军。

水车礁石到种马场以后,麦伦先生给爸爸写了一封信。

"亲爱的伊恩,我想以朋友的身份,为你做一件特别的事。"在信中,他用优雅的字体写道:

> 我希望现在由我来亲自告诉你,而不是由别人来宣读我的遗嘱。吉米给我带来了欢乐和希望,这多亏了你一直在训练它。我想为你和你的孩子们建一个信托基金。你可以随意使用这笔钱,你也可以仔细地规划,让这笔钱能延续到比生命更长的时间。
>
> 我衷心希望这能帮助到你,我也由衷地感谢并且欣赏你所做的一切,是你让赛马在英国变成了一场能为所有人带来欢乐的运动。我将永远祝福你。
>
> 保罗敬上

---

① 英国城镇,也是英国赛马中心,有全英最大的训练场馆和种马场。

② 英国演员,1936 年生于英格兰兰开夏(Lancashire)工业区的一个普通工人家庭,1955 年毕业于著名的英国皇家戏剧艺术学院。出演过《东方快车谋杀案》《007:大破天幕杀机》《四重唱》等众多知名影片。

爸爸一遍遍地读着这封信，他还是觉得难以置信。对于水车礁石折断腿这件事，他仍然非常自责。他无数次地问自己——如果当初我没让它去比赛会怎样？如果我让它第二个出场，而不是第一个出场，那这些还会发生吗？他并不是想换一匹马来承受这样的痛苦，也不想别的马面临生死的考验，但他还是不断地问：为什么会是吉米？为什么会是这匹他训练出的最棒的马？为什么？

还好，这位在别人有需要的时候总会给予人帮助的麦伦先生，给了爸爸一件可以改变他人生的礼物。爸爸知道自己没有别的办法来感谢麦伦先生的心意，并不是每匹马的主人都会像麦伦先生一样为他人着想，一样无私。爸爸给他回信：

> 谢谢您，谢谢您如此慷慨，我会用您给予的这份慷慨来资助孩子们的教育。我的妻子艾玛和我已经可以说是山穷水尽了，因此没有办法送孩子们去最好的学校，但是我保证我们会尽我们所能。我和艾玛都非常感激您。

十八年以后，当我在剑桥大学的时候，我给麦伦先生写了一封信，感谢他的资助为我带来的教育机会。

他给我回寄了一张明信片，上面印着剑桥大学克莱尔学院①。他在那儿上过学，并且把代表克莱尔学院的黑金两色作为他所拥有的赛马代表色②。明信片上写着：

---

① 克莱尔学院（Clare College），剑桥大学第二古老的学院，始建于1326年。由爱德华一世的外孙女克莱尔·伊丽莎白（Elizabeth de Clare）捐助。学院以中世纪的庭院和克莱尔桥出名。

② 赛马比赛时，赛马所穿的背心上会印有主人的代表色。

克莱尔，给你看看克莱尔学院，

你不需要感谢我，我在遥远的地方关注着你，你能进入剑桥大学学习，看来我当初所做的非常值得。希望你永远幸运，永远开心，永远做真实的自己。

永远爱着你的

保罗·麦伦

至于水车礁石，它把自己的天分都遗传给了它的后裔，自己也成了冠军种马，它的儿子们："雪莉高地"是 1978 年的德比马赛冠军，它于 1986 年离世，死于心脏衰竭；雪莉高地离世的后一年，水车礁石的另外一个儿子"参考指南"也成了德比奖冠军。

在英国国家种马场，水车礁石度过了生命中的大部分时光，在那儿还有一座它的雕塑。雕塑底座上刻有保罗·麦伦写给它的一段话。最后一行是：

尽管微小，但是我献出了我的所有，那就是我的心。

它死后的一年，爸爸在新的马场里也复制了一座一模一样的雕塑。他把新马场命名为"水车礁石院"。来到公园马场的游客都会参观这座雕塑，听水车礁石的故事：它是如何接受训练的，以及它似流星般短暂的光辉之后，如何接受世界残酷的现实——每件事都不可能按照你想要的预定轨道发展。

有时候，清晨和傍晚的常规训练结束后，爸爸会独自一人，注视着雕塑。

第三章

女武神

我们住的地方在高高的山上，距离马场大概有 4 弗隆的距离。真是抱歉，我也用弗隆来计算距离。有一次在伦敦的牛津街，一个游客问路，我告诉他，到赛尔弗里还得走 2 弗隆。现在很多人都不用弗隆来计算距离了，但我还是这么用。

1 弗隆等于 220 码[①]，4 弗隆等于半英里，8 弗隆等于 1

① 1 码约为 0.9 米。

英里。这么来算，马场在半英里以外的山谷里，一面环绕的是坎能西斯丘陵①，北面背靠着珂亭顿山②。我们的房子叫“林奇”(The Lynches)。但是我一点儿都不知道它为什么叫这个名字，我只知道这所房子不属于一个叫“林奇”的家族。

那所房子可不怎么豪华。我父母从妈妈的曾外祖母——黑斯廷斯那里花2.5万美元买下了这所建于20世纪30年代的房子，风格也是当时的样子。

不像在公园马场的房子，这里的房子窗户中间镶嵌了网格状的护栏，光线都不能透过窗户照进来。房子的背后紧挨着山，这样一来，光线只能透过顶楼的窗户照进来。浴室倒是很新，而且都有不同的颜色。爸爸妈妈的浴室是黄绿色的，我的浴室是杏色的，客房的浴室是深绿色的。浴室的地板上都有地毯，有些欧洲人觉得地板非常不卫生。

厨房的装修非常时尚，装饰有贴面和软木地板。我喜欢在厨房地板上像个小狗一样蹭蹭刮刮，能蹭下来大块大块的软木块。没过多久，地板就变得坑坑洼洼的，像月球表面一样。

这所房子最棒的是朝南的风景。穿过正门的那片地，是一条4弗隆长的步道，上面铺满了木屑，这条步道的名字就是“木屑”。有一条铺满了苔藓的小路名字是“苔藓”，还有两条长满草的步道，根据它们距离篱笆的远近，分别命名为“篱笆这头”和“篱笆那头”。这些名字都没有任何玄妙或者后现代的讽刺意义在里面，这些名字只是根据它们本来的样子起的。

这么看来，好像都没什么问题，但是其实这些名字容易把人弄晕。我们从房子往下看，能看到一条路，这条路叫作“下面的路”，这么叫是为了跟通往丘陵的那条上坡的路区

① 英国汉普郡金斯克利尔边上的一座丘陵。
② 金斯克利尔镇边缘的一处山脉。

分开来。不管在什么年纪，区分命名和方向都容易把人弄晕。在这条路上，马儿在不用训练的日子是最兴奋的。在它们朝着丘陵进行第一次爬山训练之前，小马驹也是在这条路上进行训练的。

“正门”就是小马驹开始训练的地方，它们也是圈养在这扇门后。小马驹一开始是用很长的缰绳来赶的，慢慢地，缰绳就会被藏起来，最后它们会从“正门”那里跑出来。这样，在比赛开始的时候，在赛道上，他们就知道自己在干什么。

从这片绵延的绿色望去，右边是育马场，围场中间和四周分隔着篱笆和高矮错落的树丛。小马驹就是在这里出生，也是在这里用它们还颤抖的双腿学会第一次站立和奔跑。我觉得它们学走路可能不是一件容易的事，因为可没有糖果来教它们走路。在育马场的后面，有些古老的建筑。这些红色砖头砌起来的建筑是由维多利亚时期一位伟大的驯马师约翰·波特①建造的。造这些建筑是为了让这些纯种的赛马能健康愉快地长大。

厚厚的砖头和双层的石墙让这里冬暖夏凉，一个个单间也很宽敞，这些单间都是跟外界隔离开来的，这样赛马就不会被外界打扰。然而当今的马场却完全不是这样，育马场都是开阔露天的，这样赛马能呼吸新鲜空气，也不会跟外界隔离。但是早在 19 世纪 80 年代的时候，一切都是从赛马的安全角度出发，防止它们被窥探。这也是约翰·波特当时训练赛马的方法。他可是当时最成功的驯马师，训练出了七匹德比马赛冠军，其中就有一匹赛马欧蒙德，在 1886 年获得了英国所有赛马比赛的大满贯（won the Triple Crown of 2000 Guineas, Derby and St Leger）。

---

① 英国平地赛马驯马师，也是英国伯克郡纽伯里赛道的建造者。

纯种马驹的育马场离我们很远。我住在山上的一间房子里,那之前拿来当储物间用,放扫帚什么的。

那间房子的窗户外面有围栏,房间里有一个架子床,角落里有一个凳子。我记得很清楚的是,房间里还有一个抽屉柜,除此以外就放不下任何东西了。

我躺在架子床的上铺,盯着窗外在夜幕中的珂亭顿山。山的影子是红色的,我们把它称为"电视信号杆",从几英里以外的地方你就能看见这个影子。就算是现在,每次我从阿萨福德[1]开车回金斯克利尔,只要看到了这个巨大的影子,我都能感觉到家的召唤。

花园一直蔓延到南面的山脚下,尽头是一片树丛。花园里没有一块平整的土地,但是这样的花园非常适合我和弟弟安德鲁玩"香肠卷"的游戏。我喜欢把他卷在一个毯子里,然后把他从坡顶滚下去。滚到坡底的时候,他从毯子里伸出头来,眨眨眼睛,然后摇摇晃晃地站起来。他每次站起来都会摔倒,跟他比起来,我更喜欢玩"香肠卷"。

爸爸向世人证明了他是个驯马好手。多亏了水车礁石,他成了 1971 年的冠军驯马师。作为当时的热门人物,每位马主对他都很满意。这些马主都热衷于体育运动,享受着赛马带来的赌博般的快感。

不论吃的是什么草料,不管驯马师有多大本事,也不管骑师有多大能耐,没人能知道一匹马在赛场上到底会表现怎样。对于一匹冠军马来说,成功包括天生和后天两种因素。同样的,在一匹赛马通往冠军宝座的征途上,科学性和艺术性交织着,因为识马是一种与生俱来的本领。虽然你可以根据图表或码表上的客观数据来进行推测,但是想要知道一匹马什么时候能发挥出最佳水平,只能靠直觉。

---

① 位于英格兰汉普郡的一个小镇。

一些马主懂马，但是另外一些只知道生意、时尚或者音乐。马主人中，有一些是美国的慈善家，有些是加拿大的商人、英国企业家、英国贵族，还有一些是奇怪的狗贩子，这些狗贩子花钱可大手大脚了，他们付款给的是现金，给马厩员工的小费都是别人给的两倍。还有，连尊贵的女王陛下也是这些马主中的一员。

毫无疑问，女王陛下是跟爸爸有生意往来的马主人里地位最高的一位。每隔一年的春天和秋天，她会来看她的马儿。她通常来看第一批马进行奔跑训练，然后在这里吃早餐。女王陛下在我家吃早餐会引起一片混乱。爸妈会把我们叫回来，重新在餐厅里坐好，妈妈会早早地就把杰索普——我们的女佣叫来，帮我们弄早餐。我练了好几天的屈膝礼，也没搞清楚到底是哪只脚在前哪只脚在后——直到现在我也没弄清楚。

还好当时我们年纪小，就算表现得不好也没什么关系。我们还有一张王牌，那就是女武神。女王每次看到它都会很开心，只要我们跟女武神一起就万事大吉啦。

我出生不久，女王就送了一份礼物给我的父母。她觉得这个新出生的孩子长大了也许是一名骑手，可能会很喜欢骑马，所以把女武神送给了我们。

女武神是个很有教养很成熟的“小姑娘”，身体圆滚滚毛茸茸的。它是一匹深棕色的矮种马，长长的尾巴拖到地上。它不仅有耐心，还很聪明，是一位举止得体的“设得兰群岛①矮种马”礼仪训练师，它的首要任务就是教会我礼仪。它从来不会发脾气、大喊大叫或者生气地走来走去。如果它觉得我表现得不好，就会用身体把我堵在马厩里的墙角，直到我冷静下来才会放开我。有时会堵住我几分钟，有时候也

① 英格兰最北部的一个群岛。

会把我堵在那儿一小时，除非我承认错误，不然它不会移开半步。

女武神只做它想做的事情，所以秘诀就是让它做我想要做的事情。它教会了我人生中第一件，也是最重要的事，那就是如果你想要一匹小马驹，一匹赛马，甚至是一个人为你做事，那你就得学会有礼貌地请求。如果你有足够耐心，表现得足够礼貌，并且持之以恒，那别人会为你做的。

女武神曾经还教导过安德鲁王子和爱德华王子①骑马的技巧，毫无疑问，它肯定踩过两位王子的脚趾。可能王子们淘气的时候，它也曾经把他们逼在角落。女武神只听自己的，不论是王室还是普通人的话它都不听，它也不属于任何人。我想这大概就是女王那么喜欢它的原因。

晚上，当女王来看她的这匹流着蓝色血液的贵族赛马时，是派我去把女武神牵出来的。在马厩的最里面，那匹闪着金光、体型匀称的贵族小矮马和旁边穿得邋遢的马夫站在一起，没一个马夫沾染了一丁点儿它的高贵气息。女王殿下总是会笑着蹲下来，跟女武神聊上好一会儿，它也总是乖乖地站着。女王离开以后，女武神会拖着我去育马室的饲料间，它知道女王给它带来了很多好吃的，有甜菜根、燕麦、胡萝卜块儿、现摘的青草、坚果、蜜糖，和各种各样其他好吃的，这些宝贝只有女王来了才吃得到的。它虽然年纪大了点儿，但是身体强壮，力气大，每次都拖着我往这些好吃的跟前凑，所以马夫不得不把女武神从它这些宝贝零食边上拖开。

马夫一直控制女武神的食量。并不是因为她胖，虽然她确实如此，不过这不是关键，所有的设得兰矮种马肚子都很

① 安德鲁王子，即今约克公爵，全名安德鲁·阿尔伯特·克里斯琴·爱德华（Andrew Albert Christian Edward），英国女王伊丽莎白二世和爱丁堡公爵菲利浦亲王的次子，现英国王位第五顺位继承人。爱德华王子，即今威塞克斯伯爵，全名爱德华·安东尼·理查德·路易斯（Edward Antony Richard Louis），英国女王伊丽莎白二世三子，现英国王位第八顺位继承人。

大,这么做是因为她患有需要通过饮食来治疗的疾病,包括马足板层炎和皮肤瘙痒。马足板层炎是一种马的腿部疾病,如果控制得好,不会引起太大的问题,但是这意味着女武神不能踩在春天丰茂的草地上,因为草地上的氮类化合物会引发病毒攻击。我当时不懂这些,只觉得不能踩在这些可爱柔软的草地上,对女武神不公平。

相比起马足板层炎,皮肤瘙痒的病症更明显,也更不让人省心。这种病是由昆虫叮咬所引起的过敏,会让它非常不舒服,它经常把身体靠在栅栏上用力地蹭脖子和背部,结果身上和尾巴的棕毛会成块地脱落,因为过度摩擦,皮肤上也留下了一个个红色的肿块,这些肿块一碰就疼。妈妈尽量让它待在马厩里,每次骑它出去都会用防蚊喷雾涂满它全身,免得被蚊虫咬到,还会把软膏涂在它弄破的皮肤上。可是就算做了这些,女武神在夏天也很不好看。

几乎是刚学会走路的时候,我就开始骑女武神了。我有一个软软的红色皮质马鞍,马鞍上还有一个可以握着的把手。骑在她背上的时候我一点都不害怕,没什么好怕的。在马背上我有一种归属感,觉得很舒服,我觉得我属于这里。我就是为骑马而生的。

1972 年 12 月,我弟弟安德鲁出生了。那年莱斯特·皮戈特①第六次赢得了德比奖。妈妈生弟弟的时候,爸爸在阿根廷大使馆的派对上,第二天他就带着妻子和新出生的孩子回家了。外祖母在“林奇”的房子里开了瓶香槟来庆祝弟弟的出生。她亲吻了爸爸的脸颊,拍了拍妈妈的肩膀。

“好孩子,做得好!这样就差不多啦。”外祖母说着话,意味深长地看着爸爸,那意思是:两个儿子最好了,现在他们终于有了两个儿子。事实上,外祖母已经忽略了还有我这个

---

① 生于 1935 年 11 月 5 日,被认为是有史以来最棒的平地赛马骑师。

“计划外”的孩子的事实。

弟弟是一个很安静的孩子。他不会大喊大叫,不会发脾气,也不会整晚不睡觉。我做不好的地方,他全都表现得很好。他天生就容易跟人亲近,也是个小吃货,会吃掉他能拿到的所有东西。

他可以做任何事情,所以我对他一点都不感兴趣。大家太关注他了。真奇怪。

冬天的时候,一匹叫作科尔列斯的设得兰公矮马来看望了女武神。它们好像很喜欢彼此,八个月以后,她比平常更胖了。

“她肚子里有宝宝了。”妈妈跟我解释。

我觉得如果有一个像安德鲁一样的宝宝在女武神的肚子里是一件很奇怪的事情,但是我知道,只要是妈妈说的,一定是真的。

女武神和科尔列斯约会的十一个月以后,生下了帕西法尔,我们也叫它帕西。帕西是半夜出生的,生它的过程很顺利。早上的时候,我就看见它站在那儿,它的脚是我见过的最小的,它吮吸着女武神胀大的奶头。帕西法尔的颜色比女武神的要浅一点,偏红的身体上顶着深红色的鬃毛。妈妈说这是枣红色。

在帕西的嘴巴和颊骨的凹处,是它的小鼻子,那是我摸过的最柔软的东西。我抚摸着它的脸,直直地看着它的眼睛。

“帕西,你长大了就是我弟弟安德鲁的马儿。我觉得你一定会是个乖孩子。大家都会喜欢你的。”

可是帕西只做到了后半句话。安德鲁很爱它,但是帕西一点儿都不乖,可淘气了。虽然它的妈妈温柔可人,但是它却淘得没边儿,不仅咬人,还到处乱踢,你刚牵着它去一片柔软的慢跑道上,它就会挤进边上的草丛里,想要在里面打滚。

每次它这样的时候，最好在它把你挤到它身下之前，先自己跳下来，不然你一定会摔跤的。

帕西看起来很老实，其实是个小坏蛋。安德鲁的整个童年都在受他欺负，要知道这只小矮马站起来还没一只狗高。说起来还真有点儿丢脸。除了被帕西欺负，弟弟还经常摔跤。爸爸曾经告诉我们，想要成为一名合格的骑师，你得摔一百次跤。我们只从字面上理解了爸爸的意思，都想要好好表现给爸爸看，迫切地想要成为一个合格的骑师。心想着，只要摔了一百次，就会变成一个合格的骑师，于是我们都兢兢业业地找各种摔跤的机会。一天摔十次太多了，那就摔五次吧，摔个五次我们还是做得到的。

“我又摔了一次！我要变成一个合格的骑师啦！”

妈妈负责教我们骑马，但是她怎么都不明白我们俩怎么摔了跤还那么高兴。爸爸吩咐过不能让我们俩单独骑马，这也是唯一一次有人说“务必让克莱尔安全到家”。爸爸把女武神交到比利手中。比利是这儿的一个年轻员工，他总会“啪”的一声拍在我的小马驹背上，然后任由我一个人骑着马离开。当时我只有两岁一个月。我和马儿穿过房子前面的草地，径直走回“林奇”的房子。比利总是来去匆匆，不怎么喜欢看孩子，也没有意识到我一个人坐在马背上颠簸得快要掉下来了。

我一个人坐在马背上，紧紧抓牢缰绳，但是女武神的速度越来越快，我终于坚持不住摔了下来。比利过了很久才意识到我已经不在他后面跟着跑了。当他回头看的时候，我已经倒在地上了。由于惊吓过度，我并没有马上哭，等我反应过来发生了什么，眼泪才开始大颗大颗往下掉。

“好啦！别大惊小怪了！”比利说，“爬起来，回到马背上去吧。摔跤是难免的。爬回马鞍上，接着走！”

我哭了一路。回到家的时候，脸色惨白，妈妈一看就知道事情不妙。她很恼火爸爸这么不负责任，气得七窍生烟。她送走了比利，然后把女武神背上的马鞍卸了下来，带着它去了草质又干又硬的小围场，然后把我领进了屋。

我还是很痛，痛得肩膀都不能动。妈妈给爸爸留了张纸条：

> 你自己做午饭吧。我和克莱尔去医院了。
>
> 还有，你真的是一个蠢货。

爸妈在巴辛斯托克急救医院有一位当医生的朋友。我们跟他很熟。他给我的肩膀照了X光。

"骨头断了，"埃尔文医生跟妈妈解释到，"锁骨断了。估计得花几个星期才能恢复。现在除了止痛，什么都做不了。艾玛，我给你一个建议，还是让孩子们离你丈夫远点比较好。"

不过好在我当时还很小，骨头软，恢复起来也很快。况且，爸爸还说过，"要成为一个合格的骑师，你的锁骨起码得断一次"。我还没到3岁就做到了，这多了不起啊，爸爸55岁的时候才做到的呢，而且他那时候恢复得可没我好。

1976年的夏天又长又热。一位叫作吉安弗兰科·蒂托里①的意大利骑师赢得了两次"两千畿尼赛"冠军。我和安德鲁决定要成为花式骑术骑师②，更确切地说，是牛仔马术表演骑师。我有一套全套的牛仔用具，安德鲁想要穿着这套衣服来练习牛仔马术，这样看起来更加专业。我发现到目前为止还没出现过女性牛仔马术骑师，因此，骑师只能是安德鲁。

有些活动不适合女孩子，可是就算当时只有5岁，我都会去参加。不过，我想要安德鲁第一个上场是有原因的。

---

① 一位意大利骑师，曾经13次赢得赛马冠军。

② 花式骑术是在马背上做出花样动作来展示骑术。

我们发现,能让马做出“背部弓跃”[1]这个动作的是一种叫作“侧扎带”的东西,这是一种绑在马腹部的皮带。绑在马匹腹部,是因为这里的皮肤最敏感。我们发现这种侧扎带可以让马做出这种动作,安德鲁就用了这种方法,用侧扎带把女武神的腹部弄得痒痒的,然后它就会做出背部猛弓跃起的动作。

女武神一直是最温顺的淑女。但是如果对帕西用这招,结果就会很不一样了,女武神可能会生我们的气。女武神最大的恶习只有一个,就是馋。起码我们是这么认为的。

天啊,我们一点儿都不知道,在女武神这匹小母马冷静的外表下,会那么喜怒无常。有一次,安德鲁走了过来,身上还别着一个手枪皮套,里面是把裂了口的塑料枪,头上戴着红色的围巾。他压低了自己的牛仔帽帽檐,然后用地道的美国口音说:“我是犀利的摇滚马术牛仔!”

我扶着他爬上了马背,牵着女武神跟他走进了房子后面的场地。我站在他身后喊着:“观众们,看好了!今晚在这个场里的可是我们的牛仔安德鲁和他的烈马维克森!接下来,牛仔马术开始啦!”

安德鲁紧紧地贴在马背上,拉紧侧扎带。女武神,也叫作维克森,立即猛地弓起背部从地上跃起。它从场地的这头跑到那头,每一步都猛地弓起背部。安德鲁吓得开始尖叫,脸变得通红,他吓坏了。我们练习过的各种可能的摔跤姿势现在都派不上用场,我也不知道他会用哪种姿势着地。看见他最终到地上,还真让人松了一口气。

我们立马抓住女武神,卸下了它身上的侧扎带。我们悄悄地牵着它回到了马厩,妈妈问安德鲁看起来好像哭过的时候,他说:“克莱尔打我。”

---

① 这一动作是指马匹背部弓起,同时猛然发力跃起。

我没有反驳。这总比告诉妈妈事实要好，妈妈也已经非常习惯我经常把安德鲁打哭，因此没有追问下去。

我们也决定不告诉女王这一次牛仔马术的意外事件。

安德鲁摔得最惨的是在那条用来训练赛马的跑道上，那条跑道 4 弗隆长，铺满了木屑，当时我们正骑着马极速前进，然后他摔了下来。一般来说小孩子是不允许去赛道上骑马的，我们当时想要表现给威力·卡尔逊看，他是安德鲁最喜欢的骑师。安德鲁当时正在马背上展示卡尔逊标志性的低头抽马鞭的动作，突然间，帕西停了下来，然后安德鲁飞了出去，脸朝下摔在跑道中间。帕西一跃，翻到赛道旁边的草地上，开始津津有味地吃起草来。

我还以为安德鲁是故意的，于是大笑起来。但他不是故意的。我当时在给他算分，我告诉他，他应该是 56 分。他没回话，抬起脸，上面全是棕色木屑，紧接着大哭起来，脸上青一块紫一块的，还好骨头没伤着，起码这次没伤着。

我们摔跤还没摔到 60 次的时候，妈妈已经受不了了，她让爸爸做点什么来阻止我们。

“如果你是故意摔倒的，那可不算。”爸爸提高嗓门。

“啊?!”我们异口同声地叫道。

“很抱歉！我得告诉你们，这两种摔跤是不一样的。摔跤是在骑马过程中正常的失误，既然是失误，就不是设计好的。你们不要一而再再而三地摔跤了。这非常危险，你们的妈妈也不喜欢你们这么做。”

“哦。”我们回答。

辛苦努力却不算数，这才是让人失望的。

但是，这教会了我们不害怕摔跤。有趣的是，当你不害怕做一件事，不去抗拒它，你会发现这件事再也难不住你了。

爸爸不经意间教会了我们不要因为会摔跤或失败就不去做某件事。去做，去享受，如果摔倒了又能怎么样呢？爬起来接着做！

第四章
贝　狄

俗话说,什么样的人就养什么样的狗。有些狗跟主人很像,而有些主人也越来越像他们养的狗。在克鲁弗兹①犬展上我看到一位高大壮硕的长发女人牵着她的阿富汗猎犬,那只阿富汗猎犬在奔跑时耳朵起伏的节奏完全跟主人的长发起伏的节奏一样。他们步伐一致,那只猎犬由一个金色的链

① 在英国伯明翰举办的一年一度的纯种犬比赛,比赛内容包括犬和主人的配合度以及毛色,等等。

子拴着，用完全对称的步伐跑过台子。

妈妈有斗牛犬。它很温暖、愿意保护人，但是有一点点丑。我说的当然是糖果，不是我的妈妈。

我爸爸？嗯，他有一只杂交的勒车犬——一只骄傲的、不可一世的恶魔，贝狄。

爸爸乌黑的头发和油亮亮的皮肤显示着他混血儿的身份。他说自己从曾祖父那儿遗传了吉卜赛血统，曾祖父是莱斯特郡的一位马贩子，这非常可信。爸爸可能从未在伦敦工作或生活过。对于自己的血统，爸爸总是喜欢到处跟人说。他还喜欢直接跟别人说自己对他们的看法。

“说实话，你怎么可以这样子？”就算是在讲台上，他看到别人盘子里还有一丁点儿吃不完的肉，都会嘟囔出声。这种性格对于他的人际交往可一点儿都不好。

他讨厌待在室内，如果条件允许，他一整天都待在外面——他不喜欢跟人打交道，但是动物却对他有无尽的吸引力。他跟马有种天生的化学反应，光这点就让人相信他一定有吉卜赛血统。我坚信爸爸的祖先一定与马和狗一起生活过。

我的爷爷叫作杰拉德·鲍尔丁①。他的童年是在各种各样的马背上度过的，他负责为自己的父亲，也就是我的曾祖父训练马，这样马才能卖出好价钱。爷爷的叔叔比利，教他和其他的兄弟打马球。他们骑在马背上，一手握着缰绳，通过在马颈后一侧拉缰绳来让马调转方向。马儿和男孩子们学得很快，没过多久，他们就能在莱斯特郡②大片的草地上骑着马儿，拿着长木槌打马球了。

比利·鲍尔丁让他们变得果断、强壮，教他们怎么骑马

① 英国著名马球选手，从1939年直至他职业生涯的结束都是“10分球员”。

② 位于英国诺丁汉郡和林肯郡的一个小镇。

甩掉对手,手里牢牢地握着缰绳并且熟练地运用它,还教会他们,对对手要狠,但是对自己的马儿要细致,决不能猛拉马儿或者让马儿筋疲力尽。他们还能在马背上跳跃,从一匹马的背上跳到另外一匹马的背上,这种快速转换跟准确击球的技巧都是马球比赛中制胜的关键。

在马球比赛中,好的球手能把参差不齐的队员组成一支强队,让那些大肚便便的商人感觉到球队的获胜有自己的功劳。"10 分球员"是马球球员的最高等级,他们的开球分数是-10 分,也就是说让对方 10 分;等级最低的是 2 分球员,他们的开球分数是+2 分。一支球队有四位成员,每位成员的分数之和构成了球队总分,分数相近的球队会再次比赛分出胜负。

杰拉德·鲍尔丁成了一名"10 分球员"。为了纪念他,人们在塞伦赛斯特公园①举行"杰拉德·鲍尔丁杯"马球比赛。不过,直到现在,他的马球水平在英国仍然无人能敌。

马球,一种集速度、危险、激情、财富和荣耀为一体的运动,在 20 世纪 20 年代和 30 年代风行一时,杰拉德·鲍尔丁创造了马球的黄金年代。幸运之神降临到杰拉德身上,他和一位美国百万富翁相识并成了好朋友,后来彼此间还建立了合作关系。这位美国富翁就是乔克·惠特尼②,他不仅跟弗莱德·阿斯泰尔③是朋友,还跟塔卢拉赫·班克黑德④和

---

① 位于英国格洛斯特郡的一处举办马球比赛的场地。

② 原名约翰·惠特(John Hay Whitney),俗称 Jock Whitney,被誉为风险投资之父。曾经是美国驻英国大使、《纽约先驱论坛报》的出版人。

③ 本名菲德利克·奥斯特利兹(Frederick Austerlitz),美国著名电影演员、舞蹈家、舞台剧演员。演出生涯长达 76 年,1950 年获奥斯卡终身成就奖。

④ 美国知名女演员。她性格暴躁而尖刻,以其塑造的高傲人物和用"亲爱的"称呼每个人的习惯而闻名,被《纽约戏剧评论》两次评为年度最佳女演员。

琼·克劳馥[1]有过感情史。这位非常喜欢赛马的美国富翁从他爸爸那里继承了两千万美金。惠特尼有一匹叫作伊斯特·西罗的赛马，这匹赛马是1929年和1930年"切尔腾纳姆杯"[2]冠军得主，也是"英国跑马比赛"的亚军。也不知道怎么的，惠特尼发现了杰拉德·鲍尔丁在马术方面的天分，于是邀请他去新泽西州帮助自己指导那些成群结队投身于马术，且对马术有熊熊野心的年轻富翁。

杰拉德鼓励他的兄弟巴尼和艾弗一起去美国，在那里他们不会因为没钱没社会地位而受到束缚。他们是有着良好教养并对马很有一套的英国单身绅士。在当时的新泽西州人民看来，鲍尔丁兄弟是镇上最优秀的单身汉。

有一张照片，他们仨靠在马球球杆上，向后梳着背儿头[3]，头发乌黑油亮，穿着窄腿马裤、皮靴和短袖，看起来像电影明星一样。他们在长岛的草溪俱乐部[4]打球，每次打球的时候都会有穿着时髦的漂亮姑娘来给他们加油打气，还会有成千上万的观众专程从纽约搭乘火车来看他们。他们的生活就像小说《了不起的盖茨比》里的那样，不过不同的是，除了驯马的天分，他们一无所有。

杰拉德整个春天和夏天都在管理和训练乔克·惠特尼的绿树队[5]。深秋时，他去了印度，为斋浦尔[6]王公打球，斋浦尔大君自己也是一位"10分球员"。

---

① 原名露西尔·费伊·勒萨埃尔(Lucille Fay Le Sueur)，好莱坞黄金时代著名女影星。曾凭《欲海情魔》获第18届奥斯卡最佳女主角奖。

② 每年3月在英国举办的赛马比赛，赛道全程大约5300米，参赛马匹需要跨越22个栅栏。

③ 当时流行的一种发型，把刘海全部向后梳，露出额头。

④ 成立于1881年，美国历史最悠久并且持续至今的马球俱乐部。

⑤ "绿树"为乔克·惠特尼在纽约长岛的一处占地面积为1.6平方千米的房产，后来以此为他的马球队命名。

⑥ 斋浦尔(Jaipur)，印度西部城市，有"印度粉红色之城"之称。

在1930年、1936年和1939年的“威斯彻斯特杯”①中，杰拉德代表英国与美国队进行比赛。比赛途中，他跟一位叫作埃莉诺·霍格兰的美国女人结婚，当他1936年参加第二次世界大战的时候，他的大儿子托比出生了，1938年我爸爸出生了。当他从战场上回来以后，全家一起搬到了英格兰，也就是在那儿，他又开始训练赛马，而乔克·惠特尼是他当时主要的合作伙伴。

我们家的狗和马都有名字。爸爸的第一只车勒犬叫比利，是为了纪念他父亲的叔叔比利——是比利教会我爷爷打马球的。贝狄的名字是为了纪念曾祖父阿尔贝特。贝狄是一只小麦色脑袋毛茸茸的狗，身上的毛长得乱七八糟的。浅棕色的眼睛，鹰钩似的鼻子和疙疙瘩瘩的尾巴，尾巴上还有几撮毛拖到地上。它像是家里的霸王，我有点儿怕它。贝狄不像糖果那样，让人感到温暖又讨人喜欢。它在睡觉的时候，如果我靠得太近了，它就会凶狠地朝我龇牙。它倒是不会咬我，只是会对着空气撕咬，让我知道这是它的地盘。

贝狄喜欢我爸爸。当爸爸走进房间的时候，它就会开心得像个神经病一样，瘦干的身子左摇右晃，有时尾巴还会扫到家具把它们摔碎。就算你喜欢美国现代派画家杰克逊·珀洛克②，也不会希望看到家里厨房的墙上一片狼藉的样子。在后来的很长时间里，贝狄的尾巴都是绑起来的。

英文中勒车犬这个词“lurcher”来源于罗马语，“lur-”是小偷的意思。天呐，贝狄真的继承了这个词。如果你吃饭的

① 又名“国际马球大赛”，历史可追溯至1876年，参赛选手均来自英国和美国。

② 抽象表现主义绘画大师。1947年开始使用“滴画法”，其创作不作事先规划，作画没有固定位置，以反复的无意识的动作画成复杂难辨、线条错乱的网，人称“行动绘画”。

时候瞄一眼窗户外面，它就会偷走你盘子里的土豆片，趁你还没发现就已经溜走了。

有一次，在英国皇家阿斯科特赛马会上，有一位重要的客人来家里吃饭，妈妈为晚宴准备了开胃菜，是帕尔玛火腿①和甜瓜。她本来想趁着晚宴开始前去吃点儿，顺便和宾客们一起喝点儿小酒，但是当她到会客厅的时候，只剩下了甜瓜。所有的帕尔玛火腿都不见了，连一片肉丝儿都没留下，一直到现在我妈都还觉得是她忘了把火腿拿出来。

贝狄当时躺在自己的窝里假装睡觉，一只眼睛偷偷睁着，观察外面随时可能爆发的争吵。我不该趁着糖果打呼噜的时候把火腿偷偷地放了一片在它的窝里，结果糖果被妈妈责备了一顿。

勒车犬是狩猎犬，是灵缇犬和梗犬或田园犬的杂交品种。它们的历史可以追溯到诺曼时期②，根据当时的法律，只有绅士阶层才能拥有聪明的犬种，例如灵缇犬和猎鹿犬，勒车犬就是钻了这种愚蠢的律法的漏洞。

当时为了防止偷猎，平民决不能拥有狩猎犬。不过，平民想到了好办法，一种绝佳的组合：把狗进行杂交，灵缇犬和惠比特犬的速度都很快，它们还有鹰一样的视觉，加上贝德林顿犬或者柯利牧羊犬聪明的脑袋。这种杂交的犬种是天生的猎手，能跑善跳，转向速度快，跨栏灵活，悄无声息就能抓住并杀死猎物。它们还能把数英里之外猎到的野兔给叼回来。它们行踪不定、性格狡猾又无情。

到了20世纪的时候，它们成为吉普赛人最钟爱的犬种，还能很好地跟马相处。可能这就是为什么在赛马中，它们是必备的伙伴。还有传言说，经过训练，它们被卖出去不久就

---

① 全世界最著名的生火腿，能否提供优质的帕尔玛火腿，几乎成为评价餐厅素质好坏的标准。

② 约为公元11世纪。

能自己跑回主人家,这样主人就能多卖几次来多赚点钱。贝狄在我家的第一年,我爸妈还认为它可能会跑回原来的主人那儿,如果它真的跑回去了倒还好,我也就不用怕它了。

贝狄是爸爸的最佳拍档。他们一起在乡间小路漫步,贝狄跟在爸爸的马后面,随着马一路小跑,跃过栅栏,或者停下来看着爸爸,跟他形影不离。它很喜欢突然间冲出去,龇着牙感受着自己的速度。有时候它会跟着赛马一直狂奔,如果一匹两岁的马能在直线赛跑的前半段中跟上它,那大家就都知道这匹赛马能赢得比赛。

勒车犬全速奔跑的时候有一种野性的美。所有的力量都来源于后腿,奔跑时,后腿越过前腿,向后一蹬,身体呈流线型地向前伸展,浑身都是跃动的力量。贝狄的后腿结实有力,头笔直地向前低着。但是它的注意力不集中。牵着它的时候,如果看到野兔,在还不到一秒钟的时间里,它就突然掉头,冲向前去追。

不论前面是栅栏还是水沟,只要有贝狄想要的猎物,它都会跨过这些障碍追着猎物狂奔。它眼里只有猎物,只知道要冲过去摧毁它们。它还会抄近道,只要一靠近猎物,就纵身向前咬住猎物的脖子,叼着猎物滚到地上,轻轻的一合嘴就能咬断猎物的脖子。

场面非常血腥。

奇怪的是,贝狄并不是为了吃而去狩猎,它累得根本吃不下,追捕猎物只是因为喜欢杀戮。当它看见一只兔子、鹿或者其他动物,就像按了开关一样,瞬间冲出去。除非它自己回来,不然爸爸怎么喊都喊不回。不论多久,它嘴里一定会叼着猎物回来,眼里闪着骄傲的光芒,然后把猎物放在爸爸脚边,等着爸爸奖励它。

贝狄是一只一等一的狗:一位猎人,一个小贼,一个捣蛋鬼。但是综合以上特征,它绝非一位绅士。

勒车犬在赛马界变成了一种非常流行的狗,在兰波恩赛马谷①,一群勒车犬爱好者组建了一个兰波恩勒车犬展。通常就算给钱,爸爸都不会去狗展,但是兰波恩勒车犬展是个例外,贝狄可以在犬界成为爸爸的一面展示镜。爸爸可得去炫耀它这个"孩子"。

贝狄连续五年获得了"犬展最佳"②,并且是英格兰南部最受欢迎的种狗。噢,我们都没有能让爸爸这么骄傲过。

爸爸的一生都穿着独具特色的衣服:深棕色的窄腿裤,骑马靴,短款皮质或棉质夹克,戴着一顶平顶帽。他和其他的马厩员工,也就是马夫,从来不戴软呢帽和防护背心。有的人骑马的时候不戴帽子,另一些人则像约翰·哈伦一样,骑马时把帽檐朝后。

爸爸喜欢骑赛马。冬天的时候会骑一匹擅长跳跃的马,夏天则骑着一匹退役的赛马,这匹赛马会安静地站着看其他赛马奔跑,如果有赛马落后了也能加速赶上。每天早上大概八点,他会给马儿喂食、梳毛、放风、清洗,然后给它们一捆新鲜的青草。爸爸知道每匹马的名字、血统、训练阶段和将要进行的训练项目。日子久了,只要知道赛马的父系和母系,爸爸就能掌握每匹马的情况,比如多远的距离对于哪匹马最合适,怎样的场地适合哪匹马。

我们有大约四十名员工,都住在马厩的宿舍里。每人负责两匹马,给它们喂食、梳毛、清理粪便和训练。训练日的时候,一名骑师或者是一位高级驯马师会轮流骑马,时间长了每个人就都知道自己该负责的是哪匹马。

每个单身的马夫在汽车旅馆都有一间房,距离住所的不远处就是他们用餐的地方。哈维和乔伊斯负责给马夫做饭,

① 在英国伯克郡的一个小镇,因其优良的训练赛马的场地而闻名。
② 该奖项是根据犬对主人的服从程度进行评比。

他们不给单身马夫洗衣服，但是会很友好地告诉他们洗衣机在哪里。有些马夫13岁就来了，这时候的他们才刚离开学校进入社会，需要身边能有人扮演代理父母的角色，哈维和乔伊斯刚好就扮演了这样的角色。

资格老一点的或者已婚的员工住在附近的农舍里。一些农舍是约翰·波特建的，一些是祖父和父亲建的。他们住得这么近是因为他们每天都得很早就到马厩。冬天早上六点就得起来了，夏天的时候为了避开高温，还要起得更早，骑马训练直到正午，然后赛一会儿马，或者为了下午四点半的晚训做准备而早点回来。每周六早上都会训练，周六晚上和星期天晚上轮换训练。圣诞节和新年可以放假，但是二者只能选其一。

在20世纪70年代，女性雇员的人数增加了，公园马厩分成了两部分。妈妈和她的兄弟们由保姆照顾着，住在马厩的后部，这一块地方跟房子的其他部分是分开的，有六间房给女孩儿住，这样她们晚上就不会被那些在门廊走来走去的小动物们吵到了。

爸爸总说自己就像个校长一样，“哪儿救火哪儿就有我”。两个年轻的马夫可能会因为一句“你骑在马背上就像一麻袋土豆”而打起来；年轻的女孩儿们怀疑自己怀孕了，会来找爸爸；已婚的马夫觉得自己老婆和铁蹄匠有一腿也会来找爸爸；骑师学徒也会来找爸爸，因为他们没有机会在比赛中表现表现而感到沮丧；就连有的骑师想家了也会来。

我不知道爸爸能不能算是一个得心应手的“辅导员”，但是他总是很诚实地说出自己的想法。他非常实在——鼓励所有的年轻马夫夏天踢足球，冬天参加拳击比赛，以此来消耗他们丰沛的精力，而不是没事儿吵架或者私底下和女员工乱来。

回到家的时候，爸爸一点儿都不知道怎么照顾一个喜怒无常的小宝宝和一个成天只知道吃的婴儿。爸爸这辈子从来没换过尿布，半夜里也从来没起来看看孩子为什么哭，也没给我们做过一餐饭。

噢，不对，爸爸还是做过饭的。他有一次给我烤过豆子。

“这会是你吃过的最好吃的豆子。”爸爸边说边把豆子倒在一层黄油上。

“嗯嗯嗯。”我吃得美滋滋的。

“很好吃吧？是不是很美味啊？是不是你吃过的最棒的豆子啊？”

“是的，”我嘴里塞得满满的，“真的是我吃过的最好吃的。”

连续好几周，爸爸都一直念叨着这餐豆子。他也是这么对狗的。他在家里做的一份家务，噢，不，是唯一的一份家务，就是喂狗。他喂狗的时候不仅像米其林餐厅①的主厨一样认真，还会像米其林餐厅的主厨们一样混乱。生鸡蛋、菜叶渣、切得细细的肉丝儿、剩菜，这些东西跟狗粮混起来就是狗吃的“饭”。他说这种是最好的狗粮，什么都不用再加了。

“噢，狗狗，小狗狗，”他喜欢一边唱歌一边调制狗食，“噢，小狗狗啊小狗狗，快快吃啊快快吃。”

喂完狗以后，他会告诉每只狗，得有无上的好运才能吃上爸爸做的人间美味。狗狗总是不理他，妈妈会发脾气，因为爸爸准备狗粮的时候弄得到处都是生鸡蛋。爸爸一点儿都不知道这份“家务”还包括清理狗的食盆，他每次喂完狗就吹着口哨一路走到办公室去了。

---

① 在法国，厨师属于艺术家的范畴。米其林餐厅的标准分为“一星”“二星”“三星”。即使是米其林一星，在欧美的餐饮界也已经是很高的荣耀。评上三星餐厅，对一家餐馆和主厨来说是无限荣耀，又可带来滚滚财源的事。

睡觉前我想喝一杯热可可。妈妈在忙着,所以我让爸爸弄。

"一杯热巧克力吗?一杯香香浓浓的热巧克力?好的,我给你弄一杯你从来都没喝过的最棒的热巧克力。我可在行了。"

他一边自言自语一边把牛奶倒进茶壶里煮开。他打开点火开关的时候,就连我都知道他做错了。

"你到底在干什么?!"妈妈看到茶壶口里冒出的牛奶泡泡,疑惑地问道。

我站在那儿,盯着茶壶看,边吸着拇指边用毛毯紧紧地捂着脸。

"她想喝热巧克力。"爸爸看着我说着,好像是我的错一样。

"所以你就把牛奶倒进茶壶里?"妈妈简直不敢相信怎么会有这么愚蠢的人。

"是的,得烧开啊!难道不是吗?"

一点道歉和悔悟的意思都没有。爸爸觉得这是因为茶壶和牛奶相克造成的。很明显不是他的问题。

"谁叫你不来,"他转身朝外走,"我要出门遛狗了。"

爸爸总是这样,如果他不想继续某个话题,他就会用这种方法来结束对话。狗狗是他的挡箭牌,可以用这个借口来提前结束晚宴、逃避洗衣服,或者是拒绝出席别人的派对。

妈妈叹着气,收拾好这片狼藉。我继续啃着手指头,心里想着,以后我宁愿等着妈妈忙完,或者是自己动手。

弟弟安德鲁出生之后是由专门保姆照顾的。他的保姆给我留下了很深的印象,倒不是因为她穿着制服,举止得体,而是因为她是一位非常棒的骑手。事实上,她参加过奥林匹克运动会，也赢得过巴德明顿赛马比赛①。她就是珍·布伦②，她骑着一匹叫作诺比的马儿征服了世界。她的全名是珍·胡德尼斯·罗开，1978 年，她又一次蝉联了巴德明顿马赛冠军。

珍很仔细地照顾着弟弟。他在地上爬来爬去，只要感兴趣的东西他都会往嘴里塞。我表面上假装不在意，其实暗地里会仔细地研究他。我还试着把他胖嘟嘟的脸上那双眼睛戳开，好看看他长什么样，他抓着我的手指开始用力地啄，直到我痛得开始尖叫。

珍走了以后，来了一位叫作利兹的保姆。她的头发是灰色的，脸上还有两抹高原红。她来自爱尔兰，每周给家里煲一次电话粥，说的都是我听不懂的话，但是我喜欢她给我读故事时候的不同音调。我更喜欢她现编的故事，这样我、安德鲁和女武神、贝狄、糖果就会成为故事的主角。

还有一点让我很喜欢利兹的是，她跟我讲话的时候把我当一个大人，而在我看来我就是一个小大人儿。起码在 4 岁的时候，我就知道绝对不能把牛奶倒进茶壶里。

---

① 每年在英国南格洛斯特郡举办的三日赛马比赛。

② 一位著名的英国骑师，1968 年骑着诺比赢得了巴德明顿赛马比赛，并且于当年的奥林匹克比赛中，为英国赛马队赢得了金牌，1978 年骑着赛马勇士再次赢得巴德明顿赛马比赛。

第五章

弗洛西

尽管糖果是我的守护者，但它不是我的狗。它属于我妈妈，妈妈也属于它。所以当糖果生下第一窝宝宝，我要了一只最黏我的。这只小狗喜欢趁我抱它的时候舔我的下巴和耳垂，有时候还跟其他的小狗一起挤在角落睡觉。

这些小狗在花园里有自己的窝，名字就叫作“小狗窝”。小狗窝其实是给狗妈妈和狗宝宝用的育婴箱，里面铺有报纸，垫着一个木盘子，木盘子里面垫着垫子，育婴箱顶上还有用来保温的红外灯。

我的狗跟它妈妈很像，身上棕色和红色相间，胸前是白色的，从眼睛到它的塌鼻子之间有几道白色的斑纹。

我们叫它弗洛西。安德鲁说弗洛西很懒，还很臭。的确，它比它妈妈还爱打嗝，但是我觉得这一点儿都不是问题。

有一张我3岁时的照片。我穿着一件蓝色镶绿边儿的圆领背心和白色立领衫，脸上看起来很生气的样子，头上还套着一个狗项圈。这是为了表达我对弗洛西的敬意。我觉得自己是狗窝里的一员，还经常蜷在它窝里，也从它碗里喝水。我还吃过它的狗狗专用饼干，但是不够甜。

我喜欢小狗窝，那儿很安宁，不吵不闹，没有不速之客，没有我们不许碰的东西，比如纸和笔什么的。小狗喝奶时我能听到它们"咯咯"的声音，睡觉的时候都是叠罗汉的样子，一个个小肚皮朝天那样躺着。在小狗窝待一整天一下就过去了。

要是觉得腻了，我就会和弟弟玩一个游戏。

"快啊，快啊，我给你计时呢，"我让安德鲁来抓住我的手帕，这手帕是我啄手指的时候用来拿在手里的，"看看你今天快还是昨天快。"

通常我都不会真的计时，秒表就是装装样子的，然后告诉他离最快纪录还差一点儿，这样一来第二天才能又接着玩。我们之间有很强的竞争意识，一点儿小事我们都得争，任何纪录都想着去超越，天生的忧患意识。

我们也很富创造力。我们决定把最爱的新根据地——小狗窝，打扮成另外一种颜色。原来的涂料褪色了，现在看起来是昏沉沉的浅黄色。我发现在楼梯下面的橱柜里有一罐青绿色的油漆和几把刷子。这真是上帝的旨意，不好好利用简直对不起天意。

安德鲁当时那段时间把自己改名为"阿兰"。一个儿童心理学家可能会就此推断安德鲁正在经历强烈的自我认同时期,但是我觉得他只是因为发神经。

我爬上楼跟他分享我对小狗窝改造的美学计划。他坐在房间角落里舔散热器。

“安德鲁,你在干什么呢?”我问他。

“不是安德鲁,是阿兰。”他面无表情地回答我。

“好吧,阿兰,你在干吗?”

“我在舔散热片啊。”他看着我,好像我才是有毛病的那个。在这种情况下,我甚至都觉得有毛病的那个可能是我。

“我知道,但是为什么啊?”

“这个尝起来像茶。”他回答。

“是吗?”我觉得很有意思。但是好奇害死猫。安德鲁,哦不,阿兰还在舔,一边舔还一边笑。

于是我也蹲在他边上,靠向散热器。我把舌头伸出来,靠近白色的散热片。到底是什么吸引他伸出舌头舔第一口呢?真是个奇怪的孩子。但是就算这么想,我也还是重复着他的动作。

散热片一点儿都不像他说的那么好吃。我还想假装它很好吃,故意地夸大舔的动作,实际上没有舔到散热片。安德鲁转过头,看着我。

“真的呢,”我说,“真的是茶的味道。”

“你怎么知道,”他冷静地说,“你又没舔到。”

简直是一石激起千层浪。我最不能忍受的,就是他享受我没体会到的乐趣。于是我向前坐直身体,舔了起来,好像这散热片是世界上最美味的东西一样。我不断地舔,结果太专注,舌头都没感觉了。也许它尝起来的确像茶,但是我感觉不到。

一两分钟以后,我往后坐了点儿。安德鲁正盯着我看。

“哇,”他说,“你舔得可真用力。”

我的舌头感觉不对劲。我张开嘴伸出舌头。安德鲁大口喘着气。我的舌头上全是血。我舔得太用力了，结果舌头上全都是一道道的伤口。我嘴里混合的血和散热片不知道该怎么形容的味道，自己闻着觉得很恶心。我跑到浴室里面，不一会儿妈妈就过来看到我在浴室里面吐了。

“你们刚才在干吗？”妈妈问。

“她在舔我的散热片。”安德鲁说。不过这也就是事实。

“你干吗要去舔散热片，我的傻女儿。”

我舌头都肿了，说不出话。我指着弟弟，想要说话：“安德鲁，他……”

他说：“是阿兰。”然后走出了浴室。

妈妈让我用漱口水漱口，我简直痛疯了，然后把我送回了房间。

你可能觉得我应该能从这次事情里学会非常重要的一课——跟随自己的直觉，而不是跟着别人走。如果大家都去跳崖，你知道你会摔下去，那就别跟他们做相同的动作。是的，这是我学到的非常宝贵的一课。但是，我当时没有学会。

当妈妈允许我走出房门的时候，我根本讲不了话。我找到弟弟，“告诉”他我们应该去刷颜料了。我觉得这能帮上大人的忙，妈妈会觉得我又是一个好孩子了。小狗们会喜欢，糖果会喜欢，就连妈妈也会重新对我另眼相看。

就这么愉快地决定了。

安德鲁和我抬着一大罐油漆。我们拿了很多刷子，还拿了一把扫帚，因为我觉得可以用来刷那些我们碰不到的地方。我见过油漆工刷高处就是把刷子绑在棍子上来刷的，看起来就像个扫帚。

小狗们看到我们很高兴，糖果也小心翼翼地绕过小宝宝们，站起来跟我们打招呼。它的嘴巴咧得大大的朝我们笑着，头歪向一边，尾巴左摇右摆。

“嗨，大家好啊！我们是来装修的。”我口齿不清地说。

安德鲁帮我掀开油漆罐的盖子，我们就这么干起来了。我承认，直到现在，看到油漆我都会想起那天。不一会儿，到处都是油漆，我们衣服上，头发上，小狗身上，糖果身上，全都是。我从来不知道刷油漆这么艰难。

刷出来的颜色比油漆罐上的商标颜色还要鲜艳，而且很难把油漆刷得光滑平整，用扫帚来刷更是难。在妈妈来叫我们去喝下午茶的时候，我们已经苦干了一个小时。我向后退了一步欣赏着我们的杰作，一个巨大的影子从身后出现。

门廊那儿站着一个人。那人的身影比妈妈的还要高大，穿着裙子和一件高领毛衣。从影子来看，这个人手叉着腰。安德鲁当时正面朝门口。

“你好啊，外祖母，”他高兴地说，“你看我们做的。”

我转过头，期望着能得到一句赞扬。外祖母只是用鼻子“嗤”了一声。我知道，她这声音的意思是我和安德鲁闯祸了。她看起来不高兴，更别提为我们骄傲了。她似乎心情相当不好，转过身，径直走向房子，在穿过草地的半路上遇到了我妈妈。

“你的孩子都疯了，”我听到她这么说，“野孩子！等你把他们弄出去了我再回来。”

妈妈朝着小狗窝走了过来。

“我的天啊，噢，我的天！对不起，糖果。”她跟她的斗牛犬说，“我真的——真的非常抱歉。”

然后妈妈用低沉的声音跟我们说：

“放着别动。我要跟你们爸爸说说你们做的好事。”

直到这个时候，我才知道真的大事不妙了。我本来还想辩解一下，跟妈妈理论几句，但是舌头太痛了，我只能用手比画，但根本不能表示出我想说的：我们没有故意捣乱，我们只是想帮点儿忙。我们真的是这么想的。

妈妈把我们拎回房子，接下来的一个小时，充满了白色恐怖的气氛。妈妈剪掉我们满是油漆的头发，丢掉脏衣服，用羊毛刷沾着白酒把我们刷干净。她把我们丢给了利兹——那个爱尔兰保姆，就去小狗窝收拾残局去了。

爸爸晚上训练完回来的时候，我听到他在楼下大笑。

“伊恩，这一点儿都不好笑，”我听到妈妈说，“你应该去看看他们那样子。你不能什么都不做。我妈妈说他们是野孩子。天啊，野孩子！我连茶都不想跟她喝了。”

我听到爸爸上楼的声音，当他打开门的时候，我的呼吸都加速了。因为害怕他打我，我假装睡着了。我想告诉他我们不是野孩子，至少我们不是故意做成那样的。我的舌头还在抽痛。我眼睛张开一点儿缝，看到他手里拿着猎物站在那儿。我屏住呼吸。他不断地用猎物轻拍大腿。

“我知道你们听得见我说话，”他说，“明早一定要跟妈妈道歉，再也不要这么做了。”

说完这些他就关上门出去了。过了很久我都睡不着，后来我做了一个梦，梦见自己在满是油漆的游泳池里游泳。

接下来的一周妈妈都不许我们去小狗窝，这简直是种折磨。我们跟妈妈道了歉，但她还是不让我们去。外祖母很久都没来了，等她来了的时候，看了一眼我的头就对妈妈说：“你对她的头发做了什么？她看起来像一个女同性恋。”

安德鲁和我都很想去练习骑马。妈妈说我们只能每天早上骑一小时女武神。我们都觉得这匹设得兰岛小马很想整天跟我们待在一起，但是妈妈说了句什么“太纵容它”，我不怎么明白那句话。

“这是什么情况？”妈妈说。

安德鲁和我，还有女武神，站在厨房里。

“它来跟我们吃饭啊。”我义正词严地说。

我帮它梳毛，它从碗里吃麦片。安德鲁在挖鼻子，看起来有点儿疑惑的样子。

“是克莱尔的主意。”他说。

“看啊,妈妈,它可喜欢这个麦片了,”我想转移妈妈的注意力,“它很喜欢吃。它想看看我们生活的地方,我们也阻止不了它。”

只可惜当时时机不对,我还想说服妈妈让女武神每天都来跟我们一起吃午餐,但是这个大肚皮小马抬起尾巴,在厨房地板上拉粑粑了。

“把它牵回马厩去,现在就去!”妈妈说话不会故意提高嗓门,但是她提高嗓门的时候听起来很可怕。她通常都会数到十。我会等她数到八再行动,这样就知道她是不是在开玩笑。但是这一次她没数数,直接就大着嗓门喊出来了。

“不能等它吃完麦片吗?”

“当然不能。”

我费了很大的力气把女武神的头从麦片碗里拉出来,艰难地走了出去。安德鲁留在厨房,极力地撇清跟这件事情的关系。我把女武神拉回马厩,给它介绍房子里的其他房间,告诉它要不是它太胖了进不去我房间的门,我本来还想带它上楼去看看我的卧室呢。

几个小时以后,利兹来找我,等我回到厨房的时候,地板已经又是亮晶晶的了。

爸爸很喜欢一位叫作汤姆·沃森①的高尔夫球手,但不喜欢英格兰队,因为他们在对澳大利亚的一系列大赛中接连失利。红拉姆②赢得了第三次“英国国家障碍赛马大赛”。

---

① 美国籍高尔夫球员,在20世纪70年代和80年代,是世界顶尖选手。

② 纯种赛马,在1973年、1974年以及1977年的比赛中都获得了“英国国家障碍赛马大赛”冠军,取得了史无前例的优异成绩。

有一匹叫作吟游诗人的赛马①,它的体型很大,深栗色的毛闪闪发亮,脸颊有白色斑纹,在最后的冲刺阶段甩开了莱斯特·皮戈特②,赢得了“英国国家障碍赛马大赛”的冠军。安德鲁很失望,因为他最喜欢的骑手威力·卡尔逊③只得了第二。

爸爸极力想要巩固从前由水车礁石在赛马界给他赢得的地位,但是他也知道,他不会再遇到这么完美的赛马了。如果你训练过了一匹独一无二的赛马,再想训练出第二匹这样的赛马就只能是单纯地因为自负了。

他竭尽所能地发挥自己的天分,利用周围的人脉:保罗·麦伦④、女王陛下和加拿大的百万富翁——巴德·麦克道戈尔德,让这些名人把他们的马养在公园马厩,而且总是时不时来看看这些马赛跑,赛马时马儿们穿着的背心颜色都是这些马主的代表色,生活很美好。他是排名前十的驯马师,他所在的马场可以说是马儿的天堂。

1986 年出版了一本叫作《金斯克利尔》的书。这本书是约翰·波特写的,他是维多利亚时期最成功的驯马师,是他让公园马厩在赛马界占有一席之地。从 1863 年到 1905 年,在他的职业生涯中,训练了二十三匹冠军马,包括七匹德比奖冠军马。这些冠军马都是在坎能西斯丘陵上进行训练,由公园马厩照料的。

当波特第一次来到金斯克利尔时,他问一个牧羊人,这

---

① 一匹饲养于加拿大,在爱尔兰接受训练的纯种公马。

② 英国籍专业骑师,有“常胜将军”的美誉,在职业生涯中获奖四千多次,其中包括九次德比奖,被认为是当时最具实力的平地赛马骑师。

③ 英国籍骑师,职业生涯中共获奖三千多次,在 1972 年、1973 年、1978 年、1980 年和 1983 年获得过五次“英国冠军骑师”的荣誉称号。

④ 美国慈善家,父亲安德鲁·麦伦和祖父托马斯·麦伦建立了麦伦银行。1957 年,他本人、他的姐姐和两个侄子被《财富》杂志列为美国最有钱的八个人。

究竟是一个怎么样的地方。

“这个呢,”牧羊人回答,“这个地方太穷了,不适合生存,但是环境很好,能让你长寿。我们想活多久就活多久,然后灵魂会从这里升起,随风飘散。”

我们有一个驯马师——胡安·霍雷,有点儿像那个牧羊人。他身材壮硕,脸上可以看到四季侵蚀的痕迹,他的工作是每天巡视跑道,修复被呼啸而过的马蹄压坏的赛道,他有时候开拖拉机,有时候走路。我很喜欢胡安,虽然他不爱说话,但是他会留意我们当中的每一个人,他不仅了解这片土地,还了解田里的羊群和头顶盘旋的秃鹰,他属于这片土地。如果不是要给拖拉机加油,他一般不会去马厩,但是他了解那里的每匹马和每位骑师。

这片丘陵到底是由什么组成的?由土壤、草地、树林和胡安。

胡安不了解的应该只有马棚。马棚都在室内,不属于胡安要负责的区域。整个马棚的设计都恰到好处。每个马栏的长宽高都是12英尺,马蹄踩在地板上也不会打滑,每个地方都没有尖锐的棱角。

约翰·波特曾经写道:“事实上,马厩的任何地方都不能有突出或者尖锐的部分,因为这些部分很容易让马受伤。就算只有百分之一的可能性,马都会受伤。”每一个决定,不论是设计上的还是更换干草架、饲料、排水管、地砖或任何马棚的材料,都是本着“马蹄优先”的原则,会选用对马蹄来说最好的,整个马厩都是以马的健康为首要原则。

《金斯克利尔》这本书描绘出了饲养赛马的最佳方法,用高品质的燕麦、豌豆和黄豆调味,用一些粗粮来帮助马咀嚼。每两周吃一次糠,时不时加点胡萝卜和鲜草。波特严格地保持马场卫生,不论早晚,马匹和马厩都看起来干净整洁。

公园马厩里一切都是以马优先,但是在19世纪末时,相比其他马厩的员工，公园马厩的待遇是比较好的。多罗先生告诉约翰·波特，在比赛中，“马夫的精神面貌是马厩的一面镜子”。在金斯克利尔，马夫们有洗漱间、厕所、宿舍、娱乐室和餐厅，在餐厅里，他们可以吃到由“船长”准备的饭菜。“船长”准备的饭菜从未变化过，这点倒真是让我诧异。

现在这里已经取消了每天晚上十点钟的宵禁，也不要求马夫们每周日都去教堂礼拜，每天的日常要求都一样：喂马，晨练，清洁，放牧，下午让马休息，晚间给马检查，喂晚餐。

不论在任何时候，驯马师都得奉献自己的全部。训练赛马没有任何捷径，没有人能帮你做决定，也没人能代替你去了解你自己的马。好的员工对于马厩来说是非常重要的：一位睿智的领头马夫，一个得力的助手，一个心思灵活的巡赛马夫头子（主要负责照顾去世界各地参加比赛的赛马）。这些人都非常关键，但是最关键的仍然是驯马师。

1894 年，约翰·波特对于驯马师该负的责任的见解就已经跟八十年后爸爸的想法相同了：

> 从别人那里学不到任何东西。必须自己单独研究每匹马，了解他们的身体特点，每天甚至是每隔几个小时都得好好地观察马，了解马匹的进步，这样才能掌握一天中适合赛马的时段。每周的训练都不能操之过急，心急吃不了热豆腐。

驯马师并不是一份工作，也不是一项事业，而是一种生活方式。我爸爸在放假的时候去度假都不会觉得放松，因为他觉得他必须得跟马儿一起待在家里。他可能会在冬天给自己放一到两周的假，但是他从二月到十一月底会一直工作。

虽然我用的是“工作”这个词，但我觉得爸爸不是这么认为的——驯马是他来到地球的原因。爸爸给自己开很少的工资，赢回来的奖金都会花在生意上——布置新的跑道，装修庭院，建马儿的游泳池（我们有英国第一座马儿专属的游泳池），或者是改善步道和主干道上的地面，这样马就不会因为地面上的石头而受伤。

有句俗话叫“好马需好蹄”，爸爸就雇了一个全职的铁蹄匠。这个铁蹄匠有一个锻造马穿的铁蹄的熔炉，比赛时就会给赛马打铝制的马蹄。比赛时马蹄要尽可能轻些，铝制的马蹄是最轻的，但是不耐用，每次都穿不到 24 小时。

我们的铁蹄匠名叫斯皮迪①。我觉得这个名字很讽刺，因为他绝对不是世界上最快的工人。他还要负责照顾赛马，在林奇的时候，还会给马做定期检查，他也检查过女武神和帕西。安德鲁和我都不是很喜欢斯皮迪。他似乎也不怎么喜欢我们。

“你在这儿干吗呢？”当他从他的福特车上下来的时候，我问了一句。那是辆鲜红色的车，车顶是黑色的。那天挺暖和，车窗也半开着。

斯皮迪用力地关上车门，低头看着我，他齐肩的头发撒开在衣领上。

“你又在干吗呢？”他问我。

我垂着双手站在那儿，弗洛西站在我边儿上。我能感觉到这个铁蹄匠气势汹汹。斯皮迪大腿上绑着一根皮带，皮带的兜儿里放着一个马蹄。他的汽车后座上放着一件天鹅绒套装。

他走到后备箱去拿他的工具：锤子、钉子和鞋子。

“我必须知道，”我很正式地说，“你不能待在这儿，你要去干吗？”

---

① Speedy，英文中意为快速的。

斯皮迪很热，他正忙着，被我给激怒了。

“我来剁了你的小马驹的头。”他边说边走向马厩。

我被吓呆了，待在那儿都吓傻了，然后立马跑去找安德鲁。我就连去找安德鲁都是悄悄地跑过去的。

“阿兰，快啊！”我喊道，“我们得采取行动，斯皮迪要去砍掉女武神的脑袋了！他刚才说的。他告诉我他一定会这么做。”

安德鲁看出来我不是在开玩笑。女武神已经命悬一线了！我们得做点儿什么。我们悄悄地穿过四个马场，终于在第一间马场里找到了他。他正在给爸爸的大将米罗钉马蹄，这可是爸妈的婚礼上爸爸送给妈妈的礼物。

离他走到女武神那儿还会有一会儿，我们还有时间来实施复仇和阻止他伤害我们的小马。

林奇后门的停车场在重新铺路。有一大堆红色沙子和泥土的混合物堆在斯皮迪的车子边上，这堆东西可黏了。

弟弟和我互相看了看。然后，我们看了一眼那堆拱起的沙子，又看了一眼斯皮迪的车，我示意安德鲁，该动手了。

我们把沙子从车窗里铲进去。我到现在都记得在那种重复的动作下，看着沙堆的沙子越来越少，车里红色黏黏的沙子越来越多的快感。直到筋疲力尽才停下来，我们铲了很多很多。

“好了，我们该去阻止他了。”我告诉安德鲁，然后我们快步跑去马厩。斯皮迪正准备去找女武神。

“停！”我大喊，“别碰它！”

安德鲁也跟着一起喊：“停下来！”

“嘘，你们——”斯皮迪说，“你们会吓到这些马的。你们俩怎么了？”

妈妈来了。“怎么这么吵啊？”她问道，“怎么了？”

“他要剁了女武神的头。他刚才说的。别让他这么做啊,妈妈,绝对不行!他是个凶手!”

妈妈看了一眼斯皮迪,抬了抬眉毛。他耸耸肩。

“我只是开玩笑。”他嘴里叼着个钉子,然后弯下腰来开始钉女武神的马蹄。

安德鲁和我互相看了一眼,然后看看自己的手掌,我们俩的手都已经是猩红色的了。现在还没人发现我们俩做了什么。

我们躲在最远的一个花园里的小屋子里,然后听到了斯皮迪的惨叫——他今晚要穿的那件天鹅绒的套装已经被我们毁了。那是他最好的一件衣服。那些红色的泥土混合物已经弄不出来了,干洗都弄不出来。更别提后座垫子上和地板上的东西了。

妈妈不得不给斯皮迪重新买一套衣服,还得掏钱清理车子。后来我们被妈妈用发刷背面打了一顿,不怎么疼,但是我一直觉得我们才是胜利的那一方。很多年后,妈妈承认她当时也觉得斯皮迪说的话很不合适,也很愚蠢。

我和弗洛西一起待在房间里。它很大,很结实,不打嗝的时候也不臭。我哭着告诉它发生了什么,它用自己大大的脸很同情地看着我,舔掉了我的眼泪。它是我最好的朋友。

第六章
火 山

对于骑马的人来说，长大是一件苦恼的事情。长个子是很让人头疼的，这意味着你必须得换一匹马。刚了解一匹马，信任它，爱它，然后你长个子了，不得不跟另外一匹体型更大的马建立起新的关系。这就好像从一场婚姻里刚走出来就得投入到另外一段关系中。有时候跟马儿的关系也不完全是开心的。

当我意识到自己已经长大了，重得不能再骑女武神的时候,我心里非常难过。我当时 6 岁半,安德鲁 5 岁,他还在骑女武神的孩子——帕西。他们在一起就像哪吒骑着风火轮。我的意思是,到处闯祸。

帕西总是为所欲为,安德鲁也跟着他一起胡闹。大多数时候他们会被绳子牵着,但是总有些时候绳子是放开的,他们俩就头也不回地朝着帕西想去的地方狂奔,弟弟在马鞍上高兴地上蹿下跳,对妈妈的召唤充耳不闻。只要有自己喜欢吃的草,帕西随时会停下来大快朵颐,有时候吃到一半,毛茸茸的小短腿一蹬,就又开始狂奔。

可能这就是安德鲁耐性不好的原因。他是我见过最没耐心的人。抄近道,讨厌排队,也受不了别人大惊小怪。就算他知道前面就是危险,他也不会拒绝。他只想要别人注意到他,除此以外最爱的就是食物——像只狗一样,真的。

每当我去跟帕西聊天,它的小耳朵都会向后展平,眼睛眯成缝,咬住我的外套或者骑马裤,有时候也咬我的肉。它总是趁着小孩儿或大人不注意的时候下口。我觉得它这么做是为了好玩,就是为了看到别人痛。它经常欺负人,不过就像那些校霸一样,它是个胆小鬼。有时候它把我的手臂咬肿了,我就跟爸爸告状,爸爸就会去教训这个淘气包。帕西会躲在马栏的角落里,时间长了,它一听到爸爸的声音就会缩到马场的角落。

终于到了跟女武神道别的时候,我得提醒一下你们,它来到马厩已经很久,也渐渐退休了,我觉得很心痛。我本来想把脸埋进它的鬃毛里感谢它这么多年给我带来的欢乐。我还想跟它说我会每天来看看它,看看它身上的癣和马足板层炎,一直照顾它直到它生命终结。

但是我没有。我像个喜鹊一样,一会儿喜欢这个亮晶晶的东西,一会儿喜欢另外一样更闪闪发亮的东西。有一天,从多塞特郡[1]来了一辆马拖车，一匹我见过的最漂亮、最白的小马从马拖车的斜板上走了下来。

“这是给我的吗？”我问妈妈。

“是的，”她说，“它叫火山，是一匹威尔士山地矮种马[2]。”

它跟女武神和帕西看起来不一样。设得兰岛矮种马很小，毛茸茸的，很结实。它们通常是 28 到 40 英寸[3]高，或者用马的术语来说，7 到 10 掌[4]高。火山看起来更精致，个头更高一些，骨架更小，而且白得耀眼。如果设得兰矮种马是一团毛乎乎的马，那火山就精致得像羊绒一样。

通常马是用手掌来丈量的，原因非常简单，马贩子这样很快就能知道卖马的人有没有说谎。这种喜欢飞奔的物种是绝不会站得笔直来让你用尺子量身高的，但是就算马动来动去，用手掌也能轻易地量出它们的身高。

伸出手，把手掌展平，从大拇指外侧到小拇指外侧就是差不多 4 英寸。1541 年亨利八世[5]将这种度量方法进行了规范化。用手掌来丈量很有趣，会把手掌翻来翻去的。我坐的桌子是 10 掌宽。

我的新马驹——火山，有 12 掌高。已经算高的了。它的肩胛骨都比我高。肩胛骨是马身体上不会移动的最高的点，我听大人是这么说的，也正因为如此，丈量马或者狗都是从这个部位开始的。头可能会上下移动，所以量头也没意

---

① 英国英格兰西南部的郡，在英吉利海峡北岸。

② 一种常见于威尔士的山地矮种马，因其温顺的性格、吃苦耐劳而受人喜欢。

③ 1 英寸约为 2.5 厘米。

④ 1 掌约为 12 厘米。

⑤ 亨利八世（Henry VIII，1491 年 6 月 28 日—1547 年 1 月 28 日），英格兰亨利七世次子，都铎王朝第二任国王，1509 年 4 月 22 日继位。他在位期间，把威尔士并入英格兰。

义，但肩胛骨不会移动。

威尔士山地矮种马是屠马运动的幸存者。屠马运动发生在亨利八世标准化手掌丈量方式之前，当时他下令屠杀所有矮于15掌①的公马和13掌②的母马。他很担心由于和阿拉伯马的混血，英格兰的战马身高会降低，虽然阿拉伯马的骨骼精致，但是个子不算高。

1535年的屠马令是一项非常残忍的法令，许多马种因此灭绝。坚强的矮种马和其他的一些马逃到了海拔更高的地方，并在最极端的天气下存活了下来。威尔士山地矮种马就是其中之一，它们不仅存活了下来，而且在接下来的几个世纪被人类所用，拉着人们去教堂，甚至帮人类耕地。因为这些矮种马能拉重物，它们在威尔士得到了广泛的应用，例如把矿石从地下拉到地面上。

我的威尔士小矮马一点儿也不像拉矿的马或者是农民种地的马。它看起来更像阿拉伯矮种马，小小的脸上忽闪着又黑又长的睫毛。之前骑它的女孩子比我大8岁，在评比会场上赢得了很多的荣誉环③。它非常善于在评委面前扬长避短。它是一只"秀马"④，它的美丽遮盖了所有短处。它教会了我，外貌不会决定一切。

安德鲁和我不能去马室，我们住在高高的山上，我们的小矮马也和其他的赛马分隔开来，这样小矮马就不会把疾病带到赛马住的地方。赛马很胆小，任何奇怪的东西——影子、一张纸，甚至是一匹小矮马——都能吓得它们四处逃窜，所以跟它们一起待着很危险，要是被伤到就不值得了。另

① 约为1.8米。

② 约为1.6米。

③ 小矮马竞赛中，获胜马匹可以赢得一个花环代表荣誉，这样的花环叫作"荣誉环"。

④ 非常善于展示自己的优点，善于扬长避短。

外,由于爸爸工作太忙,我们不能在场边走来走去,这样会扰乱他的注意力。

“你听到了吗？这可是很重要的。”爸爸会这么跟秘书、妈妈或者贝狄说。

爸爸总是来去匆匆,因此别人必须得以他的时间为准,如果他优雅地提醒你好好听他说话,你就得听。我记得有一次放学回来的路上,我跟一个女孩子讨论:“我爸爸非常重要。”我说得斩钉截铁。

“为什么你觉得你爸爸比别人都重要?”这个女孩子的妈妈故意问我,她开车载着我们,担心我可能因为聊天要错过下车的地方。

“因为他总是说一些很重要的事情。”在说到“重要”这个词的时候,我还故意提高了声调。

爸爸太重要了,也太忙了,对我的小矮马根本不感兴趣,不过我还是因为小马的到来感到非常开心。火山又白又美,要保持它白白净净的难度可不小。如果你有一匹白色的马,那你可能永远有做不完的清洁工作。难怪我妈妈觉得养一匹白色的马是不现实的事情。白色的马是世界上最难伺候的,每天都是“大洗之日”。

刚到这儿没多久,火山就把自己的后腿上弄满了马粪。它坐到自己的粪便上,搞得身体后半部分有一大片棕色的污迹,我想把污渍弄掉。一大桶肥皂水、一块海绵、一个湿刷子就是我的全部工具,然后我就开始干活了。为了方便起见,也因为懒得拉着它,我把它绑在水管栓子上。

我给它刷屁股、肚子和脖子,火山可开心了。我觉得应该给它来一个全套服务,给它刷完以后,看到它的鬃毛和尾巴有点长了,也有点脏。

清洁小矮马的第一条原则就是绝对不要剪鬃毛,而应该梳理。这是一项复杂的工作,要用鬃毛刷梳很久。我也不懂不能像剪头发那样地剪掉鬃毛。于是我这么做了。

我哼着小调儿开开心心地挥着剪子,觉得自己的手法笔直。然后我摆弄了一下它的尾巴,觉得如果把顶上的毛修掉一点边儿可能会看起来细一些,线条也会更流畅。我曾经在《马与犬》①杂志上看过这种造型。我清楚地知道自己想要的样子。

我退后一步来欣赏这一大作,发现刚才看起来还笔直的线好像弯了,于是我又重新修剪。剪了一下又重新看看鬃毛,发现又乱了,于是又开始修。

辛辛苦苦剪了一个小时以后,妈妈来了。快要剪好的时候火山变得焦躁不安。它用力地向后拉绳子,因为绳子的阻力,它拉得更用力了。我想要去抓住绳子,但是太晚了。它用力地向后一扯,把栓子扯下来了。

水立马喷得到处都是,妈妈对着我大喊,火山一溜烟儿地跑到了山上,身后摇摇晃晃地挂着一个只剩半截儿的栓子,它的棕毛和尾巴看起来好像大卫·鲍威②的粉丝向吉吉星团③致敬的产物。

我扑向水管栓,想要阻止噗噗往外冒的水,水却越流越多。妈妈也不见了踪影。我大叫着喊安德鲁来帮我,但是他很明智,躲得远远的,远离这片狼藉。

水突然止住了,妈妈从杂物间走了出来。

"我把总阀关上了,"她说,"现在可以跟我解释一下你刚才到底在干什么了吧。"

妈妈说话的声音很小。这意味着她非常生气。大事不妙,大事不妙啦。

---

① 英国最早的骑马类杂志,第一刊始发于1884年,其内容包括关于赛马和猎犬的方方面面。

② 英国摇滚宗师,音乐家、词曲创作人、唱片制作人和演员。

③ 大卫·鲍威的摇滚专辑。

“我想要让火山看起来漂亮一点。”我冷静地想要告诉她实情。火山在山那边吃草，它倒是学会了开溜大吉。

“我得抓住它，”我说，我知道转移注意力是我现在唯一能为自己辩护的方法，“如果它身上有草的脏印子，我会不开心的。你也看到了，我刚才在给它刷全身。”

“是的，我看到了！”妈妈不急不缓地说，“那你到底对它的鬃毛干了什么？它的尾巴又是怎么回事？”

她说话的时候，我正打算悄悄地溜走，走到火山那儿去，这样相对安全一点。

“我想弄弄它的毛。它的毛简直一团糟。”

我靠近火山，捡起绳子，绳子上仍然绑着栓子，这回我可以看到我的大作了。离得太近的时候真的看不清你创作的东西。艺术家都明白这个道理——创作的过程其实是把部分拼接成整体的过程，但是只有从整体的角度来看才知道创作的到底是不是杰作。

我诧异地把嘴张成了“O”字形，不记得我到底有没有说出了声。

我的眼睛都像要从眼眶里蹦出来了，这时才意识到，我从头到尾都没有真正地看过它一眼。实际上，我把它的美给毁了。如果妈妈还在生气，看到我现在这个样子她也不会再气了。

我的满腔热情像被一盆冷水泼下来。不用镜子都知道，火山的光辉没有了。完全没有了往日的自信，它跟我一起拖着沉重的步伐走回马室，一直待在最里面的角落里，面对着墙壁站着。

安德鲁靠着马室门边站着。

“它看起来真搞笑。”安德鲁说。

第二天，我们就要去参加我们的第一个“秀”了，这种时候出了这样的事简直是自取其辱。妈妈告诉我，秀场比赛没有意思，因为都是看外貌来决定输赢的，所以我能去的就只有竞技类比赛了。

这是金斯克利尔一年一度的秀展,是由斯诺克夫人发起的。秀展在小镇深处的空地上举行,周围正在修路,以缓解镇上繁忙的交通。一周前,妈妈带我去了一家叫作加尔各答的店,那个店卖的是马的衣服和杂物。我有点儿害怕加尔各答父子,因为进门之前,门铃会响一声,就好像你走进了别人家,然后看店的人会一直用很可疑的眼神看着我,好似我要去偷东西一样。

妈妈径直带我走向卖二手衣服的房间。她抓了四五件跟我的尺码差不多大的夹克,要我穿上。这些衣服合不合身不重要,价钱才重要,试了很久才淘汰掉一件非常不适合我的。妈妈还买了小地毯、靴子和刷子等工具,这些都是全新的,但是给我们的话,二手的就是最好的。

当然,一年以后这件夹克穿在我身上才合身,可是当时我穿着它,打量着镜子里的自己,假装这件夹克很合适,尽管我得把袖子卷起来,才能让它看起来不显得那么大,我可以想象穿着它骑在火山身上的样子,我从没觉得自己这么好看。能从买一件二手的斜纹软呢骑马套装上找到发自肺腑的快乐,也真是一件了不起的事情。

为了弥补发型的缺陷,我还把自己做了另外一番打扮。爸爸是一位狂躁的靴子清理者。他总把鞋子擦得干干净净的,都能从鞋面上看到他的倒影。他告诉我,这是种"非常重要的信息","只要决定了做一件事,不把它做好就没意义了"。

我听爸爸的,反复刷鞋,手都刷累了,还弄得骑马裤上全都是棕色的鞋油。爸爸说:"不错啊,第一次刷就这么不错。"然后他对着我笑了。

我感觉更好了。

上床睡觉前,我翻出了我的装备:骑马靴、骑马裤、白色衬衫和新夹克。然后打开窗,这样我就能被清晨的阳光叫醒。毫无疑问，在大家都还没醒之前，我就从架子床的上铺溜下来了。

我穿上闪闪发亮的骑马靴、骑马裤、衬衫和夹克，因为不知道怎么系领带，只好把它团成一团放进了口袋里，跑下楼去。狗也醒了，很想出去遛遛，于是我带着两只斗牛犬和两只猎犬径直来到山顶的马厩，马夫们都还在山谷里没回来喂马呢。

火山还在马室里睡觉，头埋在前腿和肚子围成的小圈圈里，看起来像一个把头藏在翅膀里的天鹅。不过有一次我看到过它侧身躺在了自己的排泄物里。

我叫醒它的时候试着忽略它的鬃毛和尾巴，接着又把它重新洗了一遍。对于火山来说，这只是日常清洗，但是对我来说，这简直是一场灾难。我精心准备好的全套衣服这会儿全都是白色的马毛、脏东西和粪便。

参加秀展的第一课：不到最后一分钟，别穿你最好看的衣服。这有点像在电视里出镜。在英国皇家阿斯科特赛马会①的电视转播上，我一直都没穿准备好的衣服，等到节目开始前的一个小时，我才在摄像机镜头晃过来之前飞快地把衣服穿上，镜头一挪开我又马上把衣服脱下来。1978 年，在金斯克利尔的秀场上，我学会了这种小伎俩。

早餐以后，妈妈教我怎么把火山引到马拖车的箱子里。我们在山坡的一面搭了一块木板，这样能方便火山走上去。妈妈说一定不能拖着它上去，要在它身边跟它一起走上去，而不是走在它前面。妈妈还建议我跟它一直讲话。它并不需要特别的鼓励。我在它的尾巴上绑了一块绷带来保护剩

---

① 由安妮公主设立于 1711 年，一直保有“全球最奢华赛事”的盛名，是英国社交日历上最为重要的一场活动，人们更习惯将这天称为“女士日”。因为在这一天，将有众多王公贵族（如伊丽莎白二世、威尔士亲王等）、名媛淑女盛装出席。参与者的着装也是各大媒体争相报道的重点话题。

下的尾巴毛，还给它穿了靴子。尽管我们只是要走三公里的路程，但是我觉得保护好它是很重要的。

我挤到了马拖车的前面坐着，旁边还坐着安德鲁、妈妈、糖果和弗洛西。勒车犬们全都待在家里，它们不怎么喜欢这种社交场合，也不喜欢别人走在它们前面。糖果和弗洛西坐在乘客坐的座位上，我和安德鲁坐在它们的两边。它们俩比我们看起来更像懂事的孩子。汽车慢慢起步的时候它们还向左看看，就好像在确认交通状况一样。

秀场有好几千人，还有很多马拖车，每个人都知道自己要干吗。有三种不同的荣誉环——一种是给漂亮的选手的，一种是给跳得很高的，虽然我不知道到底怎么才算高，还有一种是用来奖励竞技选手的。

这就是我的目标：竞技荣誉环。就像"骑马裤"这个词一样，"竞技"这个词也源于印度，意思是举办运动项目的场地。在英国，这个词的意思是马类运动。相信我，这可以指任何只要能在马背上进行的运动。

我看着大一点儿的孩子在场地里骑着马：头随着马的跃动上下摆动，侧着身子贴在马儿的侧面，从地上捡手帕。他们的身体柔软得像橡胶，就好像有三头六臂一样。

我也跃跃欲试。虽然有一点儿害怕，但是更多的还是激动。运动场简直就是我的天堂，是生命对我的召唤。

我妈妈花了一英镑让我参加了五个项目——弯腰赛跑，麻袋赛跑，握蛋跑及匙中盛蛋跑，咬苹果跳，以及转圈圈。

从我们参加第一个项目开始，骑着一匹有着"吉吉星团"这种发型的小矮马本来是很尴尬的，但是这种感觉一进场就消失了。它比我还先进入状态，像一条游走于沙漠的蛇一样，迂回地穿梭在竹竿中。我看到离我最近的参赛者距离我还有两竿的距离，于是我夹紧了火山的肚子给它加速的信号。我们轻易地赢了。

没时间庆祝，下一项比赛就是麻袋赛跑。从起点开始我的双腿就得套在麻袋里，我在前面领着跳，火山在后面跟着跑到终点，终点挂着荣誉环。小孩子们都在麻袋里，身后跟着小矮马，有的孩子摔倒了会大喊大叫，现场有点儿混乱，所以我得集中注意力，火山也紧紧跟随我身边。我像一个橄榄球运动员一样，努力冲破障碍想要得分，快到终点的时候一个男孩子突然蹿在我面前，最终还是我险胜，赢得了荣誉环。

比赛就这么继续着，火山和我慢慢地越来越有信心，也越来越相信对方。我们赢得了四个中间写着“第一”的荣誉环。四场都赢了，我们的获胜率是100%。

“对的，就这样。”妈妈说。

“什么？”我问。

“不是‘什么’，而应该是‘请您再说一遍’。”妈妈像自动应答机一样地回答。

“不，我的意思是‘您竟然会表扬我’。”我觉得我和火山不能去参加金斯克利尔小矮马界的奥林匹克冠军预选赛简直是种浪费。

“你们做得很好，”妈妈说，“我知道赢得五个项目的荣誉环的感觉更好，但是那不公平，你们就别去第五个项目的比赛了，也得让别人有赢的机会。”

我有点儿不明白，又有点儿生气：“您是认真的吗？”

“当然是认真的，”妈妈说，“你们可以在这儿看别人比赛，给别人呐喊助威。”

安德鲁数着我的荣誉环，惊讶地说：“哇！”他都忘记了他该牵着糖果和弗洛西。他沉溺在自己的世界，但是我只想大喊不公平。我牵着缰绳从妈妈身边走开，心里还在骂她。在第五个项目的比赛场地边上，我很生气地参加了比赛，围着马鞍一圈又一圈地转着。一个叫哈利的小男孩最终获胜，他高兴得都哭了。我本来应该心里觉得自己慷慨大方的，但是我没有。

我想赢得大满贯的梦碎了,心里闷闷不乐。

把火山拴在马拖车边上以后,我们带着斗牛犬看别的比赛去了。一个小摊子吸引了我的注意力,一小时以内第一次愿意跟妈妈讲话。一个女人坐在那儿,面前放着一块写着"小矮马俱乐部"的板子,上面还有很多照片,照片上有的孩子在骑着小矮马跨栏,还有的在给小矮马梳洗打扮,等等。不过照片里的小孩子都没有给小矮马剪毛的。我请求妈妈让我加入。刚一加入,我就拿到了一本关于照料小矮马的书和一枚勋章。妈妈从摊子后面的架子上选了一条领带,系在我的脖子上。领带上还有前一个用过的人留下的污渍。

我现在是小矮马俱乐部的一员了,我找到了归属感。这意味着我可以参加小矮马俱乐部的集会,还可以在俱乐部的跑道上骑马,更棒的是:可以参加俱乐部的露营。这是我生命中最令人期待的事!

第二天早上吃早餐,我系着这条领带。爸爸拿了一堆信件就去马厩了。安德鲁和我一起挤在飘窗下面的长椅子上。他边吃麦片边把眉头贴在我脸上。

"过分!"爸爸说,"为什么总有人一直邀请我们去这些地方?他们怎么总有这个那个要庆祝?我不想去。"

他把这堆厚厚的信件从我的脸前面丢给妈妈。我捡起来看看,上面有花体英文。

"噢,是美国的婚礼,我们能去吗?"

"葬礼我就去,"爸爸小声嘟囔,"至少你只用去一次。"

"我能带着小矮马俱乐部的丝巾去吗?"我问妈妈,她正在仔细地看邀请函。

"是你的教女的婚礼,"妈妈说,"你真的不去吗?这全都是你的家人,你也很爱希拉。去吧,别这么不乐意。"

"那时候我们有比赛,"爸爸极力给自己开脱,"我们还得参赛呢,这种时候去婚礼简直是荒谬。而且太远了。我就说我们都不去了。"

一个月以后,我们三个坐上了去科罗拉多州丹佛市的飞机,参加爸爸的第二位侄女,也是他的教女——萨布丽娜·杰威尔的婚礼。我坐在位子上看《少女侦探之神秘鳄鱼岛》①。安德鲁挠着头,问空姐要零食吃。我妈妈坐在我们中间,以免我们俩打起来。

杰威尔一家人住在丹佛市郊一个叫作金色②的地方。"金色"——我喜欢这个名字。希拉姑姑,我的教母,也有一头鲍尔丁家族标志性的乌黑的头发,她把头发从前往后梳成一个发髻的形状,乌黑的双眸,雪茄不离手。她说话的声音很沙哑。

"真好啊,艾玛。真开心你们都能来。"她熄灭雪茄,给了我们一个大大的拥抱。

安德鲁向后退了一步,继续挠头,希拉姑姑的风格有点儿吓到我了。她领着我们走出了机场,高跟鞋踩在地板上很响,我们站在太阳底下的时候,太阳照出她巨大的黑影子。

"我给你们订了市里一家干净的旅馆,"她说,"我觉得你们会喜欢的。今晚在我们房子外面有一个派对,明天在山姆姐姐家有一个午餐烧烤,后天就是婚礼。因为你们不会在这儿待太久,所以我们就把这些都安排在了一起。"

借着这场婚礼,我第一次见到了鲍尔丁家族的全体成员。他们很喜欢开派对。安德鲁和我周围都是堂兄弟姐妹们,他们很有趣,也很友好。名字太多了,我记不住每个人的名字,但是我感觉到了归属感。

我们住进了丹佛的喜来登酒店。我从来没见过这么大

---

① 《少女侦探》系列讲述的是少女侦探南茜·朱尔一系列的探案逸事。
② 美国丹佛市郊的一个小镇。

的房间，有三张双人床和一个相当于我们厨房大小的浴室。我在三张床上跳来跳去，心想着要是能跟小狗们一起睡该有多好。妈妈决定在我们去婚礼之前给我和安德鲁理个发。

酒店理发店师傅的尖叫声都快要震碎窗户了。

“我的天啊！活的！他的头上有活的东西！”

我把头从清洗盆里抬起来，看到给我弟弟梳头的姑娘都快被吓傻了。

“把他弄出去！现在就把他弄出去！”

她正对着妈妈大喊，妈妈看起来很茫然的样子。

“他头上有虱子，”理发师声音都颤抖了，“从 1967 年，科罗拉多州丹佛市就已经没有虱子了。你们怎么能把这种寄生虫带来酒店！你们怎么能这么做！”

那个女的都快被吓疯了。妈妈用冷静的声音解释说，弟弟学校爆发过一次虱子虫卵感染，在英国这很常见。

“好吧，可是这在这儿不常见。我也不会给他理发的。出去，出去！”

这个女人边说着边把安德鲁拉出门外。妈妈跟在她后面，叫了我一声，我也从清洗盆里抬起头来，顶着一脑袋的洗发水，跟在妈妈后面出去了，在出门的时候，我最大限度地保持了优雅和风度。在大厅的洗手池里，我终于把头上的泡泡洗掉了，原本说好的“丹佛市一日游”也变成了“寻找去虱洗发露之旅”。令人惊讶的是，尽管酒店理发店的理发师告诉我们丹佛已经有近十年都没有发现过虱子了，但是在药店的货架上仍堆有一架子去虱洗发露。

回到酒店，有一个男人站在门厅，好像是在等妈妈。

“女士，”他降低了声调，“女士，很抱歉打扰您，但是这儿有一个问题。您不能再待在酒店了。”

妈妈很震惊地看着他。

“为什么？”妈妈问，“发生了什么？”

“我并没有权限告诉您原因,我只是按照要求来把您的行李从房间里拿出来,恐怕您得立即离开。”

“好吧,也不是你做的决定,”妈妈回答,“我们还有点东西在房子的保险柜里面,我需要把它们拿出来。”

妈妈把东西拿进电梯的时候跟酒店的经理发生了一点争执,妈妈想要把东西拿到电梯去,但是经理试图阻止她。弟弟和我跟在后面。

“别挠了!”我小声提示他,“越挠越糟。”

妈妈进了电梯,酒店经理跟了进来,但是当弟弟进来的时候,经理往后退了一步,出了电梯。

“我还是等下一趟吧。”经理说。

电梯终于到了16层,我们的房间外面拉上了黑色和黄色的隔离带,边上还有一个标志,上面写着:“禁止进入”。

“简直是无理取闹!”妈妈扯下隔离带,打开了门,“你们把这当什么?犯罪现场?”

房间里面还有一张纸条,上面写着:“所有员工必须戴上手套。焚烧所有床单。”

这就是他们十多年来都没有虱子的原因——他们处理得很彻底。我们都还没睡那床呢。

妈妈把我们的护照从保险柜里拿了出来,确认所有的行李物品都收拾好了以后,我们头也不回地走了出去。妈妈受到了巨大的羞辱,安德鲁和我感觉就好像在肥皂剧里一样。安德鲁觉得非常兴奋,都忘了挠头。妈妈在离开酒店的时候还想跟经理握手,但是经理不是很愿意。

喜来登酒店给丹佛市所有酒店都发出了电话预警,让他们注意有一家叫作鲍尔丁的,他们携带了虱子。我们最终用杰威尔的姓氏在拉姆丹找到了一家酒店。

婚礼是在花园里举行的,萨布丽娜坐着一架马车入场,婚礼蛋糕有好几层,安德鲁一直想去解开弗洛拉姐姐的裙子，她的裙子背后全都是蕾丝花边。不过让我印象最深的是希拉姑姑的笑声，妈妈告诉希拉姑姑，因为安德鲁头上的虱子我们被酒店赶了出来，她笑得前仰后合，声音比平时大了两倍。

她向别人介绍我们的时候说我们是“虱子一家人”，每次说到我们的故事都会大笑，她整整笑了一周。尽管有虱子这个小插曲，但是我们喜欢那趟旅行，也可能是因为这个小插曲，我们更喜欢那趟美国之旅了。安德鲁现在如果住进丹佛的酒店还是很紧张，很害怕他在丹佛的所有酒店都留下了“案底”。

8岁的时候，我已经是一个合格的骑手了，下一步就是学习如何正确地跳跃，而不是让别人牵着我的缰绳，先一路小跑再从两个高度可调节的桩子中间越过那些杆子。我想要在空中飞翔的感觉，跳过那些水沟、橡胶轮胎、栅栏和竹竿。我想要体会在半空中飞跃时，时间静止的感觉。独自飞翔一定很有趣。

爸爸总是骑着马飞跃障碍，妈妈也是。这是大人做的事情，这也可以让我成为一名“合格的骑师”。所有骑马的技巧都是基于马和骑手之间和谐的配合。不管是赛跑、花式骑术、跳跃、越野或者是耐力赛，骑手和马都得明白他们在做什么。在最理想的状态下，他们得做一样的事情。独立学习跳跃就是一件水到渠成的事。每个骑手都是这么一步步走过来的。

这能有什么错？

火山是一匹很棒的小矮马，尤其是鬃毛和尾巴长回来以后，它在竞赛项目上非常出色，但是跳跃可能是它不擅长的。通常它都能跳得很好——动作干净利落地连续跳过四个或者五个障碍物。然后它会毫无征兆地挤进缓冲带。它突然停了下来，我都没有时间调整自己的位置或者反抗那股把我甩出去的离心力，最后的结果往往是我从它背上飞出去，摔进栅栏中间。

这当然痛得要命,我也渐渐失去了对于跳跃的热情。我想要从火山那里捕捉任何一点信号——比如动动耳朵或者步伐的改变,但是都无迹可寻。就好像它知道我什么时候完全放下心来,然后它就准备开始了。

我慢慢失去耐心,开始用我的小棒子打它。它蹬一下就跑了出去。我让它掉头,重新回到栅栏里,它在离栅栏五步之外就停住了,根本不挪步子。我更用力地打它,头都快气炸了。我很沮丧,但更生气。这匹讨厌的小矮马根本就不听命令。

“克莱尔?克莱尔!马上停下来。”

妈妈在叫我。

“立刻把棍子给我,你会吓坏这个小家伙的。你怎么能打你的马呢?”

我张嘴想要解释什么,但是妈妈根本不给我时间。

“你想要试试这个滋味吗?想吗?”

妈妈把棍子高高地举过头顶,我觉得她一定会打我的。我心里的愤怒变成了耻辱,下嘴唇都颤抖了。

“不,请不要打我。我很抱歉。我没想要伤害它,但是它就是不肯跳。”

“是因为它已经累了,”妈妈说,“你们都已经在外面练一个多小时了,它都累了。把它带回家去,以后再也不许这样了,明白吗?答应我这是最后一次,你再也不许生气的时候挥棒子。棒子是用来改正动作和保证安全的,不是用来发泄脾气的。听懂了吗?”

我点了点头,带着火山回家。我们的关系慢慢僵了。它不信任我,我也不相信它了。关系就这样破碎了。尽管后来我们一直想要克服这样的关系,但是这段关系已经走到了终点。它后来跟另外一个小女孩配合,赢得了秀展上的很多荣誉环。他们在一起很开心。

第七章
巴　尼

我们有四只狗：两只勒车犬和两只斗牛犬。贝狄是金色的，辛迪身上有斑纹，糖果和弗洛西是红白相间的。贝狄仍然很高傲，离孩子们远远的。辛迪就像个垃圾桶一样，什么剩下的都能吃掉，而且永远在找吃的，哪怕是很恶心的食物它也会吃掉。糖果和弗洛西总是稳重理智的样子，别的狗兴奋过度的时候它俩总是远离它们。

然后巴尼来了。它全身乌黑发亮，趁着妈妈去看贝狄生的一窝宝宝的时候悄悄地摸到妈妈车上。

它很友好，有耐心，所以我们总是拿它来玩。我躺在它身上，玩它，亲它，捋它的毛，连爸爸都看不下去了，就会说："天啊，别再玩那只可怜的狗了，你不休息它还得休息呢。哎！"然后在爸爸的叹息声中，我会跟巴尼说："我们只是玩一下嘛。走吧巴尼，我们去看书吧，好吗？"

安德鲁坐在地板上，嘴里吃着他从桌子下面找到的东西。我穿着最喜欢的彩色花格呢子上衣，这件衣服可是在美国买的呢。我拉着巴尼的两只前腿，让它只用两只后脚着地，牵着它从后门走出去。我示意安德鲁跟着我。

过了一会儿，我能感觉到它在我脸边上吐出的热气。

"我好害怕，"安德鲁说，"我们怎么下去啊。"

我仔细地把我的外套放在地面的一堆干草包上，方便我等会儿爬上来。我们站在谷仓放干草的第二层，距离地面大约 20 英尺。这周的早些时候，我看到梁上挂着一根绳子，于是心生一计。绳子其实是一种邀请。

"别害怕，"我冷静地说，"你之前看过《泰山》①，你觉得我们怎么下去呢？"

我把头轻轻地靠向绳子。安德鲁什么都没说，但是我知道我做什么他就会做什么。他一点儿都没想过，接下来我们要做的也许是致命的。他一点儿都没动脑子。

我扶了扶我的幸运红色领巾，大致估算了一下得朝着什么方向、用多大的力气跳过去才能碰到绳子，然后我拍了拍手，一跃而去。安德鲁尖叫起来。

刚好碰到了绳子，我赶紧抓住，然后把自己晃到了谷仓的另外一边。我一脚踢掉干草包，又荡了回来，正正地坐在弟弟边上，对着他笑，他还光顾着张着嘴尖叫呢。

---

① 电影《泰山》讲述的是非洲原始森林里一个成了孤儿的婴孩在猿猴家族的照料下长大成人的故事，其中有很多主角"泰山"利用森林里的藤蔓穿梭于树丛中的画面。

“没什么大不了的，”我说，“只是得掐准时间。”

我抓住安德鲁胖乎乎的小手。因为紧张，他的手心都湿了。他看着我，表情纠结。

“我必须得这么做吗？”他声音都颤抖了。

“如果你还想当我弟弟的话，是的，你就得这么做。”我回答。

这句话听起来没错。

我又跳给他看了一次，从干草包上跳下来，抓住绳子，在空中荡过去。这一次，我减慢了速度，然后伸出手，俯身滑向地面。我站在那儿，觉得自己像一个牛仔一样。现在他一定得跳下来了，因为没有别的路下来。

半个小时以后，我已经把所有劝他的话都说遍了，他还是不下来，我只好转头就走，把他留在那儿。如果他还是不跳，那就只能待在那儿了。祝他好运吧。

午饭时，妈妈注意到弟弟不见了。通常都是他第一个坐在厨房餐桌边上的。

“你弟弟哪儿去了？”

“谁？”我回答。我已经跟他断绝关系了，他不是我弟弟。

“安德鲁，他哪儿去了？”

“不知道啊。”

妈妈从后门走出去，穿过铺满碎石的停车场，穿过四个马厩，然后下了个坡。我在后面远远地跟着，很想知道妈妈靠她与生俱来的母亲本能能不能找到安德鲁。最终她找到了，安德鲁还待在当初我把他扔下的地方，在那儿哭。

“你在这儿呢，”妈妈很惊讶地说，“你到底又干了什么，怎么待在那儿？”

安德鲁哭得都说不出来了。他又害怕又饿。

妈妈站在谷仓的地上，伸出双手，求他跳下来。

“我会接住你的。”妈妈承诺安德鲁。

安德鲁从上往下看着她,都吓傻了。妈妈一直跟他商量,最终他一步步地挪到干草包边上。

“你接不住我的,妈妈,你接不住的。我可以像克莱尔那样用绳子下来。”

“克莱尔?”妈妈很惊讶,“克莱尔知道你在这里?”

“她把我弄上来的。”他回答。

哎,安德鲁这么一说,我就完蛋了。我觉得我错误地估计了安德鲁,我准确地预见了他会跟着我一起勇攀高峰,但是没想到他胆子小得不敢下来。妈妈叫我名字的时候,我躲在手推车后面。妈妈看起来心情不是很好。

很快,妈妈又开始想办法把安德鲁弄下来。她很温柔地跟他说话,想要哄他跳下来。她的手又一次伸了出去,安德鲁还是很不相信。

“来吧,乖孩子。我数到三,你就跳下来,”妈妈跟他说,“一、二、三!”

这一次,安德鲁像一块大石头一样跳到绳子这头。他抓住了绳子,然后开始下滑。趁着这时候我朝着谷仓门口边跑边哭。

“一只手抓另外一只手下面的绳子,别滑下来!手会磨坏的!”

妈妈说的是对的,但是太晚了。安德鲁松手了。在妈妈跑到他掉下来的地方之前,他用更快的速度掉了下来。在他着地的时候,我们都听到了什么东西折断的声音。

安德鲁接下来的一整个月都裹着石膏,他的腿摔断了。妈妈把他安置在婴儿车里,腿绑得笔直地伸在前面。我觉得他很喜欢这样,喜欢大家都照顾他的感觉,后来他的腿开始变得很痒。我说用刀给他挠挠,但是妈妈阻止了我,还下了道禁令:在安德鲁方圆10英尺的范围内,我都不许接近他。

当时是1979年夏天。妈妈第一次带着我们去“古德伍德”赛马会[1]。两天下午我们都待在西威特林海滩[2]上，然后我们获准去参观赛马。尽管爸爸是驯马师，但是安德鲁和我不经常去参观赛马：妈妈觉得孩子不能待在办公室里——赛马场就是爸爸的办公室，也不能待在场地里，更不能待在跑道上。

不过，在这种情况下，我们都可以去参观赛马，我清楚地记得一匹叫作克里斯的赛马。我们站在距离出发点2弗隆的地方，当赛马从起点开始跑的时候，我说我喜欢那匹穿着橘色衣服的马。

“杏色，”妈妈纠正我说，“那是霍华德爵士的代表色。”

我还是觉得那是橘色。当它们从我们身边走过的时候，感觉就像在飞。我从来没有见过马跑得这么快，我被它们跑步的声音给吓到了——每位骑师都在呐喊，马蹄声像雷鸣一样。这是我生命中第一次感受到赛马的震撼。它们再次经过面前时，我看到那个橘色的克里斯很快就蹿出来了。它轻松地赢得了1979年一英里跑冠军。

这次去参加的赛马转移了妈妈对于我上次“泰山飞跃”的注意力。

公园马厩的主房已经空了很多年，爸妈决定把林奇卖掉，然后用卖掉的钱来改造这里，这间房可以容纳十四张床。他们把房子分为两部分，利用后面的空间，也就是妈妈和她的兄弟们小时候跟保姆一起住的房子，改成员工永久居住的场所。房子前部有五个卧室、四个浴室、一个客厅、一间休息厅、一间晚宴室和一个供孩子们玩耍的房间。就算只有整间

① 古德伍德，位于英国西萨塞克斯郡的小镇，在这里有全世界最负盛名规模最大的赛车节、复古艺术节、咖啡艺术节，以及全球闻名的最美丽的古德伍德赛马场。

② 位于英国萨塞克斯郡，因其优美的海岸线风景而闻名。

房子的一半，我们的房产都还剩很多。

爸妈跟我们的狗狗说，这里将会大变样。安德鲁和我仔细地听着，然后父母带着我们参观完整的公园马厩。

这里大得惊人，有很大的飘窗和很高的天花板。你甚至都可以在休息厅里打羽毛球。我们知道这点是因为我们试过。

我跑上楼去看卧室，巴尼在前面带路，弗洛西在后面气喘吁吁地跟着。

“别把狗带进卧室，”妈妈在厅里喊着，她自己也知道已经晚了，“你们的房间在左手边。”

我走进了一间卧室，这是我这辈子见过的最大的卧室，面向珂亭顿山的方向有三面朝南的飘窗。这里看到的风景就跟我在林奇的杂物间里看到的一样，不过视野更加广阔，我不光能看到跟房子一样高的电线杆子，还能俯视那些电线杆呢。从这里几乎能看到这座山的全貌。

在我新卧室的角落里还有一个水池。这太让我高兴了，这意味着弟弟再也不会从中间挤我的牙膏，也不会用完牙膏不盖盖子了。

参观完卧室，我发现它是我以前在林奇那间“杂物间卧室”的五倍大，我还看了楼上其他的房间。五条很宽的楼梯使房间各自连通，楼梯尽头的墙上有很大的镜子。最左边的是我外祖父母曾经住的房间，现在改造成了爸妈的卧室。这层还有一个房间，门是关着的，看起来很老旧的样子，我推了一下门，掉下来一层灰。房间里的架子上摆满了鞋子，鞋子上全都是厚厚的灰尘。有棕色拷花皮鞋、配晚礼服的黑色皮鞋、水鞋、钢头高跟鞋、骑马靴、长的狩猎靴，还有天鹅绒的拖鞋。这些鞋子都是手工制作的，做工精细，很久都没有人穿了——鞋子的主人已经离开我们很久。

外祖母把外祖父的东西从“粉宫”里搬了出来，但留下了这些东西来纪念她的最后一任丈夫。关上门，我心想着到底要不要告诉妈妈。出于某些原因，我觉得看见她爸爸的鞋子可能会让她不开心。

当我再一次打开这个房间的门时，鞋子都被搬空了，只剩下一个空柜子。我不知道这些鞋子到哪儿去了。

其实周围的环境正在悄悄地改变。

以前外祖母的厨子在“老厨房”里辛苦地摸黑准备饭菜，现在“老厨房”变成了一个杂物间，新的厨房建在房子的北面，紧邻着爸爸的办公室，窗户外面就是车道。这里变成整座房子的枢纽，总有人从厨房后门走进走出。

公园马厩的早餐就像剧院里的剧目那般花样百出。每天早上都是一出小型的戏剧，永恒的主角是——爸爸，参加的有辅助爸爸的驯马师、妈妈、保姆、育婴女佣和我们，当然也还会有一些别的人，比如来看赛马的马主、骑师、年轻的助手、来参观的外国学生或者是别的家庭成员，每个人都扮演自己的角色。超过八个人时，我们就搬到餐厅去吃饭，餐厅的墙上有一个洞，食物就是通过这个洞从厨房传进来的。

安德鲁和我对周围的环境很着迷。我们第一次有了一个跟足球场一样大的平坦草地。我们用旧门、轮胎和树枝建了一个“突击训练基地”来教巴尼跳跃。我还设置了两个障碍：“比彻溪”①和“椅子”②，我在这两个障碍间跑来跑去的时候，巴尼像个小绵羊一样跟着，跳得跟我的手臂一样高。

巴尼很灵活，速度也很快，这些障碍对它来说都轻而易举。两根马球杆子和一块门板拼成一个障碍物，它在这个障碍物两边跳来跳去，我得全力跑才能跟得上它。巴尼从中间

---

① 是在赛马比赛中使用的障碍栅栏的名字，因其跨越难度大而“臭名昭著”，高度大约为2米，有骑师形容跨越比彻溪就像是“跨越世界边境”。

② 英国全国赛马大会中第十五个斜坡障碍的名字，也是因其跨越难度大而闻名。

跳过去了,但是我一脚踢到了门板中间。门倒下来砸到我的脚。

“噢!”我痛得咬住下嘴唇,想要在弟弟面前表现得坚强一点,所以不敢出声。我坐在地上揉脚时,巴尼用它的鼻子推了一下我的胳肢窝。

被砸了以后,我的脚不能承受一点儿重量,妈妈带我去了巴辛斯托克[①]医院。我的大拇指断了。安德鲁没有一点同情的意思。

“没什么严重的,”我们到家的时候爸爸说,“明早你不就能骑马了吗?”

我不知道他这到底是在问我还是在要求我,但是骑马的时候脚真的很痛,走路也是,跑步就基本不用想了。安德鲁一个人去训练基地玩了。

“不怎么好玩。”他一个人嘟嘟囔囔的就不玩了。

我们很快适应了在公园马厩的生活,现在住的地方离赛马待的地方很近。规矩仍然很严格:我和安德鲁在没有人陪伴的时候不能去场地内,早餐时例外,因为那时候赛马都还在马室里。它们不能在柏油路上跑,那条路叫作“英里大路”,是从场地通往前门和游泳池的主干道。

爸妈明令禁止我们进入“彩色小屋”,那里有一个敞开式的橱柜,里面放着属于赛马主人的所有荣誉,就像展览一样。水车礁石也是在那间房间里恢复了腿伤,现在这间房子由巡回赛领队马夫思派德负责。门上有个标志,告诉所有进来的人“天助此间屋内的自助者”。

在彩色小屋里,思派德为每位骑手准备巡赛的包裹——护照(马的护照,不是人的),腰带,印有代表色的衣服,麂皮垫子,一个轻如纸片、灰色聚苯乙烯材料做成的方形马鞍褥

---

① 汉普郡东北角的一个大城市。

子，马鞍，清扫的刷子和桶。马鞍是骑手的个人物品，都是用最轻的材料来打造的。有的马鞍只有1 磅重，跟马镫上的铁块差不多大。

“英里大路”的末端是游泳池，不用大人说我们都不会去里面游泳。游泳池是圆形的，水有 10 英尺深，冷得像冰一样，非常浑浊。里面没有放氯①，因为对马儿不好，水面上也总是会漂浮着一些脏东西。

那年冬天下雪了。丘陵的草地上全是薄薄的一层像羽毛似的雪，我和爸爸决定去玩雪。他平时不怎么花时间陪我们。他很忙，夏天也不跟我们一起过暑假，总是在做一些“重要的”事情，冬天的时候爸妈会和其他大人去巴巴多斯②短暂地休养几天。对爸爸来说，跟孩子们一起度假一点都不好玩——至少在我们长大之前，一点都不好玩。

坡上的雪让爸爸想到了一个点子，他跟妈妈说要带我们去玩雪橇。我们爬上爸爸的白色斯巴鲁卡车，卡车的后部盖上了黄色的御冬罩子。安德鲁和我一起坐在副驾驶位上，我们俩的雪橇挂在卡车后面。爸爸在车库门口停下了，拿了两捆长绳子。

我们爬上坡顶的时候爸爸说：“好啦，你们俩听着——这会是你们玩过的最有意思的。”

天地之间一片寂静：没有鸟叫，没有马蹄声，没有人。一切都很安静。爸爸把两根绳子都绑在卡车后部的拖拉杆上，另一端绑在我们的雪橇上。

“抓紧了。”他边爬上轮胎边告诉我们。

丘陵上安静的气氛，一下子就被斯巴鲁卡车的引擎轰鸣声和两个孩子的尖叫声给打破了。我觉得爸爸根本就没意

---

① 水中放氯起到消毒作用，但是会对动物的皮肤有害。

② 位于东加勒比海小安的列斯群岛最东端，为珊瑚石灰岩海岛。四周为海洋环绕，是加勒比海旅游胜地，属英联邦。

识到，他绑着两个孩子在跑道上飞奔时，车速到底有多快。安德鲁和我被吊在后面晃来晃去。往上爬坡的时候还好，但是下坡的时候，根本停不下来。我们很怕自己最后会像压碎的土豆泥一样挂在排气管后面。

"怎么样？好玩吧，嗯？"爸爸朝着窗外喊道。我朝他挥挥手，脸色看起来很痛苦的样子。安德鲁穿着一件很厚的外套，基本上无法动弹。寒风中，混合着卡车排出的废气，能看到他脸上挂着的两行泪水。

"太棒啦！我们再来玩一遍！"爸爸倒是自得其乐。他踩了一脚油门，汽车又开动了。安德鲁还没准备好，他的雪橇突然向前动起来时，整个人向后倒去。他像个不倒翁一样，向后一摔，脚碰到了头，接着整个人从雪橇上掉下来，坐在坡上。我还挂在卡车上，极力跟爸爸挥手，想要他从后视镜看见我然后停下来。但是，很不幸的是，他以为我在叫他加速——他也真的这么做了。我尖叫：

"停车！停车！安德鲁掉地上啦。爸爸，停车！"

爸爸只听得到引擎的轰鸣声，他的视线里只看得到车后面有一个孩子，那个孩子看起来好像非常享受的样子。爸爸享受着对四轮卡车的操控感，奔驰在雪地上，他感觉自己就像是在统领着一群马。终于，在距离安德鲁摔下去一公里的地方，爸爸停车了。

我的声音都喊哑了，我只能对着爸爸指着我边上空空的雪橇。爸爸下了车。

"噢，发生了什么？"

我朝后指向山坡跑道上的一个小黑点。

"真遗憾。他错过了最棒的部分，"爸爸说，"你想不想留在这儿，等会儿再来一次啊？"

我把头摇得像拨浪鼓一样，头也不回地逃到了副驾驶座，爸爸看起来有点儿失望。可怜的安德鲁还在呼喊着让我们去救他。爸爸拉着他站了起来,告诉他别难过。

妈妈一开始觉得很高兴,她的丈夫终于想要和孩子们待在一起了,哪怕只有一次也好,但是我们回来时妈妈吓傻了。那也是爸爸最后一次圣诞节独自带着我们玩。

1979 年是很重要的一年,我们搬到公园马厩,安德鲁又去了寄宿制学校。那年他 7 岁,头顶着刚剪好的金色头发和圆嘟嘟的小脸,大家都觉得他到了该去读寄宿制学校的年纪。穿着骑马裤,系着领带,他看起来可精神了,头上顶着帽子,袜子都快提到短裤边上了。

他说了再见以后,我不知道这意味着接下来很长时间他都不能回家了。他去的这个是寄宿制学校,得住在那里。

“他才 7 岁,”我听到爸爸的美国堂兄——大卫叔叔用温暖的男中音说,他说话的时候,嘴巴上的小胡子动来动去,“我跟你打赌,你这样的想法不会长久。他还会有很长的时间去当一个男人,而你会更希望他只是个孩子。”

外祖母觉得把安德鲁送走是一个很棒的想法,但是她不明白为什么不把我也送到寄宿制学校。这其实是因为爸妈觉得所有的好学校都不会接收我。你也知道,我总是会引起一些麻烦。

“好学生”去的学校不要我。我喜欢惹事儿,有点儿吵,还喜欢打架。最终为了避免外祖母的喋喋不休,我还是被送到了金斯克利尔小学。爸妈不做声也不管用了。

“她就是个假小子。”外祖母边说边往咖啡里放了两块甜味剂。(她不放方糖,只是放点甜味剂,甜味剂装在她包包里的金色小盒子里。)

“这才是麻烦呢,”她接着说,“她该学一些礼节、礼仪之类的,还有怎么才能表现得像个淑女。”

她每次都站着聊天,披着披风,好像很忙碌的样子,又好像她要去别的地方。

“我会听话的,你知道我会的。”我和弗洛西坐在角落里面,我小声地嘟囔着,两只手臂围着弗洛西,把脸埋在它的脖子里。

“我敢说,她这辈子都会是个麻烦。”外祖母要开始长篇大论了,妈妈知道最好还是别为了维护我而打断她。

“一个小淘气鬼。难怪别人都对付不了她。好吧,把她送去乡村学校。我敢说,都不会费你们什么事儿的。”

外祖母叹了口气,看了一眼在狗窝里的我。

“花钱给女孩子上学简直是浪费钱,”她说,“除了认字和写字,女孩子还要学别的吗?”

妈妈抬眉毛的时候刚好被我看到了。

“就这样吧”——这是外祖母最喜欢的句子,仿佛掌控了所有——“就这样吧。我要走了。把她头发留长点儿,可以吗?”

她走出厨房的时候拍了拍我和弗洛西。我觉得去上寄宿制学校没什么,因为我最好的朋友西斯·科克斯也会去那所学校。她爸爸在马场工作,她妈妈替我妈妈工作,负责照顾小马驹和猎犬。我们岁数相同,从很小就开始一起玩了。

第一天去学校,我和西斯一起走着,每个人都盯着我们看。我微笑着对周围的空气友好地说“早上好,很高兴见到你”。

一个戴着耳环的女孩子插到了我们面前。我觉得她是故意的。

“你觉得你比我们高一等吗?”一个叫达伦的高个子男孩掰响手指关节说着。

“我一点儿这样的意思都没有,”我有礼貌地说道,“我很高兴能见到你们。真的很开心。”

妈妈总是教我,能摆脱这种情形的方法就是良好的礼貌。可是出于一些原因,在这种情况下,最礼貌的声音说出来的话却有相反的效果。

他们很快就在我身边围成了一圈,西斯想要说点儿什么却被推开了,我示意她尽量靠边点儿,别的同学在扯我的骑马裤,拨弄我的头发,朝我的鞋子上吐口水。有一个女孩子把我的书包扯走了,这踩到了我的底线,于是我爆发了。

“你这个婊子!”我喊道。我踢人,打人,咬人,他们暴雨般的拳头打向我,但是我一声都没哭。在库克老师过来之前,我其实已经快要打赢了。

“你们在干什么?”她的声音大得都不需要麦克风,简直就是一个人肉扩音器。

我僵在那儿,拳头刚好比在右耳上面一点儿。那个戴着耳环的女孩,背朝下趴在地上,我横跨在她身上坐着,左手掐着她的喉咙,她开始尖叫。

“老师,老师,她想要杀了我,”她说,“我什么都没做。她是个疯子。”

证据明显对我不利。周围的人都散去了,只剩下我、戴耳环的女孩和一个流鼻血的男孩,他说:“老师,她打我,老师你看,我都流血了。”

我可以看见几步之外的西斯。她想帮我辩护,但是一点儿用都没有,我什么都没说,我想要变得礼貌的时候,却没有正面的效果。

“你!跟我过来,”库克老师指着我说,“让胡安娜站起来。布莱恩,你会没事儿的,就一点点血。其他的人,都给我进教室。马上!”

她带着我去了校长办公室,让我坐下还给我倒了杯水。

“你是第一天来这里,”她说,“会慢慢变好的,我保证!但是打架绝对不是解决问题的方法。真的,这不是。”

我觉得我还是保持安静的好。

“我也会一直盯着你的。现在，去上好你的第一节课，别惹麻烦。至少，今天接下来的时间别惹麻烦。”

“谢谢！”我小声地说完，溜出了办公室。

后来，我那天早上走进教室的时候，30 双眼睛看着我。我找了一张没人坐的桌子，看到西斯在朝我招手。是她给我留的这个位子。

结果我发现，把一个男生打得流鼻血加上我不怕胡安娜·乔斯这两件事倒帮了我的忙，那天早上我的地位一下子就提高了，课间时淘气的男孩子都绕着我走，女孩子们看起来也有点怕我。

西斯和我坐在学校操场的水泥管子上，别的同学在我们坐的地方下面爬来爬去，还吃掉了我们的巧克力饼干。就算学校里其他所有的人都不想跟我说话我也不在乎，只要他们别扯掉我背上的书包就好。

夜晚和周末过得很慢。我从学校回来的时候安德鲁不在家。我们虽然打架，但是他总是我做坏事时的小同谋。我们不必跟对方解释心里的想法，不必跟对方道歉，也不会感到尴尬。唯独在安德鲁面前，我不用伪装自己。因为我们一直在一起，我们的生活对他来说也稀松平常。现在，他不在我的身边了，更糟糕的是，他的生活里慢慢没有了我。同时，我在经历一系列困难的时候，他也不能来救我。

我带着巴尼沿着山坡走了长长的一段路。往回走，经过正门前的草地时，它跳起来，跟我的手臂一样高，然后围着我转圈，爸爸给它这个动作起名“乾坤大挪移”。有些狗对人的情绪很敏感，我觉得狗能嗅得出人类的忧伤和难过，巴尼好像知道我需要它。每次我从学校回来，它都是第一个跑出来迎接我的人，晚上我和它一起蜷在它的床上看电视，或者看书。

巴尼长得可标致了，爸爸决定让它去配种。理论上来说这是一种很好的想法，巴尼不仅脾气好，长得也很好。但是实际上看来，这根本不现实，因为巴尼对交配不感兴趣。

“加油啊，好孩子，”爸爸给巴尼加油鼓劲，“这没什么难的。”

巴尼跟薇罗在一起，它们有足够的空间来交配。薇罗是一只漂亮的带斑点的勒车犬，比巴尼个子稍微小一点，它非常迫切地想要赢得巴尼的注意力。巴尼却显得不知所措，嗅了嗅薇罗，那意思是想要和它一起玩，但是很明显薇罗对玩游戏不感兴趣，它迫切地想要交配。

爸爸挪到了外面，给它们留了点儿隐私，他从房子的木头缝儿里偷偷地看着它们。他看到巴尼开始颤抖，走到了房子的角落里，看起来蔫蔫的。

“笨狗，”爸爸嘴里嘟囔着，“总是跟小孩子一起玩，都不知道怎么才像个男子汉。”

贝狄一进房间就迫不及待地想去“看”薇罗，然后巴尼灰溜溜地回到了家。我紧紧地抱着它，揉着它的脑袋。尽管我很想看到巴尼的小宝宝，但是我跟巴尼是一边的，我尊重它的选择。薇罗看起来好像对我们很失望。

回到学校，同学们好像开始了一种买卖游戏。他们都买了铅笔、钢笔、糖果和徽章，互相交换这些东西，或者花钱从对方那里买。

钱。现在轮到了我没有的东西了。我每周有 1 英镑的零花钱，不过就算是在 1979 年，这也远远不够。安德鲁就不必担心这个问题，因为在他的学校里，有一个小卖部是用记账的方式来买东西的，每学期末才付钱。在金斯克利尔小学，所有的买卖都是付现金。这可就是个问题了。

不单单是买东西的问题，如果我想要跟同龄人打成一片，我就得需要钱。

我记得在哪里见过钱，好多好多的零钞和硬币。钱就放在爸爸衣帽间的抽屉里。钱可以让我少点麻烦，还可以给我“买来”朋友，钱就在那儿等着我呢。

那天晚上，我溜进爸妈的房间，穿过最边上的门，走进了他们的浴室。靠右边的黑色嵌入式衣柜就是爸爸的衣帽间。那里的衣柜里有好多套装，还有成堆的衬衫、立领衬衫、骑马裤，和一个专门放骑马装的地方。在另外一边是一个长长的开放式衣柜。里面的抽屉里有成百上千的袜子、内衣裤、一堆袖口链扣和很多手表。钱就放在那儿。

一开始我拿了一点儿硬币，把它们塞到我的口袋里。我拿了几个 50 便士的硬币，大概几英镑。几周以后，我开始拿一些零钞，每周 5 英镑也就差不多了。然后我开始担心爸爸会发现他纯银的钱币不见了，所以我决定学聪明点。那儿还有一堆美元和法郎，是爸爸出国时用的，所以他从来也没数过。我开始拿外币。他也从来没发现过。

“半磅咖啡糖，再要半磅梨味糖，谢谢。”我成了镇上糖果店的常客。

诺顿退休以前是外祖母的司机，退休以后负责接送我上学放学。他接送我总会绕一下道，在天鹅街那儿等着我。

“对不起，亲爱的，”卡朋特夫人站在柜台后面说，“我们不接受外币。”

“真的吗？”我回答道，“但是 2 美元等于 1 英镑，我给你 5 美元，你只用给我 2 英镑的糖果。你还赚了呢。”

“我不能这么做，亲爱的，”卡朋特夫人回答，“我花不掉它，对吧？我什么时候能去美国呢？对不起，我不能要。”

“好吧，没关系的，”我很快想到了办法，这可难不倒我，“您把这些东西放着等我一会儿好吗？”我指着秤上的纸袋子说，“我一会儿就回来。”

劳埃德银行[1]金斯克利尔支行就在糖果店右边,我冲出去,示意诺顿我几分钟以后马上回来,然后冲到银行。银行里有很多人排队,终于轮到我了,我还没有柜台高,只能踮着脚尖努力站着。

"我能把这些外币换成英镑吗?"我问道。

"至少要50美元才能换,"银行员工回答道,"还得出示您的护照。"

"但是我只是要换这些外币。真的,这很重要,我真的很着急,我需要一些英镑。拜托了。"

"对不起,我帮不了你。"她回答。

真讨厌,真讨厌!难道我的钱就不如别人的钱值钱吗?准确地说,虽然不是我的钱,但是这不是关键。我拖着沉重的步子走出银行,回到车里。诺顿载着我去了学校。他晚上来接我时,我还是闷闷不乐的。

"克莱尔,我想跟你谈谈。"我一进厨房妈妈就跟我说。

"什么?"我低沉地说。

"不应该说'什么',而是'请您再说一遍'。刚才约瑟普夫人告诉我她今早在银行看到你了。"

约瑟普夫人是我们的女管家,一个稍微有点儿驼背但人很好的女士,大约60岁,我觉得她很像动画片《尖鼻怪》[2]里面的科勒肖莱夫人,每天都做填字游戏,还集邮。我很喜欢约瑟普夫人,但是让我受不了的是她居然看到我了。噢,糟了!

"她说她在银行的时候不想跟你打招呼,因为怕你会尴尬。"妈妈直视我的眼睛,说,"你到底在银行干什么呢?"

---

① 英国重要金融机构,劳埃德银行集团总部位于伦敦城,劳埃德的分行遍及美国、欧洲、中东与亚洲。

② 英国广播公司在1968年改编而成的一部动画片。该片虚构了一种尖鼻子、毛茸茸的小动物,它们住在地洞里,可以帮助人类清理垃圾,非常心灵手巧。

“我在开户。”我底气十足地说,这种语气让我都快相信我自己了。

“我问过诺顿,”妈妈接着说,“他说你这几个月来每天早上都去镇上的糖果铺。你到底从哪儿来的钱买这些糖果?”

我没说话。

“我每周都给你零用钱,但这些钱肯定是不够的,你一定还从别的地方拿了钱。你到底是从哪里拿的钱?”

我都能感觉到自己的脸颊热得发红。这种感觉真讨厌,就像被逼到角落里似的。我可以说那钱是自己挣的,但是妈妈肯定知道我在撒谎。我也可以说那钱是外祖母给的,但是我们都知道这不可能。我还可以说是捡到的。

妈妈仍然注视我的眼睛。很可怕。她夺过我的书包,尽管我试着阻止,但是她开始翻书包。我想要把书包扯过来,却被妈妈打了手。

“看好了,小姑娘,”妈妈阻止我,“好好看着。”

妈妈从我书包里找到了美金。

“这就是你要去银行的原因,对吗?你想要换这些外币?你这个小偷!你到底哪儿出了毛病?”

我双手捂着脸,拼命摇头。我还有很多话想要解释。我多想说,每周1英镑根本不够,想说唯一能在学校获得地位的方法就是用钱,想说我很讨厌因为被嫌弃不够优雅而被骂,我还想说我很想念安德鲁,每件事情都糟透了。但是我一句话都没有说。

“我会告诉你爸爸,”妈妈说,“我一定会告诉他的。”

我打了个冷颤,并不是因为害怕爸爸知道。我感觉发生了不好的事情。我从厨房跑出去,把自己锁在房间里。半个小时以后,我听到后门外面有卡车的声音,没多久厨房里传来说话声。

我悄悄下了楼梯，绕过厨房，到了房子外面，走向卡车。卡车的后挡板放下来了，我看到一个黑色的头，嘴巴微微张着，舌头伸了出来——是巴尼。

我跑过去，捧着它的头。它刚才在追一只野兔，一下子撞到了栅栏上，撞击力冲碎了它的头骨。它没有任何反应，我抱着它，能感觉得到它的心脏已经停止跳动。我把头埋在它的脖子里哭起来，浑身发抖，嗓子像烧伤了一样。这全是我的错。因为我是个小偷，这是对我的惩罚。

“对不起，别死啊。不许死。我再也不这样了，我保证。上帝，别让它死。”

爸爸从房间里走出来，手搭在我的肩膀上。他用手试了试巴尼的鼻息，然后给它合上了眼睛。

“它已经去天堂了，”爸爸说，“它肯定没有感觉到痛苦。我向你保证。”

因为我做了坏事，巴尼死掉了。

“我很遗憾你看到了这一切，”爸爸告诉我，“你妈妈也会很遗憾你看到这一切，但是这已经发生了。如果你养狗，那你就会看到你的狗死去。”

我们把巴尼埋在果园里，摆了一个十字架和鲜花。安德鲁从学校赶回来，我们站在墓边，哭的时候手拉着手。我没告诉安德鲁我觉得是我的错，巴尼才会死掉。我觉得他如果知道了会恨我的。

我再也没去过爸爸的衣帽间。

第八章

弗兰克

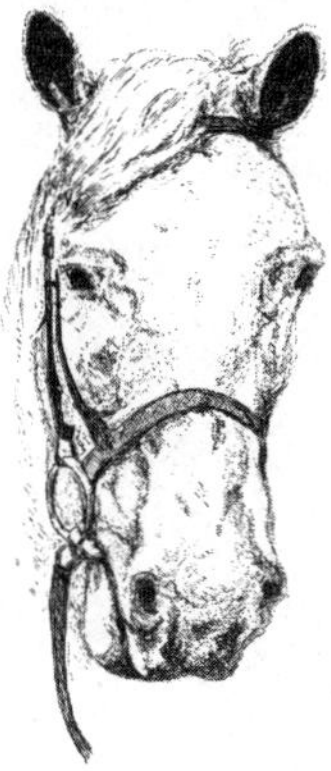

“你爸爸很忙。”

“他总是很忙，”我说，“他在干什么呢？”

“他正在忙着，整天都得忙，别去吵他。自己去外边玩吧，去看书或者做点别的。”

妈妈两手在胸前交叉，站在卧室前。我听到房间里电视开着。很明显，爸爸是在看体育节目，但是我觉得这不能算作“忙”。

爸爸每天花在看体育节目上的时间多得惊人。我想如果将来我也能有个像这样的工作就好了——像这样的工作可棒了。爸爸当时在看板球，我悄悄溜了进去，他给我解释这项运动。

第一次听他给我解说，我还没怎么明白规则是什么，所以我让他给我画了一张场地位置图，在中场休息的时候我还把这张图拿倒了。不过我还是相信他说的："这是一种具有历史意义的运动。"

爸爸还像个击球员一样地比画击球的动作，模仿球员投旋转球。西印度板球队①投球手的速度让他惊叹，另外，占领80年代板球界的是克莱夫·劳埃德②、威孚·理查兹③、麦克·霍汀④、罗艾·加内⑤和马尔科·马沙尔⑥。爸爸告诉我每个人的特长和每个人负责的部分，他为每一个投球呐喊助威。再后来……他睡着了。

"出局！"十分钟以后我大叫起来。

"啥？"爸爸被惊醒了。他刚才睡了很久，现在又开始看球，就像看历史的创造过程一样。

"出局，"我说，"他出局了。得分太慢，真丢人。"

我能感觉到爸爸在看着我，所以我也看着他。他微微张着嘴，接着点点头："这倒是。"

"高琪⑦还在，我很喜欢他，不过你说得对，他传球真的

---

① 该队是由多国球员组成的板球代表队。

② 前西印度板球队投球手，他见证了整个西印度板球队的崛起。

③ 前西印度板球队球员，被认为是史上最佳板球队员。

④ 前西印度板球队投球手，投球速度相当快。

⑤ 前西印度板球队球员，从1977年到1987年间的58场比赛中，有效击球数达到了259次，为击球率最佳球员。

⑥ 前西印度板球队球员，马尔科·马沙尔和前面提到的克莱夫·劳埃德、威孚·理查兹、麦克·霍汀、罗艾·加内一起为西印度板球队创造了史无前例的黄金时期。

⑦ 前英国板球队球员，曾任队长，被认为是最佳国际板球队员。

不错。”我叠着手臂说道。

“我女儿真棒。”爸爸说。

其实我觉得这不难，说实话，评球不难。你只需要听解说员怎么说，看看场上情况，知道谁是谁，然后你也可以开始说，这样大多不会错。比赛结束以后，我想去看看弗兰克。

弗兰克是我拥有过的最丑的马。它刚来的时候叫作王子，但是与这名字非常不相称，因此我们根据当时把它运来的那架马拖车的名字给它改名弗兰克。

弗兰克的鬃毛又短又扎人，而且还乱七八糟的，鼻子是粉色的，眼睑也是粉色的，有棕色的耳朵和灰色的身体，脖子上遍布斑点，肚子也是粉色的。它很容易被阳光晒伤，因此夏天时鼻子上总要涂点防晒霜。它是别人口中所谓的“黑斯 57 号”。这个名字指的不是某种香皂，而是不同血统的混合。弗兰克什么都不是，但它是我的全部。

它的嘴巴非常敏感，也经常咬嘴巴，还会把头偏向一边，朝着自己想去的地方一路小跑。它并不直率，也不绅士，不怎么善于和人建立感情，但是我深深地爱着它。

弗兰克了解我。

它想要从马室里出来的时候就踩我的脚，或者把我顶出去。没错，它总是看起来脏兮兮的，我们是小矮马俱乐部的笑料。我也不能骑着它接近赛马室，因为赛马看到弗兰克这个“丑八怪”会被吓得到处乱蹿。

我用一种连自己都不明白的热情爱着它，一方面是因为我必须为了它对抗世界，另一方面是我觉得我们是灵魂伴侣。我还想过，如果妈妈同意我在身上文一个文身，我可能会文上“弗兰克”。不过妈妈不允许，所以我把它的名字刻在了丘陵顶部的一棵树上：

克莱尔爱弗兰克。1/8/80

我想，接下来的年月，人们看到这行字，就会知道我多么在乎它。

在我的年纪，别的女孩子都会在墙上挂着网球运动员的海报，我却挂着弗兰克的照片。我跟它聊很多学校发生的事情，也和它说安德鲁是怎么惹恼我的；我告诉它英国队在板球比赛中打了平局，还跟它说过，我怀疑外祖母恨我。

只要事先让大人知道我要去哪儿，我就能自己单独骑马出去。问题是，选择太多了，很难决定去哪儿。我可以在农场上骑马、骑着马爬上丘陵、爬过跟汉宁顿镇①交界的山、去踩水玩、悄悄跑到别人家的草地上溜达一下、待在我家附近，又或者赶在胡安用耙子把跑道整理得蓬松柔软之前去上面跑两圈。不论我去哪儿，都可以隔着栅栏——为了"引路狩猎"而建造的——看到很远的地方有骑师练习大步骑马跳，这真是视觉上的享受。

"波克巴克引路狩猎"是由一群肾上腺素发达的骑师组织起来的，他们很喜欢骑马、跳跃，很喜欢在猎犬的围绕下骑马打猎，但是又不喜欢在野外狩猎，因为有时候打不到猎物。狩猎前预先计划好三到四条线路，每条线路都用围栏或者篱笆隔开，保证能让八十名骑师骑马奔驰。一位带队员穿着用茴香浸泡过的袜子跑在前面，用气味标记出线路，好让猎狗跟着。

对爸爸来说，引路狩猎是最佳选择。每周日举行的引路狩猎，每次不超过三个小时，爸爸周日不用赛马，参加引路狩猎就能体会到跳跃的快感。

"爸爸，我什么时候才能去引路狩猎啊？"

他从来没让我参加过。我每次都是看着爸爸骑着大个

---

① 英国汉普郡的一个小镇，与巴辛斯托克和纽伯里交界，人口仅有300多。

子的深栗色赛马“油画盒”①,妈妈骑的则是颜色浅一点的赛马“艾利·梅尔”②,我也很想参与。我知道弗兰克一定会喜欢的。

“春天的时候有一个孩子们的见面会,你可以来。”爸爸终于同意了。

爸爸是场地管理员,得穿一件大红色的外衣来给参赛选手引路,可是我觉得那件衣服是粉红色的。规则是:所有人都得跟在我爸爸后面,听他指挥。爸爸没参过军,这是他最能体会当将军的机会,他对着身后的“军队”发号施令,享受着权力带给他的感觉。

爸爸是一个无私的骑手,而且他做任何事都喜欢用赛马一样的速度。如果你能跟他齐头并进,那他会无比尊敬你。跟他齐头并进也是我的宏伟志向。

我们的小矮马住在种马场里,那里有公马和母马。种马场距离引路狩猎场和我家有一段距离,各种各样的人组成的队伍穿行其中,妈妈极力保护这条路。这是妈妈的财产——她从外祖母那里买过来的,她来决定谁能在这里工作,该养哪匹马。

种马场有两个场地,左边的是小矮马生活的地方,是用红色砖块砌起来的,这片区域跟约翰·波特的赛马场的风格一样,但是比他造得更结实也更符合赛马的需求。马和人穿过一道拱门进入一个方形的房间,这间房里还有个小房间:每边各四个房间,末端有两个房间。杂物间在拱门的左边,喂料室在左边末端的位置。马室的墙中间留有方形的空格,马可以往外看。房子中间有一个很大的花坛,里面种着金盏菊。马厩门是绿色的,马室又大又坚固。这间马室一直是史

---

① 赛马名。
② 赛马名。

上最棒的——安静、实用、暖和、好看。

这个地方能让两个捣蛋鬼好好待着。安德鲁有一匹叫“来福”的枪灰色小矮马,身上长有斑纹,是个“风一样的男子”。它可以跳得跟房顶一样高,从来都不肯听话。更确切地说,除了到处蹦跶,它一直处于失控的状态。安德鲁一直在模仿一流骑师做骑马跳的动作——例如艾迪·麦肯[1],哈维·史密斯[2],保罗·巧克摩尔[3]。模仿得多了,等到进入表演场地的时候,他自己也开始能慢慢地做一些动作。他会在马背上像小跑一样上下蹲坐,然后来回沿路慢跑。

安德鲁一直想当一名马术秀场骑师,他还想当消防员、宇航员和绝地骑士[4],因此我们用抓阄的方法来决定他的职业前景。8 岁的时候他宣布,他想要当一名赛马驯马师。也许是风向变了,或者天气变了,他要改志向了。

我听见过大人的只言片语,说将来安德鲁会成为公园马厩的主人。

“感谢上帝,他想从事这个。”妈妈说。

“他当然想了。哪个蠢货不想啊?”爸爸倒是言简意赅。

除了这一个答案,任何另外的答案都会让爸爸感到困惑。成为赛马驯马师绝对是最有价值、最重要,也是全宇宙最令人尊敬的工作。

现在的女人可以考取驯马师执照,这多亏弗洛伦斯·那吉尔[5]艰苦地创立了“赛马会”[6],并且更新规定:女性就算不穿骑马裤,也能训练赛马。当时有一些女性驯马师,例如

---

① 爱尔兰骑师。

② 美国骑师。

③ 德国骑师。

④ 电影《星球大战》中的角色。

⑤ 赛马驯马师,同时也是一位积极的女权主义者。

⑥ 总部在英国的赛马协会,其分支机构有赛马实业、英国种马场和赛马师福利会。

珍妮·彼得曼①,她从1975年开始训练,在1983年凭借赛马柯碧尔赢得了英国国家障碍赛马大赛冠军,梅西·里美尔从她丈夫那里接过了赛马工作,玛丽·莱福利连续很多年都获得了冠军。但是在我们家,赛马只是男人的工作。

安德鲁每天都看《体育生活》②和《赛马报》③,他可以从一场结果为6:4的赌局中计算出赢的概率,他知道多少磅饲料能让赛马跑完1英里,还知道如果必须要跑1.5英里,又该加点什么。他知道拉某匹赛马的缰绳对这匹马来说会起到什么样的效果,明白小雌马在什么年纪体重多少合适。他能用一种特别的语言和爸妈及外祖母对话。我只能听着,时不时点点头,说一些像是"你们说得很有道理"的话。

但其实不是这样的。我根本不明白他们说的是什么,我也很讨厌这样的感觉,因为我不知道他们在干什么,也不明白为什么这件事这么重要。我还讨厌的是,每一句话都跟赛马有关,哪匹马该跑哪儿,谁来骑马,谁来装马鞍。没人看普通的报纸或新闻。我们离格林汉科门④很近,就算爆发了核战争,只要不取消英国皇家阿斯科特赛马会,我们都不会在意。我们的世界只围着赛马转,如果我不围着赛马转,我就会出局。

有一次,安德鲁决定参与公园马厩训练赛马的工作,我也意识到我得找点别的事情做。当时我只有10岁。

我跟弗兰克说了这件事。好吧,只是我在说,它听着,棕

---

① 前英国赛马驯马师,1983年成为获得英国国家障碍赛马大赛冠军的首位女性,1995年第二次取得该项比赛冠军,1998年退役以后成为一名作家。

② 英国赛马报纸,发行时间为1859年到1998年,因其对赛马的详尽报道而闻名。

③ 最早于1986年发行的日报,报道赛马、猎犬和体育赌注相关内容。

④ 位于英格兰的伯克郡东北部,前身是一处皇家空军基地,"冷战"以后,于1993年关闭。

色的耳朵前后摆动。

“我会证明给他们看的。”我发誓。

我在农场里骑马，那儿有二十多块为引路狩猎准备的场地。场地用栏杆围了起来，是给孩子见面会准备的。我夹紧马肚子，跨过了地上的旧轮胎、栅栏和木桶。我轻轻拍了拍弗兰克的脖子，慢慢地减到小跑的速度，之后让它加速跑到牧场的路上。我能感受到扑面的风，能和弗兰克一起奔驰，一起跳跃，我觉得在这里，自己才是活生生地存在着。

我的弗兰克能轻易地跨越围栏，但是骑马跳对它来说比较头疼。它不明白那些彩色的栏杆代表的含义。为了参加首次小矮马俱乐部的项目，利兹给弗兰克洗了个澡，他是在种马场工作的。我们想把它钉子般的鬃毛编一个小辫子，还想给它好好整整尾巴。可怜的弗兰克看起来像一个塞进英氏燕尾服的乡巴佬，一点儿都不像它了。尽管如此，我们还是迈进了展示骑马跳的场地。

“下一个，”报幕员说，“接下来，是克莱尔·鲍尔丁和弗兰克王子。”

妈妈和我觉得现在改名字也来不及了，于是我们点头示意。

我坐上马鞍，紧紧地握着缰绳，夹紧弗兰克的腹部，告诉它走进秀场。响铃以后，我们步伐一致地跑进第一个红白相间的条纹杆。我觉得我们一定会轻松地走过去，但是弗兰克不是这样想的，它直接撞过去了。我们失去了平衡，要不是抓住了它的头，我就要摔下去了，调整好了以后，我们继续前进。

接下来是一个深棕色的栅栏，它跳了过去。然后是白蓝相间的栏杆，结果被它撞倒了。后来是白绿相间的栏杆，弗兰克跨越的时候后腿碰掉了第一根，前腿又碰掉了第二根，栏杆还跟着我们滚了两圈。

除了继续往前走,我不知道还能做什么。我们倒是轻松跨过了灰白栏杆和原木栏杆,但是彩色的全都被它踩成碎片。完成动作后,我拍了拍弗兰克的脖子,听到报幕员宣布:“克莱尔·鲍尔丁和弗兰克王子完成得非常有趣,出现了三十二处失误,这么多失误我们可是不给奖品的哦。”

我们跑出场地的时候,我的脸红得像个番茄。我看见妈妈非常震惊。

“我也不想这样的,”我说,“它在家的时候跳得很好,它肯定是被吓到了。”

“没关系的,”妈妈说,“可怜的弗兰克,可能骑马跳不适合它。”

在经过马拖车停车场时,我们看到一个女人跑过来。她发出一种像绵羊叫一样奇怪的声音。

“噢!噢!噢!是王子!是我最爱的王子。”

她张开双臂拥抱弗兰克,亲吻着它的脖子。它看起来很开心,我觉得自己心里什么地方抽了一下,后来我才知道是因为嫉妒。

“你好,”妈妈仍旧很礼貌地说,她不是很擅长在公众场合表现出亲昵的样子,“有什么我能帮忙的吗?”

“我听到观众起哄,”这个女人继续说,“我想了一下,只有一匹小马在骑马跳的时候会这样表现。”

她摸着弗兰克,激动得话都说不清楚了。

“噢,我还以为它死了。我还以为我再也看不到它了。你们在哪儿找到它的?它过得怎么样?它被送到哪儿去了?你们知道那个拿动物来做实验的地方吗?你应该知道它得涂防晒霜吧?”

她的问题像机关枪一样,我都来不及回答。这个女人叫作莎拉,她从很小就开始骑弗兰克。后来她长大了,不能再骑它,她的爸爸答应给弗兰克找一个很好的人家。但事实上，这匹小矮马被一些科学家做了耳部记号，他们一直对它阳光过敏的皮肤感兴趣。他们想测试防晒霜，因此追踪到它，还提出用1000英镑买下弗兰克，让它去纽马克特镇①附近的一家动物测试中心做实验。她爸爸答应了。当莎拉发现的时候，他们大吵了一架，她还差点离家出走。从此以后，她再没跟她爸爸说过话。

后来，一位驯马师从动物测试中心救了弗兰克，也就是王子，王子辗转于各种饲养赛马的家庭，最终来到了斯文顿②的马市，在那里妈妈花550英镑买下了它。

"是那些颜色的原因，"她说，"它害怕那些涂了颜色的杆子。它能跨过没有颜色的杆子，但是跨不过有颜色或者有条纹的。噢！我很高兴你拥有了它。它能跟你有交流，对吧？"

莎拉在秀展资料的背面写下了她的地址和电话，塞进了妈妈手里。她亲吻了弗兰克的脖子，依依不舍地离开了。

"世界之大无奇不有，"妈妈边说边把一个水桶装满了水，"动物测试中心？可怜的弗兰克。"

妈妈隔几个月就会给莎拉寄一封信，附上一张弗兰克的照片，告诉她弗兰克的近况。我试着接受我不是第一个爱它的人这个事实，但还是希望莎拉对弗兰克保持距离。过了一段时间，我意识到，弗兰克看不懂她的信，所以莎拉对我来说不会构成威胁。

马上就要迎来孩子见面会了。这一天孩子们都会来参加引路狩猎。围栏比常规尺码小一些，不得已的情况下你还可以跨过去。爸爸给了我和安德鲁一个无线电对讲机。我们得听爸爸的安排，紧紧地跟在他后面。

---

① 全球纯种赛马饲养中心，位于英国萨福克县。

② 位于英格兰西南部的一个小镇。

我兴奋得前一天晚上都没睡着，早餐时我穿着米黄色的骑马裤、衬衫，系着小矮马俱乐部的领带。我已经学到了上次的教训，所以在衣服外面，我还穿了一件牛仔裤和外套，这样即使我在泥里滚都不怕，只需要把外面套的脱掉，里面仍然是干净的衣服。

安德鲁一点都不在意，他也不准备在骑来福之前准备什么。就算紧张，他都不会表现出来。我则会不停地嘟囔着每一个步骤，例如参赛者的名字，我们要从什么角度跳，哪一栏比较容易。而安德鲁只是坐在那儿，把吐司塞进自己嘴巴里嚼着。

爸爸在外面竖起指示牌给人们指路，告诉人们在哪儿停车，以确保他们的马拖车不会开到场地的入口处。他时不时地跑进屋子里，用力地关上门然后很大声地喊着："艾玛！"

除了丢三落四，爸爸还会忘掉别人的名字。这些事儿都得马上由妈妈来解决。妈妈正在给安德鲁收拾东西，因此我去种马场为弗兰克准备在这天我们需要的东西。

利兹，我们的"火速管家"，已经完成了大多数工作。利兹做事非常麻利，走路也很快，就像电影《贴身辣舞》[①]里的帕特里克·斯威兹[②]一样，也有点儿像那个跳碎步舞的。利兹有一头棕色的卷发和一张圆脸。她从来没有发过脾气，能拿着工资在这里和马一起工作，每天她都是很开心的样子。利兹已经整理完了杂物间，还给小矮马洗了澡，我要做的就是把马具给弗兰克装上。我一边给它装上马具，一边告诉它谁要来参加这次活动，然后给它的蹄子刷油。收拾完了以后，我后退一步欣赏我这匹漂亮的小马。

"啊，好吧，穿上龙袍也不像太子。"爸爸走进来的时候

---

① 1987年发行的美国爱情电影，讲述的是男女主人公通过跳舞相知相爱的故事。

② 《贴身辣舞》中男主角的扮演者，美国演员、歌手、舞蹈家。

说。我不知道他说这句话是什么意思，所以我叹了口气，问他：“难道它不好看吗？”

“我只是随口说说。你弟弟哪儿去了？”

爸爸穿着镶有金色扣子的大红色夹克、白色的裤子和黑色的靴子。他带着一根狩猎用的鞭子，马鞍上挂着的皮口袋里还有一只号角。爸爸的赛马——颜料盒，脸是白色的，身上是深栗色的，体型巨大，看起来精神抖擞。它是一只力气很大的马，连爸爸都拉不住它。

我骑上弗兰克，还是没看到安德鲁的影子。来福已经在马室里准备好了，因此我建议牵着来福进场来节约时间。正当我们经过走道的时候，妈妈出现了，身后拖着弟弟。他的衬衫吊在外面，领带上有鸡蛋，骑马裤也缩得紧紧的。黄油和马麦酱洒在裤子上了，所以他换了一条棕色的裤子，棕色的比较耐脏。

“他回床上睡觉去了。”妈妈声音低沉，生气地说道——小狗如果在家里尿尿了，妈妈也会用这样的声音说话。

我们一起骑着马去会场，会场就在我家马场的中间。那儿有很多很多骑着小矮马的孩子，他们的父母都焦急地伸着脖子张望。安德鲁和我站在爸爸两边，照了一张相以后爸爸对着孩子们喊：“集合！”我总觉得爸爸嗓门大挺好的，他总是大着嗓门讲话。

“欢迎来到金斯克利尔的孩子见面会，很高兴能在这里见到各位。今天我们有四条线路，每一处跳栏之间都有一条备用线路，所以，如果你的小矮马不喜欢面前的栅栏，那就掉头。为了安全起见，有几条规则需要事先说明。因此我说的时候请大家仔细听……”

爸爸说完注意事项以后，弗兰克和来福都开始不耐烦了。它们不肯好好站着，所以安德鲁和我带着它们从人群中离开，去外面的场地上跑一小会儿。

“我们才没必要听呢，”安德鲁说，“我们早就听过了。”

来福嘴里塞着鲍尔丁家族特有的口塞——我们曾祖父的曾祖父发明的一种塞在嘴里的东西。那是一个小环，小环两边各有一个绳子拴着，绳子的另外一头连着马脸颊上的马具，这样骑手在扯缰绳的时候马就能保持低头，降低马的速度。

爸爸终于说完了，这会儿勒车犬全都出发了跟在穿着红色衣服的主人后面，主人身后除了勒车犬，还跟着四个人。他们负责“赶狗”，就是说要确保猎狗跟着事先规划好的香味跑在预先设计好的轨道上。

第一条线路从农场开始，一路沿着主干道，穿过长草地和史密斯家的草丛，经过一个坡，在丘陵顶部线路结束。爸爸觉得小矮马年纪都太小了，这样的狩猎可能会让它们筋疲力尽。这本来是一个很好的计划，但是爸爸没有预料到的是主干道的坡度和向左的急转弯。路上跑着五十四小矮马，这个弯显得太拥挤了。

爸爸让勒车犬走在前面，最后向大家吼了一声“跟着我”，就出发了。我在他的右后侧，朝着第一个轮胎障碍跑去。我以为安德鲁跟着我，但是来福听到爸爸的号令之后开始原地跳舞。它的两只前蹄稍微离地，开始上蹿下跳，安德鲁踢了一下它的肚子，又松了点缰绳，这对来福来说简直是梦寐以求的指令。

这只圆肚子小怪兽开始撒泼了。我们跳到第二个栅栏时，我听到安德鲁从我身边飞出去的时候尖叫了一声，他把第三个栅栏弄翻了。爸爸大喊：“别超过我！”我连“不要”都还没说完，安德鲁就从我身边飞了过去。等爸爸看清了旁边是谁的时候，大喊：“安德鲁，把它拉起来，把它拉起来，然后左转，左！”

安德鲁一直分不清左右，他先朝左后朝右最后直线冲出去。在主干道末端是一个双倍宽度六杆高的白色大门，卡车和收割机平时穿过这个门去往农场。这个门超过5英尺①高，是一扇铁门。安德鲁和来福径直朝门跑去。

来福轻松地跃过了这扇门，可是当他们在门内着陆时，安德鲁摔了出去——这出乎了所有人的意料。爸爸在空中举手示意后面的人全都停下来，然后朝着门的方向喊："你没事吧？"安德鲁点了点头，咬着嘴唇。"好的，抓住那匹该死的小马，别朝门这边来。克莱尔，你照顾他。其他人跟我来。"

说完这些，场地管理员，也就是我们的爸爸，带着一路人朝着草地跑去。我把另外一边的木门打开，告诉安德鲁在原地等着，随后骑着小马跑到镇上去。我发现来福就在不远处，正就着另一边路上的青草大快朵颐。

后来，安德鲁和我一路蜿蜒走到丘陵顶，我们一起骑着马，沿路跳过每个栅栏。等我们赶上其他人时，妈妈正在焦急地找我们。尽管爸爸一直在说"男孩子该继续向前走，这点事儿不算什么，继续下去才行"，但妈妈还是决定带着安德鲁和来福回家。

接下来的三条线路，我都紧跟在爸爸后面。弗兰克表现得很好。它可以跳跃，可以长距离跋涉，每一个栅栏都跳跃得非常漂亮，都不用我拉缰绳它就知道要干什么。当我们快要到达时，爸爸跟我说："好女儿，来！走我右前侧。"

我们一起并肩走完了剩下的路，弗兰克和颜料盒肩并肩跑着，颜料盒高大英俊，弗兰克短肥难看。我们把马拉直立起来，爸爸转向我，咧着嘴笑着。

"别的马也许好看，但你是一匹好马。"他笑着对弗兰克说。

---

① 约为1.65米。

回家的路上，我觉得非常骄傲。我的脸因为兴奋显得红扑扑的，弗兰克也兴致很高，都不想走路，一路跳着小碎步回家。我们身上全是泥巴、碎木头和脏东西，但是我们都很开心。

弗兰克天生不懂分辨颜色，但它确实是引路狩猎的好手。

外祖母不喜欢弗兰克。当外祖母听说了它的事情以后，弗兰克还轻轻踩了她的脚趾，把脑袋蹭在她宽阔的胸脯里。

“那匹小矮马不怎么好看，举止也很粗鲁，”我听见她跟妈妈说，“可能正是因为这样他们才很适合对方。”

我读过很多冒险小说，觉得只要再有一次英雄般的行为，我和弗兰克都可以变成外祖母的心头好。我们只是需要一次机会。

1980 年一个阴沉沉的晚上，当时暑假快要结束了，我觉得证明自己的机会来了。外祖母最喜欢的狗叫作德斯珂，它是一只个子小小的但是身材很匀称的小灵犬，只听自己的。它有时候跑出去狩猎，几小时不回来，但是这天晚上，它出去的时间比平时要久。外祖母找遍了每一个她能想到的地方，又是吹口哨又是叫名字，都没有德斯珂的影子。

我觉得机会来了，说：“别着急，外祖母。弗兰克和我会找到它的。”

外祖母穿着巨大的夹克站在厨房里。安德鲁满嘴都是蛋糕，还在拼命往嘴里塞。爸爸在外面，妈妈在切刚从地里摘回来的菜。我跟他们挥手道别的时候没人听到我讲话，我头也不回地去牵弗兰克了。

我们经过外祖母住的地方，穿过篱笆和史密斯家的院子，爬上丘陵，又穿过农场和主干道，然后爬下山。一路上我都在叫：“德斯珂，德斯珂，你在哪儿呢？”

一个小时以后，开始下雨了，不一会儿就变成了倾盆大雨。天色慢慢变暗，周围也越来越看不清，我只能看到左边白色的路标，完全没有德斯珂的影子。尽管我极力想当一个英雄，但是我知道现在环境对我们很不利。慢慢地，我们浑身都湿了，也越来越冷。狗还是没找到。

弗兰克在晚上本该回到马厩去。它对秸秆过敏，但种马场所有的马室都满了，所以我带它去网球场的那四排马厩去。它一直很听话，我不愿意它淋雨，至少要给它一个温暖、干燥的床睡个好觉。

马室里没有马，也没有床。我让它站在原地，之后带着马鞍和缰绳去杂物间整理。安德鲁和我从来没干过这活儿，因为总有利兹帮我们干，所以我们俩都不擅长整理。不过我至少知道怎么铺床，于是决定给弗兰克铺一张舒服的床。夜间训练早就结束了，周围也没有人。马夫都回去看电视了。

农舍最里面有一排箱子，堆着一些黑色塑料袋包起来的纸袋子。纸袋子里装了干净的空气，是给那些有呼吸疾病的赛马准备的，我决定拿一个给弗兰克用。我用刀把纸袋子划开，小心翼翼地把袋子放在窗台上，又挑了一把寒光闪闪的干草叉，把它斜靠在墙上。

我把干草叉高举过头顶，向下猛刺纸包。好像卡住了什么东西，可能是叉到地上了。我把干草叉拔起来一点，还费了点劲儿，之后用它把纸袋挖起来，拿去给弗兰克。

脚刚碰到地面时，我就觉得左脚掌的感觉有点奇怪，有点痒。我走到门口，放下了纸包，把干草叉靠着墙，蹲下来看看。我得把靴子脱掉，因为脚的感觉越来越奇怪。一定是出事了。我不记得有没有看到袜子上的血，或者是干草叉的利刃上的血，但是我觉得很晕。疼痛一下子穿透我的身体，就像水龙头突然被打开，我摔倒在门边上。

弗兰克过来用鼻子顶顶我，想把头钻过腋下扶我站起来。

我的脚剧痛，但是我得忍着。因为脚穿不了鞋子了，我一瘸一拐地跳到离这儿最近的一户人家那儿去——巡赛领头马夫思派德用水泥砖砌的房子。还好他在家。

“天呐！”他说，“你怎么了，小克莱尔？”

“一点儿小意外，”我尽可能地保持冷静，“我跟弗兰克一起出来，想帮外祖母找她的小灵犬。”我当时说话的声音很小，但是我觉得他必须得知道发生了什么，“它很好，很能干，我不想它淋雨，这对它不公平，我当时在给它铺床，干草叉……脚……”

我的声音慢慢地减弱，我向后倒去，后来的事情就不知道了，我感觉有人接住了我的头和膝盖。思派德接住了我，晕倒前我知道的最后一件事就是我们沿着小路跑，他把我送回了家。

妈妈来开门，思派德手里抱着我站在雨里。

“噢，天呐！这是怎么了！”妈妈说。我恢复了一点儿意识，看到外祖母也在妈妈身后，站在大厅里。

“这回又是出了什么事儿啊？”我的外祖母说道，“她还真是会惹事儿啊。”

“我找不到它，外祖母。我们哪儿都找遍了，但是就是找不到。”我的声音很小。我觉得自己好像是在画面外看着他们，从高处俯视他们。

“她的脚被干草叉叉穿了，”思派德把我抱进房间的时候告诉妈妈，“流了很多血，骨头应该没有断。她可能得打破伤风针。”

“太感谢你了，”妈妈说，“很抱歉她给你添麻烦了。”

“那匹小马你准备怎么处理呢？”思派德把我放到沙发上，起身退出了起居室，他问妈妈：“那匹很丑的，叫弗兰克的。”

“把它关到后面的小围场里。”妈妈说。

“不要!”我以为我喊出来了,但是好像没有人听到。

妈妈说了一句“为什么”,但是没有发出任何声音,只是叹了口气。

“你这个傻姑娘,我们得把你送到医院去。”妈妈终于恢复了理智,家里也恢复了秩序。做了一件傻事,就得处理做傻事带来的结果。不巧的是,今晚有人要来家里吃饭,这下更乱了。

幸运的是,干草叉的利刃从我的第二根和第三根脚趾之间穿过,没有插到骨头上。弯曲的利刃戳穿了脚掌,脚背和脚掌至今仍然有两道疤。

还是没有找到德斯珂。外祖母觉得它一定是被困在陷阱里或者是养兔场里。第二天,她给弗兰克带了一袋子礼物表示感谢。

有趣的“黑斯 57 号”克服了对彩色栅栏和马竿的恐惧,成为赛场上的常胜将军。我们一起去小矮马俱乐部,就像泰纬尔卡通连载里的主人公一样得了奖,我非常开心。(两年后,安德鲁得了这个奖。)

弗兰克和我在引路狩猎活动中,总是得第一名。只要爸妈允许,我就会骑着它去引路狩猎,安德鲁和我在合作项目中总是一起行动。妈妈说就算隔着两个场地,她都能听到我和安德鲁大声争论谁该走前面。

当我个子长大到不能再骑弗兰克时,安德鲁骑了它一年,后来他去打马球了,我最害怕的一天终究还是来了。弗兰克离开之前,我哭了整整一周。我们要把它送给一个会好好照顾它的小女孩,她还会记得给它的鼻子上涂防晒霜,但我还是不忍心看见它离开。弗兰克像第一次走上马拖车之前那样踩我的脚趾,然后它对着崭新的墙拉了最绿最绿的大便。

尽管弗兰克的习性让它看起来很糟糕，尽管它没什么教养，对我也没有什么特别的感情，但我还是崇拜那匹小矮马。我也不知道为什么，可能是因为它不在乎我，所以我很爱它，也可能是我需要一个盟友，也或许是因为我们都经常犯错误。但就像是天性和本能，因为别人不爱它，所以我更爱它。它很坚强，一点都不关心别人怎么想的——可能因为它是一匹小矮马，不知道别人在说什么，但是它能懂我，我觉得自己也懂它。

几年前，有人让我写一本书来纪念我的初恋。我的初恋到底是爱上了谁？爱上那个人的什么？大多数人可能会写电影明星、小说角色、现实中的男朋友或者女朋友。但是对我，答案非常明显：我会写弗兰克。

第九章

海　蒂

10岁的时候,我参加了高中入学考试。尽管百分制的数学考试我只得了13分,我还是被冬尼寄宿学校①录取了。妈妈二十年前也在这所学校念过书。学校在纽伯里市郊的山上,从家到学校不过20分钟。学校的建筑全都是红顶白

① 一所寄宿制女校,位于伯克郡冷灰镇,始建于1907年。

墙。那儿的女孩穿的都是深绿色的长斗篷，不论是穿过走廊，或者是从屋里跑出来穿过圆形广场，女孩子们看起来都像是在滑雪。

新学期第一天我就迟到了。天色渐渐暗下来，我只能借着阴沉的天色看清网球场和学校周围白色的围墙。

安德鲁说寄宿制学校很有趣。他交了很多朋友，还加入了橄榄球俱乐部，他是一个很容易满足的人。他犯错的时候，大家都会笑。之前在卡迪克特男校①，老师问他们班上的同学能不能说出一年有几个季节。安德鲁举手：

"平地赛马季和障碍赛马季。"②他自信地说。

"什么？"老师不知道他在说什么。

安德鲁继续解释："在赛马界有两季。平地赛马季是从差不多四月开始一直到十一月底。全国狩猎季是差不多从十一月到四月底。"

严格来说，弟弟说的是对的，只不过这不是老师想要的答案。

"回答得非常棒，安德鲁。很有创意并且非常详细的答案。别的同学还有想要回答的吗？"

在去学校的路上，坐在妈妈的雪铁龙车子里，我紧紧地拥抱了弗洛西。它长大了点儿——牙齿磨平了一点，脚趾之间也有了肉球球，比原来胖了点儿，而且更喜欢放屁了，但我还是求妈妈一路上带着它跟我们一起去。弗洛西对着我喷气，我觉得它一定是在说："勇敢点儿。做你自己。你会过得很好的。"

妈妈拖着行李，跟我一起走进了"达尔文门"，进入一所房子里。这所房子是专门为了新学年的开始而建造的，为了

---

① 一所寄宿制男校，位于白金汉郡，始建于1904年。

② 赛马比赛主要分为两种，一种是骑师骑着赛马平地上比速度，另一种是骑师骑着赛马跨越障碍。

纪念查尔斯·达尔文——1907 年,他在肯特[1]时住在这儿——建立了一所女子寄宿制学校。1921 年时,因为人数的增加,学校搬到了一所曾经的女修道院,名字是科鲁斯特,位于伯克郡的冷灰镇。

这里一共有六栋房子,四栋给大一点儿的女孩子住,两栋给第一年入学的女孩子住。山上的房子比山下的大一点,山下的房子都在道路尽头的树林里。我觉得有点儿阴森。达尔文的建筑才能不如他在生物方面的造诣,但是这些房子非常实用,离教室和饭厅都很近。

一个鹰钩鼻子、高个子,头发梳得一丝不苟,眼镜腿儿还拴着防滑链的女人给我们开了门。

"你们迟到了。"她盯着妈妈看,妈妈向后退了一步,一句话没说。

"你一定就是克莱尔,我是伯威克夫人。"她说话简洁,声音有力。她会教我们用花体写字,因为这能体现一个人聪明的头脑,如果一个人写的字向左倾斜,那他一定是个懒骨头。"跟着我来。"她带着我们往里走,鞋跟在地板上踩得啪嗒作响。我小跑着跟在她后面。

我想起来忘了跟妈妈说再见,等我回过头的时候,妈妈已经走了。我朝着她离开的方向挥了挥手,就跟着恐怖的伯威克夫人走进了一间房子,房子里面有 12 个女孩子坐在柔软的沙发上或者是地上的小沙包上。我两腿交叉坐在地板上,就像我们从前在金斯克利尔小学集会那样。

"怎么有一股臭味?"我听见一个头发用发夹夹起来的女孩子跟另外一个这么说,另外一个女孩子也有一头蓬松的头发。

"我觉得可能是那边传过来的。"另外一个女孩子用手

---

① 英国英格兰东南部的郡。

指着我的方向。

我闻了一下自己的衣服，发现身上的确有弗洛西的味道。我极力地想把自己夹紧，希望自己能消失就最好了。伯威克夫人从她的鹰勾鼻尖看了看我，跟我们交代了规矩，告诉我们一大堆不能做的事情。

我和另外两个比我大很多的女孩子住一间房子。她俩差不多比我大一岁，看起来从前都住过寄宿制学校的样子。

"你父亲是干什么的？"一个女孩子一边用食指缠头发一边问我。

"我的爸爸是一个赛马驯马师。"我回答道。

角落里的女孩子很不屑地嗤出了声，另外一个则是咯咯地笑了起来。我都开始怀疑我是不是说错了"爸爸"这个词。

"你是说你的父亲是一位马夫？"金发的那个女孩子说道。

"不，他是一位训练师，他训练了水车礁石。"一般说到这个就是我的撒手锏了。

"嗯，"爸爸是陆军上校的女孩子说道，"水车礁石？从来没听说过。但是我知道你出生在一堆马里，怪不得你闻起来像肥料。"

另外一个女孩子开始大笑，笑得满地打滚。我站起来，悄悄地离开了房间。

"我会骑马。我会骑马。"我自言自语道。

我知道，在骑马这件事上，我比他们任何一个人都棒。

第二天我们直接开始上课，这意味着得穿校服：白绿边的衬衫、绿色的裙子、红色或者绿色的套头衫，还有红绿边的运动上衣。我穿的是红色的套头衫，因为它是新的，绿色那件是二手的。每个人都选了绿色。我的裙子大了，腰还得卷几圈。

“你长大了就能穿了。”妈妈说过。

妈妈不让我买学校校服表上列的平底正装皮鞋，因为它们“贵得离谱”。我穿了一双有矫正脚弓作用的鞋子。我很讨厌它们。

餐厅大得可以容纳三百个女孩，铺的是木地板，周围还有木头立柱，二楼是走廊。走廊里有一个仓库，里面有二手的制服。妈妈嘱咐过，一有二手的斗篷就让我去买。斗篷的帽子是红色边的，领口的扣链有一些姓名贴。这件衣服曾经有过五位主人，也就是说它至少有二十五岁了。它就像一件重要的历史文物，我把它卷起来抱着，觉得这件斗篷一定有魔法，穿着它我可以隐形，还可以刀枪不入。斗篷就是我的救星，但是我没想过后来我会“成也斗篷，败也斗篷”。

我一点儿也不傻，很快就意识到我需要改进自己的语言和口音。我说的“是的”会被其他女孩子说成“是的呀”，我的“是啊”会被她们说成“没错儿”，我说的“不是”会被她们说成“我不这么认为”，当我说“请您再说一遍？”她们会说“对不起？”还有，对每件你喜欢的事情要说“酷”，对不喜欢的要说“恶心”。

我不仅得学会破解这些语言密码，还得学会说一些我不懂的词，例如“餐巾纸”，还有一些事会让我很难堪：我不知道防水的黄底黑长靴是在下雨天穿的，只知道下雨天的标准配置是猎靴和夹克。我宁愿淋湿也不想穿我和妈妈冬天才穿的衣服。

上了一周课以后，我的口音改了很多，也开始交朋友了，我的一位新朋友叫作珍妮。我们是同桌，午餐的时候我会给她留一个空位，我讲笑话她会哈哈大笑，我们一起讨论我们的小矮马。她邀请我放假的时候去她在泽西镇①的家里住

① 位于诺曼底半岛外海20公里处的海面上，英国的皇家属地而非英国本土的一部分。

几天。我觉得很诧异。在寄宿制学校交朋友这么简单,我太高兴了,都想开派对来庆祝我交了新朋友。如果她想跟我义结金兰,那我愿意割破手指,滴血跟她结拜。

周末来了,上完周六的晨课,我们第一次能穿上自己的"便服"。这是我们给自己的衣服起的名字。我之前带来了一些薄的便装,都是我最喜欢的衣服。还有一些带有花朵图案的衬衫,是妈妈买给我的。这可是1981年,赛马史上最棒的一年。鲍勃·詹培恩不仅从癌症中康复,还在与阿尔丹妮提①的配合下赢得了当年的英国国家障碍赛马大赛冠军。薛加尔②跨越了十根马竿,打破了德比奖的纪录,第二名是一匹爸爸训练的赛马,叫作金闪③。骑师约翰·马提亚斯④每天跟我们一起吃早餐,他没能看到薛加尔,因为薛加尔在他前面很远的距离。约翰还以为自己赢了呢。

然而,虽然我知道1981年赛马史上发生的所有大事,但我仍然跟不上时尚。我的时尚品位仍停留在1975年。

如果我对时尚有一点儿概念的话,就会知道现在可是小腿裤⑤的时代。珍妮有一条明黄色的小腿裤,还穿了一件宽松的无领衬衫,外面套了一件她从爸爸那儿"借"来的超大的羊绒套头衫。我穿着平时穿的衣服,从房间里出来。

珍妮上下打量着我,掩饰住她的嫌弃,说:"你穿的那叫什么啊?"

---

① 赛马名。

② 爱尔兰赛马,是第202位德比奖冠军,因跳跃十根马竿而打破纪录。

③ 英国纯种赛马,水车礁石的儿子,因其持续性好、稳定性佳而著名。

④ 英国骑师。在1981年的那场比赛中,薛加尔速度极快,约翰·马提亚斯曾说:"我还以为我一定会赢呢,我处于领先地位,而且前面没有其他选手了,结果到比赛的后半程才发现薛加尔跑在离我很远的前面,像在天边一样。"

⑤ 又称窄脚裤,最大特点是紧密贴合身体,使用的面料都是弹性较好的,可使腿部看起来更加修长。

“这是我最喜欢的裤子。”我笑着解释。

我穿着蓝色的喇叭裤，膝盖那儿有一点点磨旧了，裤子前面还有一点儿约瑟普夫人熨衣服时留下的痕迹。我配了一件带金边的黑色立领毛衫，是外祖母为我织的，我总是穿着它假装自己是个骑师，现在有点儿紧了，但是仍然很暖和。

“好吧，你穿成那样别跟我走在一起。”珍妮穿着她的尖头皮鞋走开了。

后来我看到她和一群人从山上的房子走出来，她们都穿着小腿裤和宽松的线织套头衫或者是羊绒套头衫，大得都把手盖住了。她们也没做什么特别的事情，只是到处走走。但是她们都知道，我不属于她们的圈子。其实穿便装的规则比穿校服的更严格。

珍妮用一种比憎恨更危险的表情看着我——同情。这是一件你没法反抗的事情。你可以直接反抗偏见，你也可以骂回那些侵犯过你的人，但是同情是最要命的。因为没法回应，也没法为自己辩护，同情意味着你们俩根本不平等。

人天生就是种群动物。尽管我们比别的所有生物都高等，但我们本质上仍然像家畜。作为孩子，我们都愿意去发现自己的特点，去做好自己的事，但是社会会影响我们，换句话说，别人的看法对我们是有影响的。为了保护自己，我们选择退回安全地带。我们得适应突如其来的青春期，很多方面都需要安全感。有的人选择变得与众不同来克服这种恐惧，来抵抗随大流，另一些人则选择顺从。

当我 10 岁的时候，在寄宿制学校的第一周，我不想表现得与众不同。我想跟她们看起来一样，说一样的话，思维也能同步。

我花了整个下午在房间里，用针线把裤子的小腿部分缝了一圈。我对自己的成果非常满意——小腿部分大小合适，而且显得我的腿很直。当我穿着裤子出房间的时候，伯威克夫人站在她门外面的走廊上。

“亲爱的,我们是在模仿青蛙吗？多么‘特别’呀!”她的眼睛透过镜片和鹰钩鼻的鼻尖看着我,还故意加重了某个词。

剩下的周末我差不多都在假装我要么去打长曲棍球,要么就是在去打曲棍球的路上——因为这样我就可以穿着我的运动套装和绿色的套头衫,也没有人会来说我穿得不好看了。

一个月以后终于轮到了短假,我们可以在家待整个周末。大多数其他的女生都在伦敦国王路①附近的斯隆恩广场②等着爸妈来接她们。我看着她们问候爸爸妈妈。他们相互亲吻对方的脸颊,爸爸还会给女儿一个大大的拥抱。我们家就不会这样。妈妈在公共场合表达亲昵的动作很简单,相隔很远的时候互相挥手。对我的外祖母来说,就算挥挥手对她来说都很难受。

我站在人群外面等着我的妈妈。安娜贝尔的父母从苏格兰来接他们的女儿去过周末。我盯着珍妮已经离婚了的父母,看着他们轮流拥抱她,一个人在跟女儿聊天的时候另外一个在后面等着,过了很久,另外一个又上前来说会儿话。我从来没有见过谁的父母是离婚的,都看入迷了。可能是我盯得太专注了,珍妮钻进她爸爸的奔驰副驾驶座之前瞪了我一眼。她的妈妈随后也开着路虎跟着他们。他们在英国或者是在泽西镇都开车,这样他们就不用换着开了。

我看了一眼手表,父母从不按时出现,我已经习以为常了。今天是周六,周六早上赛马要进行练习。爸爸肯定很忙,不能来接我,我是这么想的。妈妈肯定在给每个人做早餐,她应该很快就到这儿了,已经十一点钟了。

---

① 位于伦敦西部,连接切尔西和富勒姆的一条主干道。

② 位于伦敦中心城区,与骑师桥街相邻。

我再看表的时候已经十二点了，女孩子们早就走了。伯威克夫人来了，看见我还坐在水泥台阶上，脚边放着一个大书包。

“谁来接你？”她问我。

“应该是我的妈妈。”我回答。

“你给她打电话了吗？不会出什么岔子吧？她有没有可能因为别的事忘了给你打电话呢？她病了吗？你不能在这儿坐整个周末啊，亲爱的。”

我在口袋里找到一个十便士的硬币，然后径直跑向达尔文室边上的电话亭。我还以为妈妈会说“噢，糟了！”或者说点儿别的，结果妈妈真的忘得干干净净，她把第一次从寄宿制学校接女儿回来这件事给忘得干干净净。当然我没有告诉伯威克夫人，我跟她说，妈妈出车祸，蹭了别人的车，正在等保险公司的人来，不过她会尽快来接我的。半小时以后，妈妈的蓝色雪铁龙呼啸而来，看起来明显就没有撞车的痕迹。

“但愿你没事儿，”伯威克夫人看起来非常担心，“竟然发生了这么可怕的事情。去年我的车也撞过。非常让人心烦。而且还会后怕。”

“我不知道你说的——”妈妈还没说完，就被我给打断了，我整个人像个考拉熊一样扑向妈妈，挂在她身上。

“妈妈！”我大喊，“真高兴你没事儿。谢谢上帝啊，感谢上帝。”

我一边抱着她，一边把她强行拖上车。

“最好的方法就是让一切回归正常，”关上门，我跟伯威克夫人使了一个心领神会的眼神，“爸爸总是在摔跤的时候告诉我：‘顺其自然就好了。’”

我跟伯威克夫人挥手道别，然后坐车回家去看弗兰克和弗洛西。

我们有过很多保姆:安德鲁还是个婴儿的时候有珍妮护士;我们从家里逃跑的时候是利兹发现的,我们没跑多远,差不多到山脚下时,安德鲁发现忘了带睡衣;还有杰琪·尼易,之后是安妮,她是骑师约翰的姐姐;再后来是伊莲娜,她撞了妈妈的车;接下来还有艾玛,她会跟我们讲三角形外星人的故事,还带我们去巴金斯托克的游泳池游泳;最后是杰拉丁,安德鲁第三次撞见她洗澡以后她就离开我们了。

我和安德鲁去了寄宿制学校以后,就用不着全职保姆了,家里找了一个暑期保姆。其中的一个法国人指着一碗樱桃问我爸,这个在英国叫什么。"奶嘴儿。"爸爸回答。她问爸爸能不能吃一个"奶嘴儿"的时候,爸爸的脸都绿了。由于这样或那样的原因,没有一个保姆会在我家干第二个暑假。

前门的门铃响的时候,我在看安娜·休厄尔写的《黑骏马》[1]。

"我去开门。"我大喊着穿过门廊,溜过黑白色的地砖,在大门前停下来。门上镶嵌的玻璃很厚,透过玻璃看两边的人影都变形了。我站在那儿,抬起头来仰视着外面黑色的轮廓。

然后开了门。

"你好,我是克莱尔·鲍尔丁。你是谁?"

我站在那儿从下往上看。闪闪发亮的一双鞋子,我猜那双鞋子一定很贵。完美剪裁的西装,圆形的海龟壳眼镜架在一双高挺的鼻梁上,还有灰白的发际线。这个男人一定地位

---

① 安娜·休厄尔(Anna Sewell,1820—1878 年),英国作家,她在生命的最后七年撰写了《黑骏马》。小说主人公"黑骏马"是一匹漂亮的优种黑马,从小生活在贵族人家,主人非常喜欢它。但是好景不长,主人家里有了变故,黑骏马不得不被卖掉。它一连被卖过多次,尝尽了人间的甜酸苦辣,最后它侥幸有了一个好的归宿。作品揭示了马的内心世界,也有作为马冷眼旁观人类社会的描写。

尊贵,我心里琢磨着。

“哎呀,哎呀,”他一边慢慢地审视我,一边慢慢地开始讲话,“你看起来有点像你爸爸,也有点像你妈妈,不过还是最像你自己。”

“那很好,”我说,“我想像我自己。”

我开门的时候,他把帽子递给我,然后蹲下来看着我。

“千万别忘了这点,亲爱的。不管世界如何对你,你都要做自己的主人,为你自己的决定和命运负责。”

“我是阿诺德·温斯托克①,对了,我是来这儿看你父亲的,很高兴见到你。”

“啊,温斯托克爵士。”爸爸从房子里小跑出来,“很抱歉,希望我的女儿刚才没表现不好。”

爸爸两手捏着我的肩膀,力气比平时要大。

“她很讨人喜欢,”温斯托克爵士说,“很有骨气。”

他们朝着休息室走的时候,我听到温斯托克爵士说:“如果以后她想找工作,一定要告诉我。”

我当时不知道阿诺德·温斯托克是20世纪最杰出的商人之一。作为英国通用电气公司②的执行经理,他把这家公司从小公司发展成年盈利110亿英镑的大公司。对我爸爸来说,他是个知识渊博的马主人和赛马饲养者,他养的其中一匹马叫作特洛伊③,获得了1979年德比奖冠军。

从那年冬天到来年春天,我都在长身体。我一下子就长

---

① 阿诺德·温斯托克(Arnold Weinstock,1924年7月29日—2002年7月23日),曾任英国通用电气有限公司董事长。

② 英国最大的电器及电子工程公司,简称GEC,业务范围涵盖电机工程、电子工程、通讯设备、国防工业等范畴,公司成立于1886年,总部位于英国考文垂。

③ 一匹出生在爱尔兰,由英国驯马师训练的纯种赛马,在他1978到1979年的职业生涯中,参加了11次比赛,获得了8次冠军。

到不能骑弗兰克了,也不能再骑小矮马,所以妈妈和我一起去挑选我的第一匹大马。大多数人认为大马和小矮马之间只是高矮的差距。小矮马通常只能长到14掌①高,最矮的大马也差不多就这么高,但是就像一个个子高的孩子仍然是一个小孩子一样,也有个子高的小矮马和个子矮的大马。

其他区别还包括态度和长相。小矮马的身体比例很搞笑,它们有毛茸茸的鬃毛和尾巴、厚厚的脖颈、短肥的腿、圆滚滚的肚子。大马的鬃毛、骨骼和皮肤更让人赏心悦目,但是小矮马的智商占优势。不可思议的是,小矮马跟骑他们的人有近乎相同的智商,学习新事物的速度也很快。

这些对骑手来说并不是什么好事,因为一匹聪明的小矮马不是真正意义上的好马。它们知道自己想要什么,也知道自己在做什么。它们会考验你的耐心、意志力、技术和力气。

总的来说,我觉得骑小矮马比骑大马要难,所以一个8岁或10岁骑小矮马骑得还不错的孩子同样也能骑好大马。

妈妈看到《马与犬》杂志上有一则关于棕色母马的广告。那匹母马16掌②高,12岁,名字叫海蒂。我们准备去20英里以外的阿沙姆斯提镇看看。

"它真漂亮!"我拍拍它的背说。我简直不敢相信自己要骑一匹这么漂亮的马。我一条腿跨上去结果差点儿掉下来,地面离马鞍的距离宽了点,我骑着它在地上跑了几圈。海蒂个子很高,而且很结实。我们跑了一会儿,跳跃了几个马竿。它非常可爱。

我骑着海蒂,朝着妈妈和海蒂的主人威廉姆斯夫人走去时,妈妈问我:"你喜欢它吗?"

"它在半空中都能做动作!你看见了吗?从小跑到跳跃!哇,它太棒了!"我说了一大堆。这就像是品酒或者是

---

① 约为1.6米。
② 约为1.9米。

吃鲑鱼——让人感觉是大人才干的事儿。

妈妈笑了笑，然后开始跟威廉姆斯夫人谈价钱。我拍了海蒂一下，骑着它回马厩。我从来没有骑过母马。我觉得没有什么区别。但是我错得离谱。

海蒂当天就跟我们回家了。我第一次骑着它穿过马场的时候，觉得非常骄傲。我骑着海蒂经过思派德身边，海蒂的头弯着像在表演花式马术，他看到了还对着我吹口哨。

“要我说，克莱尔，这是你有过的最好看的母马。”

我稍微坐直，轻轻用腿夹紧了海蒂的肚子，它的后腿并拢了些，步伐更加优雅了。

有一匹三岁的小公马从顶上的马场跑过来，上面坐着一个金发的男孩子，名字叫作丹尼·哈瑞普。我很喜欢丹尼，他只比我大几岁，想成为一位骑师。几乎所有来我家马场的男孩子，都怀揣着成为骑师的梦想。许多人都有机会成为学徒，一些人做得很好，但是只有其中一到两个人能实现梦想，成为专业骑师。

大多数人没能成为骑师，并不是因为他们不够优秀，而是因为体重。他们有的个子太高、体重太重了，有的则吃得太多，或者因饮酒过量等原因导致他们超过了 8 英石①。对骑手来说，骑马是一项艰难的工作。你可能跟别人一样经验丰富，但是你的体重得更轻，不然你就没有未来。

丹尼是一个很帅气的骑师。人很好，很有爱心，对马从来没发过脾气，爸爸有时候让他来训练难驯的马，或者是降服小马驹——让它们适应套马鞍、马镫、习惯骑手骑在背上。丹尼跟在我后面，我们一起往主干道跑去。

我到现在都不明白海蒂怎么知道在它后面的是一匹公马，它一定是闻到了气味，尾巴突然直立起来，超过背部，紧

① 1 英石约为 6.35 千克。

接着开始原地腾跃,发出一种奇怪的声音,向后靠近小公马。

“我的神啊,看着点儿!”丹尼喊着。

我也想小心点儿,但是我什么都做不了。我踢了踢它的肋骨,用棍子敲它的肩膀,而它仍然向后追去。它好像还边跑边尿尿了。

思派德开始大笑。“它是匹母马,好吧。它发情啦!”他说,“你就跑过去吧,丹尼。去吧,那是匹公马。快去吧,它在朝你抛媚眼儿呢,哈哈!”

我觉得很害羞。我这匹漂亮的母马这么不知羞耻。它发情的时候状态是最差的,我必须学习马的生理期。春天到秋天,大约每三周,母马会发情一次。它们的荷尔蒙受日照长度的影响,母马的孕期是十一个月,这样就能避免冬天怀孕和冬天生产,不然在野外新生的小马将很难存活。

海蒂的发情期是从三月到十一月,基本上一直都在发情。它会用鼻子去闻每匹公马的屁股,不管是小公马还是成年公马,只要在100码的范围内它都能闻到公马的味道。它太想交配了,我不得不让它和其他赛马分开。这可能是一节宝贵的生物课,但这对我来说很苦恼。

爸爸训练过很多优良的小母马,他对于海蒂的生理现象比对我的更感兴趣。他告诉我只有让它一直闲不下来才能保证它的健康。

“如果它一直有事干,就会好很多。但是你没办法强迫一匹小母马,”他说,“它们正因为这样才有趣。”

我现在才意识到,尽管爸爸训练了很多优良的母马,但是他从来没有骑过。对于爸爸来说,母马太变幻无常了。他更喜欢大体型的勇敢的公马,能飞快地跨越视线里的任何障碍物。

跟马主交往的时候,爸爸讲话直接,非常诚实。他出生于马贩子家庭,但是他一点都没有商人巧舌如簧的本事。他觉得，应该告诉马主他们的马长处是什么，短处是什么，而不是让他们梦想着自以为宝贝却像驴子一样的赛马能得德比奖。

一些马主很乐于从电话中听到自己赛马的进步，其他的更喜欢自己来看看赛马，感受赛马的精气神儿和进步。后者更贴切实际，不看重结果，更像真正的养马人。

爸爸每周日都会给马主们打电话讨论可行的赛马计划。因为他的马主们都是世界各国的精英，所以他偶尔也会关心一下时事和马厩以外的生活，不过他总会把话题转移到赛马上面去。当时人们打赌谁来当首相、哪个党派会赢，还有谁会当什么官儿。这些还上了从前《体育生活》的封面呢。

当他给白金汉宫打电话通报赛马近况时，电话立即接通了。

1979 年 5 月，他跟女王陛下的对话是这样的：

"女王陛下，您好。"

"伊恩，你还好吗？"

"很好。这儿一切都好。赛马的身形都保持得很好，我觉得我们今年在英国皇家赛马大会可能会夺冠。"

他接着介绍了一些细节，例如哪匹马领跑比较好，接着告诉女王陛下，她的马中还有一两匹有一些瑕疵，需要时间来改进。女王全都听进去了，还简单地评论了一下。当他差不多介绍完的时候，女王说："顺便问一句，你觉得这次大选结果怎么样？"

当时保守党赢得了大选，玛格丽特·撒切尔①成为第一位英国女首相。爸爸不怎么清楚这件事，因为这事儿不怎么

---

① 第 49 任英国首相，1979 年—1990 年在任，是至今为止英国唯一一位女首相，也是自 19 世纪初利物浦伯爵以来连任时间最长的英国首相。其政治哲学与政策主张被通称为"撒切尔主义"，她在任首相期间，对英国的经济、社会与文化面貌作出了既深且广的改变，被苏联媒体戏称为"铁娘子"。

影响他的生活，他就没太在意。爸爸不是一个愚蠢的人，但是他有的时候不怎么走脑子，我只能这么解释了。

“这事儿呢，可能需要一点儿时间来让全国人民适应一位女领导人。”

真的，这就是他的原话，他就这么跟女王陛下说的。

我觉得女王陛下没立刻把赛马全部撤走，都是因为教养好。可能她觉得爸爸是个直肠子，是个有话直说的农夫，也可能是爸爸的回答逗乐了女王陛下，或者她只看重他训练赛马的能力，忽略了其他方面。

女王喜欢从赛马的家族传统来研究赛马——她非常清楚哪匹赛马不擅长哪方面、哪匹更善于走秀、谁更喜欢领头跑前面、谁喜欢腾跃，还有谁会怯场。不论何时，只要她来看赛马，爸爸都会保证我和安德鲁得提前做好准备。

· 问好的时候要说‘女王陛下’（是‘王’，不是‘汪汪’的‘汪’，也不是‘网球’的‘网’）。

· 不能握紧女王陛下的手，轻轻地握住，有礼貌地鞠躬。左脚在右脚后面下蹲，或者右脚在左脚后面下蹲，爸爸都不怎么清楚到底怎么做，所以我也从来不知道到底哪只脚在哪只脚后面。

· 如果没有跟你讲话的时候就别吱声，要看着女王陛下的眼睛。

· 别小声嘟囔——你可能觉得这没什么，但是这样非常不敬。

在 20 世纪 80 年代 4 月的某一天，爸爸忘了告诉我们女王到金斯克利尔来了。结果我骑着海蒂从屋子外面冲进来的时候，发现两个穿着制服的男人坐在厨房桌子边上。我觉得可能有人被谋杀了，这两个人是来调查案子的。我一直在看《大鼻子情圣》①,而且当时在泽西镇的确发生了那样的事情。

“哟吼,”刚进门我就开始边脱靴子边大喊,“人都哪儿去了?”

“在隔壁的餐厅里。”其中一个看起来像警长的人说道。

我穿着袜子从软木地板一路滑过去,看到约瑟普夫人在精致的碗碟里仔细地摆放熏肉和香肠。

“太好啦! 早餐做好啦!”我兴奋地喊道。正当我从厨房里跑出去的时候,我听到约瑟普夫人说了一句“陛下”什么的。

我用力地拉开餐厅的门,大摇大摆地走进了房间。我当时穿着绿色灯芯绒的骑马裤,上面有两个星期都没洗掉的污渍,两只袜子一直红色一只蓝色,还有橄榄球衬衫,脖子上还系着一条污渍斑斑的领带。

女王陛下坐在我们家厨房餐桌最里面的位子上,穿着非常朴素的海军蓝裙装。我突然的到来打断了他们的对话,没有人愿意充当别人谈话中的不速之客。然后我说了句:“香肠,好吃!”

我冲到角落里的桌子的时候,爸爸低声咕哝了一声,那声音听着嗓子都疼,桌子上放着妈妈最精致的瓷器,里面摆着煎蛋、咸肉、香肠和蘑菇。

我连“女王陛下”都没说,继续吃早餐,就好像平常一样。“接着干你手上的事”——骑马的时候爸爸总是这么教我们的。我觉得这条规矩生活里也适用。

女王在喝茶,不是咖啡。她喜欢不加牛奶的淡茶。她只

---

① 一套1990年的法国历史电影,由尚-保罗·哈布诺执导,热拉尔·德帕迪约等主演。电影改编自知名法国剧作家爱德蒙·罗斯丹1897年的舞台剧《风流剑客》,以17世纪的法国为背景,描述法国著名剑客兼作家西哈诺·德·贝尔热拉克(Cyrano de Bergerac)的感情生活。

吃了一片吐司，没有吃鸡蛋，也没有吃香肠、熏肉、蘑菇或者盘子里的番茄。她的手套放在盘子的边上，脚上穿着黑色的平底鞋。她看起来非常慈祥——跟爸爸让我们在圣诞节演讲上看到的一点儿都不一样。

爸爸盯着我看，想要说什么，但是为时已晚。我大口吃着涂满了果酱的面包片，拼命地往嘴里塞，然后开始切长香肠。这是一种美式传统——面包片涂满了果酱，夹着香肠。我还决定以后就这么吃，因为这能让别人对我感兴趣，显得我非常不一样。涂满果酱夹香肠的面包片，是我不屈服于这个世界的宣言。

切香肠有一个问题，如果按得太用力了，就有点像用力抓住一块湿肥皂：香肠可能会从指缝间跑掉。可惜我当时知道得太晚了。我现在仍然能想起当时女王准备喝茶的时候，一根香肠穿过桌子飞过去的样子。

那根香肠像闪电一样快，我想去抓住它，结果弄倒了牛奶罐。妈妈尖叫了起来，爸爸又低声咆哮了一次。女王看了我一眼，抬了抬眉毛。

我僵在那儿，想蹲到桌子下面假装自己是条狗。弟弟安德鲁抓住了香肠，把它放回我的盘子里。妈妈把洒出来的牛奶擦干净，眼神里说的是“我现在就要灭了你，都不会数到十”。

我知道爸妈不会在女王还没走的时候对我“采取措施”，所以我可以趁机逃跑。爸爸护送女王从前门出去，带她去马厩看第二批赛马训练。这些赛马一边围着花盆走，爸爸一边给女王介绍这些赛马的饲养情况和赛马的进步。

女王非常了解每一匹赛马，她记得每一次赛马比赛的细节和逸闻趣事，还能从前一辈赛马的行为特点中知道后一辈赛马的某种行为是来源于谁。赛马离开马场朝着丘陵顶上走的时候，爸爸跳进他的水星牌卡车，告诉开着皇家路虎的女王司机跟上他的车。

女王的赛马经理兼很好的朋友卡纳翁伯爵[①]跟她一起去看赛马奔驰。在看赛马的时候,女王不怎么说话。她时不时问一些问题,听爸爸给她解释,女王陛下完全被马儿的行为所吸引。

我没机会目睹这一切,因为我躲进了种马场,坐在角落里跟小马驹说话。妈妈喜欢我这样,因为这样能加深小马驹和人的交流。我可以简单地念念书,或者等它们靠过来,用身体轻轻推我。

胆子小的小马驹可能好一会儿才过来,当它们意识到我不会伤害它们,它们会靠近一些,开始对我感兴趣。这是考验耐心的游戏,在这种时候,耐心是最有用的。我不想回到房子,至少在这儿,我能做点有用的事情。

马场的另一边,女王拿着单筒望远镜看她的马儿奔驰,她跟马夫们交谈,跟爸爸和卡纳翁伯爵讨论赛马的计划。大概过了一个小时,在保镖的护送下,女王一行人驱车回到了镇上,去纽伯里赛马现场。

粗略估算了一下,我离开了大概三个小时,爸爸可能已经去赛马会了,如果幸运的话,妈妈可能也跟他一起走了。我猜对了第一个,第二个没猜对。

我悄悄潜回房子,轻轻打开了后门,弗洛西和贝狄跳起来跟我打招呼。弗洛西朝我跑过来,屁股一摇一摆的,贝狄的嘴巴咧成了标准的"贝狄式"招牌笑容。糖果还睡在床上,这个懒东西。妈妈走进厨房,看了我一眼,没说一句话。她摇了摇头。

---

① 第七任卡纳翁伯爵,是伊丽莎白二世女王的好朋友,同时也负责管理女王陛下的赛马。

我回到房间看《科学怪人》[1]，在那儿待了一整天，幻想自己是一个科学家，这样我就能创造一种人类的替身。

妈妈一直没有开口跟我讲话，直到她要把马拖车开到我和海蒂即将比赛的地方去。我们虽然不是世界一流选手，但是海蒂总会做出漂亮的花式动作和干练的跳跃，我们总能带着表示荣誉的玫瑰花环回家。爸爸每次都会说一样的话。

"你赢了吗？"

如果答案是否定的，爸爸就不会接着问下去了。我想告诉他，在一整天的项目中，我得面对七十个对手，想要得第一是很难的，能得前十名已经很不错了。然而爸爸是一个一生都只在乎结果的人，如果你不是第一名，那你就是个失败者。

不论我得到什么名次，妈妈都会跟我分享我的快乐，她知道我们已经表现得很好了，她也知道我从中体会到了快乐。这样就已经很开心了，至少我是这么认为的，爸爸可能无法体会这样的感觉。

---

① 《科学怪人》(*Frankenstein*，又称 *The Modern Prometheus*)，西方文学中的第一部科学幻想小说，出自玛丽·雪莱之手。描述一个科学家弗兰肯斯坦计划要创造一个完美的人，他从坟场精挑细选后挖出尸块，再将之拼成人形，通过电击赋予他生命。不久，弗兰肯斯坦便发现这是个严重的错误。于是，他开始追杀这个怪物，怪物也本能地逃亡，双方间发生了许多冲突。

第十章
艾利·梅尔

人们总是觉得势利眼是人类才有的性格特点，其实马也是傲慢的动物，尤其是那些既漂亮速度又快的纯种马，它们是最自恋、最有优越感的。血统稍微有点儿杂的马也很傲慢，它们骨骼健壮，虽然毛色并没有纯种马的深栗色那么深，但同样闪闪发光。它们看起来像成年的马。那些不愿意承认自己用有色眼镜看马的人，都会把这类马称为“普通马”。

艾利·梅尔就是属于这种“普通马”。它的腰身纤长，鬃毛和尾巴上毛茸茸的，背部曲线优美。那些觉得斗牛犬很美的人，一定也会觉得艾利·梅尔很美，因此妈妈非常爱它。

艾利·梅尔是妈妈狩猎时的好伙伴,它有一点跟弗兰克非常接近:嘴巴对阳光过敏。

艾利·梅尔有爱尔兰役用母马①和矮脚马②的血统。它很结实,两只后脚的脚踝是白色的,像双袜子一样,蹄子周围还有一条细小的白线,脑袋中间有一块毛色是白色的星星图案。它应该说是枣红色的,对于枣红色官方的标准是:黑色的鬃毛和尾巴,深棕色的身体,脖子,脸和腿部以上的部分。它 15 掌高,大约 17 掌的腰围:妈妈都不能一脚就跨到它背上。

艾利·梅尔算不上好看,但是非常可靠。它从来没摔过跤,也不会拒绝指令,在可以加速的情况下,它也绝不会超过骑手要求的速度。它会用相同的步伐来慢慢走,看到一个障碍物就根据距离来缩短步伐,在合适的地方踩下蹄子。如果两个马竿之间需要五步,那艾利·梅尔会把步伐调整为七步。

"它很难看。"爸爸骑着他英俊的纯种赛马说。

"好吧,"有一次在杂货店的公开交易会上,妈妈说,"那我们看看谁能不摔跤回到家,好吗?"

爸爸在到家的最后一分钟内,从他那匹英俊的骏马身上摔下来三次。这是他经常干的事,有一次他摔到栅栏边上,妈妈一看情况不妙,赶紧走开了。她和艾利·梅尔知道自己的界限是什么,不会越过这个界限。

妈妈坚定地认为,做不了某样事情,那就千万别抱希望。

不幸的是,对我来说,妈妈对于外表的不在乎意味着她一点儿都不懂得"时尚"。我长个子了,就得添置新衣服,她虽然同意我买蓝色的小山羊皮齐踝靴和白紫色条纹的腿套,

---

① 原产于爱尔兰的马种,最初主要用于在农场拉重物,身体强壮,肌肉发达。

② 一种体型较小的马种。

但是仍然不让我买无领衬衫和宽松的羊绒套头衫。她也不给我买白色的牛仔裤,因为它们“非常不耐脏”。一周前我从爸爸那里要来了旧衬衫和缩了水的套头衫,用一把剪刀和生疏的缝纫技术,把衬衫改造成了无领的,然后把套头衫套在扶手椅的靠背上,把它们撑大到我想要的样子。

紧接着,我们升学了,得搬到高年级住的地方。这不仅意味着要搬离原来的住所,更意味着到了选择帮派的时候,这种选择是以后结交朋友的基础。冬尼学校有四处学生公寓,每一处都有不同的特点:泰德沃斯的学术氛围比较浓,爱舍特的运动氛围比较浓,霍尔康博没什么特别的,安科利(也叫作 AG)则以无法无天著称。

我们这十六个来自达尔文学院的小姑娘,加上从山顶住所来的女孩子一起被随机分到四所公寓,大家都是 16 岁的女孩子,分到哪儿去完全靠运气。

我们坐在一起,伯威克夫人宣布我们的分配结果。如果两个朋友刚好分到了一起,人群会爆发出欢呼声,这意味着她们接下来的五年都会住在一起。这样的友情就是一种缘分,一种坚不可摧的纽带。

“克莱尔·鲍尔丁,”伯威克夫人念道,“安科利。”

人群中没有欢呼声。如果非要说有点儿什么声音,那也只是叹气声。那些已经被分配到安科利的女孩子们不怎么想要我去那儿,我在达尔文学院和玩长曲棍球交到的朋友们:贝克、妥伊、赫蒂、查尔、凯瑟琳、凯斯和史迪,要么去了爱舍特,要么去了泰德沃斯。

安科利的这群女孩子很傲慢,也不团结。她们看起来比实际年龄成熟,也更加精明。我有好多想做的事:把头发从一边拨到另一边、穿皮夹克、有一个哥哥,还想要在瑞士有一间小木屋。我很想成为这些女孩子中的一员,但是我知道除非我改变,不然这是不可能的。

我得表现得更酷或者比她们更有胆量，来给她们留下好印象。我不得不成为这些孩子中最野的那个。

生命中有的事情得经历过艰难困苦才能学会。

安科利和学校的其他部分是分开的，沿着学校的柏油路开一英里才能到，柏油路周围都是松树。通常我们都是骑单车或者是走路去上课，我们穿着斗篷从后面看起来像是巫婆学徒。安科利是一个独立的世界，在这个与世隔绝的环境中，你可以用非比寻常的方式来生活或者行动。正是因为这种独立的环境，这些女孩子觉得她们可以在这个世界里称王称霸。

我的寝室里有四张床，另外三个女孩子叫作熊、泡菜和鼻喷喷（这是一所女子学校，我们都有自己的别名）。她们之前是住在一起的，彼此是很要好的朋友。熊很高，有着一头长长的深色头发和低沉的嗓音，不知道的还以为她从出生的时候就开始抽烟了。泡菜像个扫把一样瘦，一头金发永远乱糟糟向后夹着，脸颊边上抽出来几束头发，她胆子比较小。她总是咬手指甲，手臂上有一块块干燥的皮肤，她心烦的时候总会挠。鼻喷喷则是对一切事物都嗤之以鼻，她看不惯学校的吃的，说话都是从鼻子里吐气，笑的时候也是。不论熊说的话好不好笑，她都会笑出来。她简直就是一卷录好的人肉磁带，磁带里只有她的笑声。

1982 年，新学期的第一天，我打包东西的时候，有一种奇怪的预感。一切不会非常顺利。

上课倒还好，我真的很喜欢学习。小学没有学过的科目我都落后了，尤其是法语。我自己慢慢地把拉丁文、数学、宗教学和化学赶上来了。我的拿手项目是英语，英文书我怎么读都读不够，书就是我的挡箭牌。我可以沉浸在自己的小小世界里，在那个世界里，我可以逃避自己在安科利不受欢迎这个事实。

我对希腊和罗马神话非常感兴趣。(我特别清楚,那年一匹叫金羊毛的赛马赢得了德比奖的冠军,骑手是帕特·艾德里①,一定是因为神话中英雄杰逊给予了金羊毛神力②。)我很喜欢神给世人的那些不可能的挑战,比如虚荣心带来的灾难——那耳喀索斯爱上了自己的倒影、艾克悲恸的哀号,还有潘多拉盒子里飞出来的瘟疫、战争、疾病和一大堆的罪恶。潘多拉关上盒子,听到了盒子里的敲击声。盒子里还留着希望,如果没有了希望,没有人能生存下来。当事情不顺利的时候,我会这样提醒自己,然而事情往往的确不顺利。和我同一寝室的女孩子们都不爱搭理我,因此我决定要做点儿博她们眼球的事。我们的学校在牛津市郊,我们都穿着短裙、运动上衣和长的绿色斗篷。包括我在内的一个小团体准备绕路去一下 W.H.史密斯商店。

“该找点儿乐子了,”熊说道,“拿了最多东西出来的人就是赢家。”

鼻喷喷用鼻子喷了一口气,表示同意。泡菜看起来很紧张,不过她激动地点着头。

“来吧,小秃子③,”熊跟我说,“别当胆小鬼啊。”

这就是我们的挑战。在我看来,我就像是海格力斯④,完成一件不可能的任务以后,我就是大英雄了。我的魔法斗篷会保护我。于是我开始扫视货架,假装不小心碰掉了五包水果软糖。我弯下腰来捡,斗篷拖到了地上。我把四包放回

---

① 爱尔兰人,平地赛马骑师,他的父亲和哥哥都是骑师。他曾三次获得德比奖冠军。

② 当时在科尔喀斯的国王埃厄忒斯据说是太阳神赫利俄斯的儿子和美狄亚(Medea)的父亲。伊阿宋和其他英雄们企图盗取金羊毛来保证伊阿宋获得他的遗产。最后在美狄亚的帮助下他们克服重重困难获取了金羊毛。

③ Balding,作者的姓氏,英文中还有“秃头”的意思。

④ 希腊神话中半人半神、能勇善战的大力士。

架子上，一包悄无声息地被我放进了口袋里。接下来“拿”的是跳跳糖、草莓味口嚼糖和一包绿白条纹的薄荷糖。

斗篷下面，我的口袋鼓鼓的。我看到鼻喷喷和泡菜拿了点儿更值钱的东西放到口袋里——签字笔、墨水替芯、高级尺子，还有一盒《战栗》磁带①。往门口走去的时候，我的心脏扑通扑通都快要跳出来了，肾上腺素的作用快让我昏过去了。

但我还是保持冷静镇定的样子，走出去的时候，我甚至还对着服务员笑着说“谢谢你”。

我们说好在史密斯商店附近的一条街上碰头。我是第一个到那儿的，然后紧张地等着其他三个人。泡菜从街角闪现，脸通红。她边给我看口袋里的战利品，边咯咯笑个不停。

“哇，真棒。但是也很可怕。我都觉得自己快要被抓住了。”紧张的心情过后，泡菜放松得都快要哭出来了。

鼻喷喷很快出现了。“噢，我的天啊！我的天啊”，她喷着鼻子说，“保安来了，他们带着对讲机来了，熊还在里面，噢！我的天啊！如果她被抓到了怎么办？我们该怎么办？”

我们震惊地看了看对方，泡菜含着泪花说：“如果爸妈知道，我就死定了。”

她的手臂挽着鼻喷喷和我。我们紧紧地围成了一个圈，彼此喊着：“救出熊！救出熊！”

尽管让我们团结起来的不是什么好事情，但是我第一次觉得自己是这个小团体的一部分。突然，一个深沉、刺耳的声音冒了出来。

“你们这些人要去干吗啊？你们该不会背叛我吧？”

我从泡菜和鼻喷喷身体间的缝隙看过去，看到我们这个

---

① 《战栗》(*Thriller*)是美国歌手迈克尔·杰克逊发行的第二张英语专辑。其全球销量达1.04亿张(2006年吉尼斯世界纪录)，稳居世界音乐史上专辑销量的榜首。

小团队领导人熟悉的身影。

“熊!”我们异口同声地说,“熊回来啦!”

我们噼里啪啦地问她问题,速度快得她都插不上话了。气氛非常热烈,大家都如释重负。

接下来,我们开始清点和平分战利品。我们像“四个火枪手”①,或者是《五小冒险系列》②里面的五个小伙伴,只不过少了一只狗。当时我能充分感受到我们之间友爱、和谐的气氛。我们甚至还发明了自己的术语:“你买了什么”的意思是,你给什么付了钱,而“你拿了什么”意思是“你偷了什么”。

熊是当之无愧的“顺手牵羊女王”。她有一次是穿着全新的皮夹克回来的。

“哇,哇,这得多少钱啊?”我问道,我还是很羡慕时尚的衣服。

“什么都没花,”熊得意洋洋地说,“好吧,如果要买呢,就得100英镑。”她边说边用右手拨过头发:“但是我一分钱都没花,不是吗?我试了一下,很喜欢,就穿着它走出来了。”

我喘了口气,被她的胆量所震撼。后来泡菜和鼻喷喷知道了熊的这次壮举,这绝对是寝室内的秘密。除了我们四个,别的人绝对不能知道这件事。

在冬尼学校有一个传统:在某个人生日的时候,别的同学会往一个干净的垃圾桶里面放满东西。里面都是生日礼物,可能是彩纸、紫色铅笔芯、糖果、贴贴画、自动铅笔,或者

---

① 1974年的一部电影,讲述的是复仇的故事。

② 该系列讲述的是四个孩子一条小狗,一共五个小伙伴的历险故事。作者伊妮德·布莱顿(1897年8月11日—1968年11月28日),笔名是玛丽·波洛克(Mary Pollock),1940年代的著名英国儿童文学家。

任何招人喜欢的东西。如果过生日的女孩子很受欢迎，那么这个垃圾桶就会堆满礼物。如果她不怎么受欢迎，那么这里面的东西就会少得可怜。还有一个不成文的规定：你可以问跟你一样大或者比你小的学生要礼物，但是绝对不能向比你大的孩子要礼物。

作为安科利年纪最小的女孩子，总有人来敲我们寝室的门，问我们要“疯狂小蜜蜂”——这是生日礼物桶的别名。很明显，我们寝室里有很多的“礼物”，因此我们也很乐于把我们偷来的东西分给别的同学。我告诉自己，这叫作劫富济贫。

当然，这只是可笑的辩护。第一，冬尼学校没有穷学生。第二，把偷来的东西分给别人的行为跟劫富济贫不一样，这些东西是商店老板付了钱的。

大概“拿了”一个月左右的东西以后，我想换一个地方偷，想去熊、泡菜和鼻喷喷不在的店里去偷，因为这家店里已经没有我喜欢的东西了。

“噢，小秃子，你还没怎么明白，”泡菜啃着她已经很秃的指甲说，“你不一定得喜欢那样东西，你只是要获得这样的快感，明白吗？”

我已经处在小团体的边缘了，我觉得我们寝室的根基正在我脚下分崩离析。我需要这份情谊，我需要成为她们之中的一分子，我需要这样的归属感。

所以，在一个周六，上完了三节四十分钟的早课以后，我们跳上自行车，径直奔向冷灰镇的商店——福克斯商店。福克斯商店距离学校大约 1 英里的路程，我们只有周末才能去那儿。当时是 12 月，还差一个星期就放假，我们决定去给彼此弄点儿特别的圣诞礼物，就像是装满礼物的圣诞袜那样，只不过里面装的是我们真正喜欢的东西。

我攒了点儿零花钱，这样就可以给彼此买合适的礼物了。我们的钱总是放在保险柜里,在学校女管家的监管下才能拿,还得在一个本子上记录数目。

我不想偷东西,因为这其实是一种对双方的尊重——你不能不劳而获。我在商店里面最靠右边的角落里看毛绒玩具,这时候鼻喷喷过来了。

“快看这个。”她小声说。她手里拿着三个小小的塑料机械脚玩具,像给手表上发条那样扭紧底部的按钮,它们就会向前走。这是三个色彩亮丽的马丁靴,鼻喷喷觉得熊和泡菜一定会喜欢。

“酷!”我按照她们所希望的回答。

“问题是……”鼻喷喷说,“我的钱不够,我都还没买衣服呢,你知道的,去‘拿’吧……”

她用狡黠的眼神看着我,说话的声音慢慢小了。

“我可以买给你,”我说,从口袋里拿出一张 10 英镑的钞票,“看!”

“别花钱买,小秃子。别花钱,‘拿’就可以了。”她的声音显得有些着急。

鼻喷喷把机械脚玩具放在我边上的货架上,就去跟店老板扯闲话了。我听到他们的谈笑声,意识到她是在为我分散店老板费尔先生的注意力。我抓起三个机械脚,把它们放进了夹克衫的巨大口袋里。

我走到收银台去结账时,费尔先生用奇怪的眼神看着我。

“就是这些了吗?”他问道。

“是的,”我笑着回答,“今天就买这些。”

“你确定吗?”他直直地看着我,好像看穿了我的灵魂。

从前也遇到过相似的情况,所以我觉得自己能处理好。我们是不可战胜的。再说了,这只是机械脚玩具,又不是皮夹克。

“谢谢您!”我笑着回答他,付好了钱转身要走,“您这儿的东西可真好。”

如果我当时回头看看,就能看到费尔先生脸上悲伤的表情。我会看到他摇了摇头,拿起了电话。

我们一回到寝室我就把机械脚给了鼻喷喷,她拥抱了我。

“干得漂亮,小秃子!你太厉害了。别人觉得你肯定会害怕得不知所措,但是我知道你不会的。”

她拍了拍我的背。我坐回沙袋上开始看书,E.W.霍楠的《暗夜之贼》①,里面写的是一个叫拉尔夫的绅士窃贼。大概过了一个多小时,门口传来重重的敲门声。

“进来。”我坐在沙袋上喊。书中,拉尔夫穿着晚礼服,口袋里装着一条钻石项链,正爬过屋顶。我接着看我的书。听到一声清嗓子的声音,我抬头看了一眼,是汉密尔顿夫人,安科利的宿管,她正站在房间里。我觉得她看起来像一只兔子,龅牙,毛茸茸的头发,伶牙俐齿的,走路的时候就像是在跳。

“克莱尔,法尔老师想要见你。”她说话的声音很吓人,“我真的不知道周六找你会是什么事,不过你现在,立刻,去她的休息厅。”

关上书,我尽量保持冷静,心里想着我的小宇宙可能要用最壮烈的方式爆炸了。离开房间时,我拍了拍床上的毯子。

我用极慢的速度下了楼,跨上单车,脑子里还是一片空白。我知道大事不妙,我遭殃了。别直视美杜莎的眼睛,我

① 欧奈斯特·威廉·霍楠(Ernest William Hornung,1866年6月7日—1921年3月22日),英国作家。

心想，不然你会变成石头的。①

法尔老师是我们的校长。她是个很和气的人，圆脸，淡黄色的头发在脑后盘成一个发髻，我们可弄不出那样的发髻。这不是简单的圆发髻，是两股头发自己绑起来，好像有魔法一样，待在脑后一动不动，不过她打曲棍球的时候，头发会从头上滑下来。法尔老师曾经是英国国家曲棍球队的运动员，还曾经亲自为第一支国家队执教。

我小心翼翼地推开了校长休息厅的木门，接着推开了玻璃门，走向铺着绿色毯子的凳子。我敲了敲法尔老师的门，看到她坐在那儿等着。

"请进！"一个声音传出来。

我的手心都湿了。感觉真不好。

"啊，克莱尔。请坐下吧。"法尔老师坐在桌子后面，在一个很大的皮质封面的笔记本上写着字。

我咽了口唾沫，坐下了。我朝窗户看去，她的房间里有很多窗户：房间南面全都是窗户，窗户外面是一个石头砌的阳台，阳台跟安科利学舍的两面相通，这所房子位于学校的中心。我盯着窗外的时候，看到同年级的两个女生从阳台外面走过。她们朝屋子里看了一下，于是我迅速将身体沉下去，不想被她们看到。

法尔老师抬起头来。她没有对我笑。虽然她的眼神仍然很和蔼，但是我不敢看她，免得她直视我的眼睛。

"克莱尔，现在对你来说，你有一个机会。我希望你能抓住这个机会。我对你有很高的期望，非常高。"

她叹了口气，也许是这口气叹得太重了，肩膀都开始颤抖。

---

① 美杜莎是希腊神话中的一个有双翼的蛇发女妖。任何直望美杜莎双眼的人都会变成石像。

"我需要你告诉我,你是不是单独行动的。"说完这句话,她停住了。

"我没听清,"我回答,"您的意思是?"

"几年前因为发生了类似的事情,所以福克斯商店安装了监控系统。费尔先生告诉我你今天早上从商店里带走了一些东西,但是你没有付钱。"

她不说话了,我感觉到她在盯着我。我盯着自己的双手,它们正在膝盖上相互交握。我记得脚下那块地毯,是波斯风格的。

"这件事,"法尔老师接着说,"已经是铁定的事实,全过程都录下来了,你现在被停学了。尽管我随时都可以开除你,但是我不会这么做。我想知道的是——你到底是一个人单独行动的,还是有人指使你去偷东西的?"

"不,"我斩钉截铁地说,"不,只有我。没有别人,全都是我干的。"

我觉得海格力斯也一定会这么做,他不会拖累他的朋友们。

"我明白了,"法尔老师说,"其实让我诧异的是,你并不是安科利最调皮的孩子,我只是害怕你被那些更胆大包天的姑娘给带坏了。你的意思是,这是你第一次做这样的事,只有你一个人参与吗?"

"是的,是的,的确是这样。"

她们现在一定会更喜欢我的,我会像个英雄一样凯旋。

"好的,"法尔老师说,"这真是一件很羞愧的事。我已经给你妈妈打电话了,她在来接你的路上。从现在开始,你被停学了。鉴于我们这学期还有一周就结束,明年一月你再回到冬尼学校吧。希望到那个时候,小姑娘,你能想想清楚你到底错在哪儿了。"

"我不想你再回到安科利学舍了,"她接着说,"你就来爱舍特,在这儿我还能看着你,我想在这儿你能找到更适合你的朋友。好了,出去吧。”

法尔老师重新拿起笔,又开始在皮质封面的笔记本上写字。我从板凳上站起来到离开房间,她都没有抬起头看看我。我觉得自己像是在打拳击比赛,尽管身上已经青一块紫一块,但是我仍然坚持到了最后。我只需要有人递给我一块毛巾,把我的手高举过头顶告诉大家我赢了。

骑单车回到安科利,我上楼回到房间。泡菜、熊和鼻喷喷都不在。我开始打包东西、叠衣服,这时候一滴眼泪流了下来。我准备好了三份圣诞节礼物,藏在了橱柜里,我的室友们一定能在学期结束前找得到橱柜里的东西。我还在上面留了一张纸条。

“圣诞节快乐。你们是最棒的好朋友。爱你们,小秃子。”

拖着行李箱下楼时,我在门厅看到了熊。

“嘿,”我说,“我被抓住了,不过别担心,我什么都没说。”

熊直接从我身边走过,上了楼梯,看都没看我一眼。我们之间独特的纽带就这么结束了,我们的“友情”。原来忠诚就是这么一回事。她对我这样的态度比我那天所遭受的任何事情都更让我难受。

我站在沥青路边上,但愿妈妈能在别的孩子看完球赛回来之前赶到。我听到雪铁龙发动机的声音,看见妈妈坐在驾驶座上,头发扎成马尾,咬着嘴唇。

“我不知道你到底在干什么,”她抬起我的行李箱放到后备箱的时候说,“不过你们校长也真是的,她干吗不直接开除你?真想不明白。”

“你最好把这些玩具也给我带回家”。

“不行,我不要,”我小声地说,“它们不是我的,你也知道。”

我打住了。说什么都没用,因此我开始另想办法。

“我有这些。”我把口袋里的零花钱拿出来。差不多有8英镑呢。

“好吧,那你到底为什么不拿钱去买你想要的东西呢?说实话,我们现在给了你钱,你还去偷。你到底哪儿有毛病?”

妈妈重重地关上了后备箱,走到驾驶座。她在福克斯商店停车,指着门的方向。我下了车,去商店给费尔先生道歉,给那三只机械脚玩具付了钱。我们在沉重的气氛中开车回家。

爸爸想知道到底发生了什么。他知道我在说谎,他告诉妈妈我在说假话。他什么都知道,他知道我想成为小团体中的一员,但是他还是很生气。爸爸是一个直肠子,脾气来得快去得也快,爆发之后他很快就会忘记。但是妈妈是慢热型的,她的脾气可能要几周,几个月,甚至几年才能发出来。

妈妈禁止我放假期间骑马。我甚至都不能去种马场看艾利·梅尔和海蒂。我提出要帮妈妈清扫马室,但是妈妈拒绝了。她让我整天都待在客厅,搞得我放假了都还像在学校一样拘束。

我觉得自己像是一条缺氧的鱼。我每天都很不开心。请让我在圣诞节之前摆脱这样的状态,我不断地跟自己说:拜托上帝保佑。

安德鲁从预备学校回来了,显得愈发成熟。外祖母都过来喝茶,听他说学校的事,还问他圣诞节想要什么礼物。她只看了我一眼,说:“我觉得今年圣诞节你也不需要礼物了,对吧?”

我告诉安德鲁我遇到的事——他感到非常震惊,想要为我辩护,他觉得我受到了不公平的指责。他是我的小弟弟,他愿意维护我，为我而战。

安德鲁在家的时候，妈妈就不会把我整天关在客厅里，所以我能稍微自由一点儿，还能骑马。海蒂在享受它第一次冬季休假，所以如果我想骑马，只能骑艾利·梅尔。用我在冬尼学校学到的眼光来看，我有点儿嫌弃她笨拙的样子和毛茸茸的尾巴。它不如海蒂好看，我觉得骑着它经过马场的时候有点儿难堪。

我决定带着艾利去农场那边练习跳跃引路狩猎的栅栏，想逗逗自己开心。我还是非常自责，觉得自己的脑袋一定是被门夹了，一定是脑震荡了才会这么做。当我在草场上奔驰的时候，艾利却让我清醒了。

它突然间开始小跑，加快步伐，频率变得越来越快。我想要它沿着第一根栅栏跑，那是一根很粗的红色木头。当我们跑起来时，我突然间害怕了，想让它掉头，但是艾利根本不听。我用力拉它，它也不理会，只是试着飞越过去，像一匹运河上的大船一样。

我只能老老实实地坐在马背上，试着跟上它的步伐。跨越过了栏杆，我们又来到了“老虎夹”，接着来到了废旧轮胎和干草包堆成的障碍物。这些是刚才的3倍宽，一共要跳9次，最大的一处障碍有3.6英尺①。对于一个11岁的孩子来说，骑着一匹不怎么熟悉的马，这已经可以算得上是一个挑战了。我想要带着艾利去小一点的障碍物，但是现在完全是它在掌控局势，我已经累得没有力气反抗了。我坐在马鞍上，两脚紧紧地夹着它的腹部，感觉到它在地面腾飞。一次，两次，三次，它飞跃过这些干草包，要知道这些干草包堆得跟电线杆一样高呢。

这是我第一次骑马跃过这么高的障碍物。艾利·梅尔

① 约为1米。

跳完最后一跳之后，开始慢跑，并减速到步行，它一直都在喘气。我们跑了1英里，跳跃了所有的障碍物和栅栏，每一个障碍物都是它坚持要跳的。它把头转向左边，眼睛直直地看着我，然后点了点头，好像在说："好好看着，学着点儿，自大的小姑娘。"

我们从碎石路走回家的时候，我想了很多，在冬尼学校，有些事的确是我做得不对，我把外表和物质看得太重了。我忘记了诚实、善良和努力学习才是人生的真谛。艾利·梅尔就是最好的证明，我不应该只凭外表来判断一个人。

第十一章
莉　莉

没有斗牛犬的生活，是没有笑声的生活。我之所以会这么觉得，是因为当糖果由于年迈在狗舍里寿终正寝之后，妈妈就没有开怀大笑过，后来弗洛西也慢慢老了。

弗洛西还是会笑，会享受生活，但是它不像从前那样大笑了。它回家的时候，不会再像从前那样摇头晃脑或是流着口水咧嘴笑。我们现在有两只勒车犬，一只是珍妮，一只是波利。珍妮性子比较野，毛也很粗，波利比较温顺，胆子比较

©London and County Press

/ / 爸妈的婚礼现场：外祖母在跟爸爸说话，妈妈在跟小狗说话 / / /

/ / 糖果，我的守护者 / / /

/ / 我和爸爸 / / /

/ / 我（18 个月大）和水车礁石 / / /

/ / 两岁的时候骑着水车礁石 / / /

/ / 女武神也是家庭成员之一 / / /

/ / 我觉得安德鲁一定和我一样，更愿意跟狗狗一起睡 / / /

/ / 我从来都不喜欢跟别人一起骑女武神 / / /

// 在寒冷的冬天，我骑着帕西，旁边是安德鲁 ///

/ / 我最喜欢的外套和安德鲁最好看的帽子 / / /

// “你喜欢我的狗项圈吗？”///

// 安德鲁和我骑着女武神，爸爸妈妈在旁边笑 ///

/ / 和我的朋友弗洛西在一起 / / /

/ / 爸爸和贝狄奔驰在雪地里 / / /

©Kenneth Bright Photography

/ / 爸爸骑着罗斯 · 博尔达克从预定地点准确地跨越了比彻溪 / / /

/ / 外祖母坐着看《体育生活》/ / /

©Srdja Djukanovic

/ / 外祖母抱着狗狗——正午，安德鲁骑着崔蕾 · 罗塞特，我骑着火山 / / /

/ / 安德鲁和我对体育特别痴迷 / / /

©Paddock Studios

/ / 嗜血魔头：贝狄 / / /

/ / 我和外祖母的小灵犬：德斯珂 / / /

// 妈妈与艾利·梅尔、斯图尔特和黝黑的猎犬巴尼 ///

//火山///

/ / 弗兰克知我心 / / /

//莉莉///

/ / 成功进入长曲棍球队（后排右二是我）/ / /

/ / 安德鲁骑着来福，我骑着我心爱的弗兰克 / / /

/ / 位于金斯克利尔的公园马厩 / / /

/ / 安德鲁和我骑着外祖母给我们织的套头立领毛衣 / / /

/ / 阔克和我一起长大 / / /

/ / 我骑着斯图尔特，和妈妈在一起 / / /

/ / 安德鲁觉得自己撅嘴照相看起来会显得瘦一点 / / /

/ / 我亲吻害羞的珀特 · 拉克 / / /

/ / 生气的亨利 / / /

// 斯卡利—洛奇逊，爸爸—阔克，两对好搭档 ///

/ / 阔克在跨越障碍的时候就像在飞 / / /

/ / 当乔斯在切普斯顿赢了以后，我和我的粉丝在一起。
好吧，只有两个粉丝 / / /

/ / 女王陛下在我们的餐厅用餐 / / /

/ / 我的第一次比赛——冲刺时照相技术显示我只得了第二名 / / /

FATHER AND DAUGHTER IAN AND CLARE BALDING

The first of an occasional series by Marcus Armytage

fe of
port
the
st lane

DING trains at Park House, Kingsclere. ons include the Queen, the Queen Moth- Paul Mellon, for whom he trained the ll Reef.

married to Emma, daughter of the late stings-Bass, whom he took over from in ey celebrate 20 years together this sum- have one daughter, Clare, 18, and a son 16, who is still at school.

g's hobbies still include point-to-point espite being just the wrong side of 50. "I act with Paul Mellon," he says, "that gave up long-distance riding I'd stop He retired from his 100-mile rides ten o and is still waiting for me to stop."

g was a Cambridge rugby blue and still s most pressing worry while watching action at Tweseldown a fortnight ago ther he would make it to Newbury in play for the 'Faded Blues', the town's side.

from cricket and squash his other hob- e under the category of "anything fast rous." Skiing gives him a thrill equal to ng. This year he completed the Cresta rse twice in six attempts.

eft school in the summer with three 'A' two A grades and a C. She learned to a Shetland pony at the same time as she to walk. She is reputed to have broken arbone, aged two, falling off the pony, 9 is Park House's oldest equine inhabit-

currently on her 'gap', the period be- eaving school and starting university. spent part of it in America riding out athan Sheppard and skiing before g for the point-to-point season.

//《赛马邮报》对我的采访（1989）///

©Michael Haslam Racehorse and Stud Photography

/ / 第一次骑梅尔曼参加完比赛 / / /

/ / 在肯普顿骑着哆哆赢了以后，露出惊讶的笑容 / / /

// 在古德伍德，我骑着滑铁卢（左一是我）///

/ / 哆哆是匹很漂亮的马，他自己也知道 / / /

© Michael Haslam

/ / 赢得我的第一辆迷你车 / / /

/ / 谁敢说斗牛犬不是世界上最好看的狗呢？ / / /

/ / 试着和安妮公主重归于好 / / /

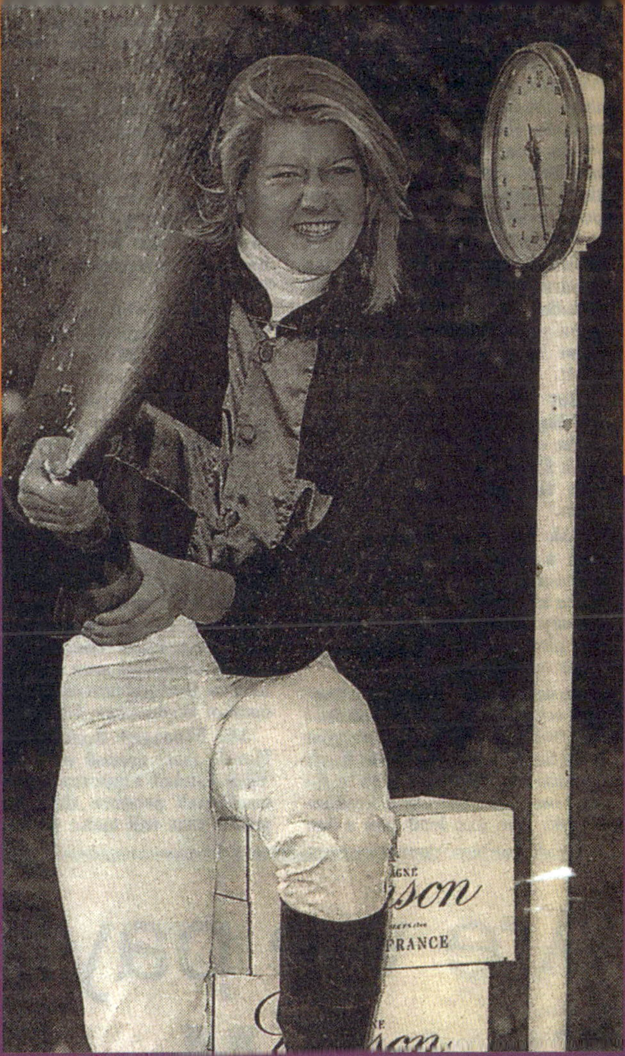

// 开香槟庆祝，这一次终于没超重 ///

/ / 在阿斯科特比赛的时候是我最瘦的时候 / / /

/ / 和乔斯：胜利后终于舒了一口气 / / /

/ / 在切普斯顿，安德鲁和我一起查看跑道 / / /

/ / 我终于如愿以偿去了剑桥大学 / / /

© Keith Taylor / Alamy

/ / 纽纳姆学院美丽的一隅 / / /

小。它们都很听话也很漂亮，但是就像赛马一样，它们不如斗牛犬那么有趣，也没那么逗人喜爱，不会在以为你被人贩子拐跑了的时候从顶楼的窗户飞出来。

过了悼念和缅怀糖果和弗洛西的那些日子，妈妈终于想要去再养一只斗牛犬了。她带着我一起去肯特看一窝小狗崽，我选了一只会用小嘴巴来啄我下巴的。它身上有深色斑点，从半边脖子往下还有一片非洲地图形状的毛色图案，脸中间有条白线，鼻子边也有一圈。我们给它起名叫“莉莉”。

不过在我们把它带回家之前，还得等几个星期，因为它还有几针疫苗没有打完。妈妈一路上都很开心，还自己咯咯地笑起来。她可以期待莉莉的到来了，然而我很沮丧，因为四月份就要开学了。

1983 年 1 月，回到冬尼学校是我到当时为止做过的最困难的事情。新的学舍、新的女同学、新的宿舍管理员，每位老师都知道我是个贼。我唯一指望的就是熊、鼻喷喷和泡菜能够站在我这边。我知道熊在楼梯间不理我是因为她很生气我被抓住了。现在既然她们知道了我没有把她们供出来，她们一定会觉得我是个英雄的。

妈妈开车载我回学校，帮我把行李拿到我在爱舍特的新房间。这是离法尔老师的休息室最近的房间。我每天至少得从她的窗前经过两次，有的时候可能更多。她真的说到做到——她会一直盯着我。

爱舍特的宿舍管理员是霍福顿老师。她的胸围是我这辈子见过的最大的，比外祖母的还要大。

她的胸部从身体上半部分凸出来，就像一个盘子那样宽。她甚至都可以把盘子放在上面吃午饭。她跟女学生在书房里开会的时候会边吃边说。从小到大，大人都告诉我吃东西的时候不能说话，但是我仍然惊叹于霍福顿老师边吃边说的技术。她像个仓鼠一样，把食物藏在两腮，说话的时候就用舌头把吃的推到嘴里，听别人讲话的时候就把食物嚼一嚼咽下去一点儿。

霍福顿老师很善良，但是我发现她讲话的时候我很难专注地听她说，因为我一直在想，她嘴里的食物到底有没有咽下去。

“请坐。”她带着妈妈和我走进她在一楼的小客厅——就在员工宿舍隔壁。

“情况是这样的，鲍尔丁夫人，”她说，“我们会像从前一样，紧盯着小克莱尔的一举一动，希望您不要介意。”

她说话的时候朝我点了点头，那意思是提醒妈妈，别忘了我还在旁边坐着。

“我们会好好照顾她的，我们跟您保证，她会从哪儿跌倒在哪儿爬起来。”

然后她降低声音，很谨慎地跟妈妈说：“我们都知道克莱尔只是需要一个不一样的环境，她在新的环境里，会改头换面的。我向您保证。一定会万无一失。”

妈妈跟她道谢的时候，霍福顿老师把舌头伸进牙齿的缝隙间，挑出了一块土豆，趁着从高背座椅上费劲地站起来时，把土豆嚼了嚼后吞了下去。接着她把眼镜摘下来，把眼镜腿儿上的链子挂在耳朵后面，眼镜吊在胸前。我和妈妈也站起来。

“谢谢您，霍福顿老师。”妈妈说道，好像四月份是她自己要来开学似的。

差不多二十年前，那时妈妈还是冬尼学校的一个小学生。一些当年教过她的老师现在也还在任教，所以这种感觉有点儿奇怪。

下楼梯，经过阳台，进房间，一路上我一直把头低着。我跟韩琳娜·史特——也叫作史迪——住一间房，她是个爱憎分明的女孩子，非常正直，我在这儿的第一个晚上就发现了。

当时是她打开的话题。

熄灯了以后我们小声地聊天。

“那么,到底发生了什么?”史迪问我。

我把事情的经过都告诉了她,还告诉她后来泡菜把机械脚玩具当作圣诞礼物送给了另外两个人。史迪咂咂嘴,然后叹了口气。紧接着,她用手肘撑着自己坐了起来。昏暗的光线中我能看到她的轮廓。

“我们得做点儿什么,克莱尔。”

“你说的是……?”我回答道。

“问题的关键是,”史迪的声音听起来有点儿生气,“鼻喷喷根本不是这么说的。她说她给你钱叫你去福克斯商店买东西,但是你偷了玩具,还私吞了钱。”

“她说什么?”我惊叹,这会儿轮到我直接坐起来了,“你可以去看看零花钱流通记录本,她根本没剩钱,所以我才会说给她们买,可是她让我去偷……”

我打住了。我后悔刚才一不小心说破了暗语,但是我真的很生气,鼻喷喷没说实话就算了,她还编了一个故事,把我编造得更加不堪。

“嗯,”史迪说,“好吧,这样就说得通了。我就觉得奇怪,为什么法尔老师没有让你退学,她一定是从视频监控里看到了什么。鼻喷喷让你去偷了东西然后走开吗?”

“是的,”我说,“是的,她说了的,但是我没告诉法尔老师这件事。我跟她说全都是我干的。”

第二天早上,另一个爱舍特学舍名叫安东尼娅·金世岚——别名妥伊——的女孩子在早饭时间朝我走过来。

“你来这儿跟我坐,小秃子。”她说。

“太好了!谢谢。”我松了一口气,跟着她走进餐厅,这所学舍的每个人都看着我,我觉得有点儿难受。

妥伊的妈妈是学校的科学老师。我后来才知道,法尔老师让别的老师别对我太严厉，妥伊的妈妈还让妥伊好好照顾我。妥伊也照办了。

当熊、泡菜、鼻喷喷一帮人出现的时候，史迪和妥伊拉着她们的板凳靠近我，组成了一面小人墙。她们俩盯着那三个人，鼻喷喷走过我们身边的时候脸都红了。她们三个谁都没叫我，但是我知道我一点儿都不在意这个。我再也不想让她们觉得我很厉害，我想躲着她们。

慢慢地，我开始有点儿自信了，内心变得越来越强大，也渐渐参与到其他女生都参与的校园活动中，比如用自己的磁带播放器录收音机里的流行歌曲，然后赶在主持人在歌曲中间的介绍开始之前准确地按下暂停键，等到第二首歌开始的时候继续录音。如果不小心录进主持人的说话内容，那就得退回来，算好时间后在下一首歌开始之前录好一段空白音。这可是个技术活儿，但是我敢说我掌握了这门技术，我可是录歌皇后。

冬尼学校冬天的户外运动是曲棍球。我们穿戴好硅胶的保护套，因为很多女孩子都在运动中磕掉过牙，当时特别流行箍牙，补牙得花很多钱呢。

我不是世界上最好的曲棍球球员，但是我学到了一点，就是当自己没拿着球的时候，要相信同伴，并且积极地为接下来的比赛做好准备。我还发现规律的运动能让自己更好地学习。慢慢地，对于曾遭受过的"不公的待遇"，我也没那么在意了。

周末我们才能看电视，那时一屋子的人都围在电视边上。查尔撑着上半身，趴在电视屏幕前，她说不这样她就看不到了。我跟史迪还有妥伊，或者是海蒂和卡斯一起挤在弹簧都坏了的沙发上。必看的节目是《王朝》和《达拉斯》①，

---

① 《王朝》是美国广播公司在1981年12月到1989年11月，黄金档播出的一部电视剧。《达拉斯》是当时美国哥伦比亚广播公司的一部电视剧。

我们非常清楚里面的人物、剧情,还有主角克莱斯勒·卡林顿抬眉毛和艾利克斯·卡林顿·库柏[1]撅嘴的动作。最后出演员表的时候,整间房子都是"嗡嗡"的讨论声,一些喜欢音乐的女孩子还会跟着小声地唱起来。

有的时候,我们可以待到很晚,我喜欢《警花拍档》(又译作《卡尼与莱西》)[2],这是我看过的第一部不必靠女演员们搔首弄姿,整部剧情也精彩纷呈的电视剧。我扮警花卡尼,赫蒂扮莱西[3]:

"准备好了吗?"

"准备好了。"说完,我会从走廊拐角冲出去,假装手上拿了一把上了镗的枪。

每个学期我们都会换寝室。爱舍特有很多小房间,所以经常是两个女孩子住一个房间。还有一些三人间和一个四人间,四人间的名字叫"中室",就在宿舍中间,里面有电视机。结果,中室变成了五年级女生独享的房间,她们总是最后一个熄灯的。

随着我慢慢变得自信,我交了一些好朋友——有些友谊一直保持至今。

1983年2月的第二个周末,凯斯·多内跑进我的房间,打开音响。

"你一定得听听这个。"她说。

一个记者正在报道一桩爱尔兰的绑架事件。被绑架的不是一个孩子,而是一匹马——薛加尔[4]。现在,我仍然记得听到这个消息的时候,我坐在床上都惊呆了。绑匪怎么会

---

① 克莱斯勒·卡林顿是《王朝》中的女主角的名字。艾利克斯·卡林顿·库柏是《王朝》中女反派的名字。

② 最早由美国哥伦比亚广播公司播放的一部电视剧。

③ 卡尼和莱西都是《警花拍档》中的女主角。

④ 爱尔兰赛马,第202位德比赛冠军得主。

想到绑架一匹马？他们怎么能降服一只像薛加尔那样烈性子的公马？他们伤着它了吗？谁来付赎金？

薛加尔从此杳无音讯。据推测，挟持后的第四天，它就被人开枪杀害了，可能是因为绑匪降伏不了它，也可能是绑匪意识到没人会付赎金。

一个月以后，当我回到家时，发现马厩和马场里都安装了安保摄像头。四间马室里也有摄像头，这样爸爸就可以随时掌握最昂贵的赛马的情况。客厅里的小电视屏幕，一整晚都在切换不同镜头的画面。整个的门锁也都换了，马夫们全都上了一节安全教育宣传课。

薛加尔是我关注的为数不多的平地赛马之一。安德鲁总是说我不了解赛马，当他和爸爸在一起讨论赛马的时候，我是真的对骑马和骑马跳没一点儿兴趣。我喜欢看着他们奔跑，也喜欢看他们在马场上溜达，但我不是一个上进的学生，我不知道该怎么安排赛马的出场次序。有一次早餐聊天的时候，弟弟还无情地嘲笑我，当时我建议一匹叫作福里·普莱斯的赛马去参加德比奖，因为它曾经在训练中连赢三次。

“别傻了。”安德鲁的声音大得盖过了我的声音，然后爸爸大笑起来，说：“它是匹阉马，而且都四岁了。”

“所以呢？”我被他突然间那么大声讲话吓到了。

“德比奖只允许三岁的公马参加的。你到底知不知道啊？”

如果谁有点儿什么不知道的事情，家里其他的人就会开始笑。就好像永远都是《一站到底》的现场，只不过题目设置的都是关于赛马的问题，例如赛马的条件、骑手应该知道的数据和场地的相关细节。外祖母有时候会来喝茶，当然，她永远都是站着说话，然后跟弟弟开始讨论马厩里的马，说的都是我听不懂的东西。

她每天早上都会一页页地看《体育生活》杂志。她几乎知道所有的东西，比如在哪里举办赛事，赛事进展情况或者我们的骑师约翰·马提亚斯到底表现得好不好。不过在外祖母看来，他总是表现得不好。

我觉得自己在这样的对话里无所适从，就走出了厨房。真正能让我无比兴奋的是全国赛马大会[1]，我爱这项比赛。比赛的前一周，安德鲁和我都在积极地为能去安特里赛马场[2]作准备，妈妈说我们得了“全国赛马大会狂热病”。

全国赛马大会这天，我们会从中午开始就打开电视机，不错过任何一点儿英国广播公司的《主看台》[3]实况转播。我喜欢赛马在场地上看起来很放松的样子，这样能看出它们的性格。相比平地赛马，我更喜欢跳跃赛马，因为这样马儿留在场上的时间更久，我就更能了解它们。骑手们在跨越“比彻溪”和“板凳”等障碍的时候所表现出来的勇气和速度，让我觉得它们无比英勇。

每年，我们都会挑选两匹赛马参赛，妈妈还会跟我们打赌。安德鲁或者是我选的赛马由我们“骑”。这样一来我们都得穿代表自己颜色的衣服。我们坐在沙发的两个扶手上，手里拿着鞭子，假装“骑着”我们选的赛马。如果赛马摔了，我们就得从扶手上摔下来，在地上打滚，直到我们看好的第二匹赛马赶上来。

1983 年是非比寻常的一年，因为这是我们第一次亲身

---

① 英国全国赛马大会最早开始于 1839 年，是每年在英国利物浦安特里赛马场举办的一项盛事，赛程约为 7100 米，包括 30 个斜坡障碍和 2 个转弯，是欧洲奖金最高的骑马跨越障碍赛，2015 年该项赛事奖金达到了一百万英镑。

② 英国全国赛马大会比赛场地，1962 年之前曾经是安特里火车站，后来改建为赛马场地。

③ 《主看台》是英国广播公司在英国全国赛马大会期间播放的一档现场直播的节目，实时报道赛况。

来到安特里赛马场。爸爸当时脾气非常糟。冬天的时候他总是这样,因为他得为了参加点对点赛进行长时间的节食(以便控制体重),今年,他仍然参加在安特里赛马场举办的“猎狐追逐赛”。

爸爸有一匹非常出色的定点越野赛马,名叫罗斯·博尔达克。那年冬天骑着它,爸爸在推斯顿、云雀山、哈克伍德和洛金郡①举办的比赛上都得了奖。45 岁的时候,他把博尔达克认定为超级明星,决心在那年实现一生的雄心壮志。

作为一位赛马师,爸爸已经非常成功了,但是如果可以选择,他会选择成为一位跃马骑师。二十多岁的时候,他就已经是一位非常杰出的业余骑手,参加过两届猎狐追逐赛,一次取得了第四名,一次名次不怎么样。现在,二十年后,他有了博尔达克,一匹能像雄鹿一样跳跃的马,还能保持全力狂奔 3 英里,这匹赛马还非常聪明,能熟练地掌握安特里赛马场全部的场地技巧。

猎狐追逐赛仅限业余骑手参加。专业的跃马骑手想要获得的是德比奖,但是对于业余骑手来说,终极大奖就是猎狐追逐赛。

爸爸的节食已经坚持很多个月了,比之前的几次节食的时间都要长,其间他戒酒,只吃水果和瘦身特餐,这样才能确保自己 12 英石的重量不会给马带来太大的负担。他每次跑步的时候都负重,还坚持在我和安德鲁公用的浴室里安装了一个木制桑拿房。他有时候一天会瘦 4 到 5 磅②,但是只要喝一点儿酒,马上就会全部长回来。他的脸色看起来苍白无力,开车去利物浦的时候,脾气也比平时更糟糕。

我们到那儿的时候,爸爸连闲扯的心情都没有了。

“对,你们俩,过来,我们来试试这条跑道。”他越过白

---

① 位于英格兰纽伯里北部的一个小镇。

② 约为 1.8 千克到 2.3 千克。

线，急匆匆地走向那条很宽的绿色跑道。

我仔细看了历届冠军的资料和这里老式的配料间，这些都是我在电视上经常看到的。但是现在我不太清楚的是这里赛场跑道的平整度。我之前参加过的大赛——例如英国皇家阿斯科特赛马会，场地平整度都不尽相同，但是这里的赛道就像一个巨大的草皮做的烤饼。赛道的里面有一条光滑的沥青路。妈妈告诉我这里以前是国际长途赛车的场地。

场地非常平整，草皮的根部和表面的厚度一致，这样就算遇到下雨跑道变硬，厚实的草皮也能抵消马蹄砸在地上的冲击力。

猎狐追逐赛比全国赛马大会多出一圈，总共 2 英里，也就是 5 弗隆的距离。从跑道起点开始，"椅子"是第三个栅栏，"水池"是第四个栅栏，然后经过全国赛马大会的跑道起点，一直到"比彻溪"。

那些栅栏简直大得可怕，至少 4 英尺 6 英寸①高，"椅子"则达到了惊人的 5 英尺 2 英寸②，在栅栏的正面还有一条水沟，整个栅栏有 11 英尺③宽，这些栅栏都比电视上看起来大得多，爸爸却告诉我们，这些栅栏从前更加可怕。

"你看到这些松树丛做成的栅栏了吗？"他拨开一点儿树丛说道，"以前可没有这么厚。看到这些正面的栅栏了吗？以前这些都是立起来的，前面也没有挡板，马连站脚的地方都没有。以前这些就像一面垂直的墙一样。"

爸爸把右脚放在栅栏的底部，底部的草垫缩了回去，然后爸爸又用脚按压了几下。

"现在好多了。"

我不知道爸爸说这些是想让自己感觉好一点还是让我

---

① 约为 1.4 米。
② 约为 1.6 米。
③ 约为 3.3 米。

们放松一点,但是当我们来到“比彻溪”,一种发自内心的恐惧袭来。栅栏周围的树篱让所有选手都能感觉到,他们将要面对的是赛道上最让人畏惧的栅栏,我从电视上看到过,选手们在面对这个栅栏时都会全力加速。

一路过来的时候,爸爸一直都走在赛道的里面,但是当我们快要走到“比彻溪”的时候,他走到了栅栏的正中间。这个栅栏跟他一样高。他拍了拍草栅栏顶部。

“去另外一面看看。”爸爸说。

安德鲁和我走到了“比彻溪”的着陆面,在这一面我们几乎看不到爸爸从顶部的草栅栏露出的头。

“这里有一个很大的水沟。”我盯着流经这个栅栏的水沟说道。这就是比彻溪,我心想,比彻上尉① 1939 年就是在这里摔倒的。

“这里的水比旁边的深,”安德鲁说,他从右边走到中间,“你不要在这里着陆。”

他手指着地面,那里的草皮明显向溪里倾斜。就算一匹马成功地跳过了栅栏,也有可能因为地上的压痕造成的凹下去的拱形而摔倒。

“所以,我一定得跳到中间着地。”爸爸说着,走到栅栏背面,跟我们一起看着地上。

妈妈一路上都没怎么说话,她在这个栅栏上标记了一条线,然后说:“从这里跳或者比这里更宽的地方跳,伊恩。别超过这条线。”我们回去的路上她就没有跟爸爸说别的了。

---

① 比彻上尉(Martin William Becher,1797 年 12 月—1864 年 10 月),曾经是一名士兵,据说其曾经参加过滑铁卢战役,在这场战役中有积极表现;也是一名障碍赛马骑手,在他的骑马生涯中,几乎赢得了所参加的所有比赛。1839 年的比赛中,比彻上尉不慎从坐骑上摔倒,为了避免被马匹踩伤,躲到了“比彻溪”厚厚的草垫中。

爸爸告诉我们在“运河弯”①他会怎么转弯，那是一个九十度向左的急转弯，爸爸告诉我们他会在选手们穿越“梅林路”②回到赛道的时候扯一下缰绳，让博尔达克调整好步伐，为最后两个栅栏做好准备，爸爸还说他跳最后一个栅栏的时候会尽量超过第一名，但是临近终点线他才会全力加速。从这里到拐弯点还有1弗隆的距离，从以往的比赛经验来看，对于一匹已经很疲惫的马来说，这已经是一段很长的路了。

爸爸在回来的时候一路上都是骑马慢跑回来的，我们也跟着他，三个人骑成一条线。除非我们是凭自己实力跑第一，否则爸爸绝不会让我们半分，剩下的路他也都是全力以赴跑回家的。

第二天，妈妈让我和安德鲁不要打扰爸爸看《体育生活》，爸爸正在学习其他骑手的技巧，例如谁跳得比较好以及避免跟在谁后面。我们甚至都称不上“无关人员”，我们是“碍事的人”。

这是我第一次看到爸爸全身心投入工作。是否是专业骑手已经不重要了，有的人做这些是出于热爱；有的人是为了从这项运动中挣钱；有的人尽全力；有的人只是把赛马当工作。

我们在看台上观看，罗斯·博尔达克鼻子上的一撮白色的毛让我们很容易就能看到它和爸爸。他们跑得很不错，在跳“比彻溪”的时候精准地从妈妈标记过的线上跳了过去。着陆的时候爸爸向后挺直背部，拉紧缰绳；就像他经常跟我说的那样，用手来控制缰绳的收放是骑马最重要的技巧；然后他们一起朝着下一个栅栏跑去。他看到路标了，准备转弯。跨过梅林路的时候，我看到爸爸想让博尔达克加速，但

---

① 在英国全国赛马大会中，会两次经过这个“运河弯”，拐角近乎90度。很多参赛者在经过这个弯道时都会摔跤。

② 这条路是根据一个叫梅林的小镇而命名的。

是有另外三名骑手跟爸爸并肩。

当他开始跨越剩下的两个栅栏时，安德鲁和我开始大喊："加油，爸爸，跑啊！"但是结果已经出来了，博尔达克只得了第四。这跟爸爸二十年前骑克里斯马·罗宾取得的名次一样，不过至少这次会在获胜者名单上再次看到他们的名字。安德鲁和我开始欢呼，利兹看到博尔达克的时候心情非常好，然后妈妈也让利兹骑着博尔达克跑了一会儿。爸爸是唯一一个看起来不开心的人——第四名的名次显然还不够好。

如果爸爸再年轻点，如果他不是一位全职的平地赛马骑手，我想爸爸肯定能夺得猎狐追逐赛中更好的名次。他像从前一样又重新试了一次，可是在"比彻溪"摔了下来，因为他起跳的地方离栅栏太近了。他没注意到妈妈让他停下来，但是他最终听从了马主的意见，马主说他们只是付钱让他训练马，希望他别每年春天的时候在安特里赛马场都搞得像要自杀一样。

星期六我们回到家，刚好赶上 1983 年全国赛马大会的实况转播，那年珍妮·彼得曼骑着柯碧尔[1]成为了第一位获得冠军的女性驯马师。虽然我知道公园马厩的 90 位"四蹄居民"为爸爸和所有的雇员们带来了生计，但是，我不怎么喜欢赛马，而且也没有一门心思地扑在这些"居民"的身上。不过，我当时确实感受到了这样盛大的体育盛事的震撼力。尽管非常遥远，我还是想参加全国性的赛马比赛。

那年晚春，斗牛犬莉莉来到了我家。几个小时什么都不干，只看着它用短胖的小腿颤颤巍巍地走路都可以变成一件

---

① 珍妮·彼得曼，英国赛马驯马师、作家，并且是第一位训练出了英国全国赛马大会冠军马匹的女性驯马师，其训练的柯碧尔在 1983 年获得了该项赛事冠军。

很有趣的事情。长大一点的时候,它开始在花园里像一只小羊一样乱跳,四脚腾空,身子乱扭;开心的时候,屁股还会左右摇晃,咧嘴笑得像个小丑一样。妈妈又开始大笑了,我们都是。

在我家,赖床就和偷东西一样,是大罪。在爸爸看来,早上赖床超过九点钟简直是不可饶恕的,他自己几乎总是天刚亮就起来了。我跟弟弟都还在长个子的阶段,变得越来越嗜睡。安德鲁早上脾气尤其差,但是如果早上“叫醒”我们的不是爸爸妈妈,而是别的让我们激动的事情,我们就能很快爬起来。

爸爸在楼下大喊“你们这群懒孩子到底要睡到几点啊?”妈妈就会悄悄地把莉莉带上楼来,打开我的房门把它放进来后关上门。莉莉就像个胖嘟嘟的小闹钟,跳到我头上一直舔我,直到我最终从床上爬起来。我最喜欢这样子开始一天的生活了。

第十二章
阔克和斯图尔特

你爱的每匹马,每条狗,都会有离开你的一天。他们会带给你欢乐,教会你去爱。从许多方面来说,你会变得更像一个完整的人,一个更有人性的人。但是,最终他们还是会离开你,他们会在你之前离开人世。有时候,就死在你的面前。如果你不走运的话,可能就会像我一样——我骑着艾利·梅尔的时候,它死去了。

我还记得那天天气很好:和煦的春风、蔚蓝的天空、温暖的阳光。树上的新芽开始吐露芬芳,我心里也满是对春天的期待。周围的一切都预示着新的开始和生生不息的希望。

波克巴克引路猎场在海克利尔[1]有一片很大的地。我们在我最喜欢的罗马女神戴安娜的雕像前停好车。戴安娜是代表月亮和狩猎追逐的女神。她是太阳神阿波罗的妹妹，也是一个假小子，整天穿着狩猎的衣服，肩上挂着弓箭。戴安娜是我第一个挂在墙上的女神，她是一个坚强的女人，自己为自己狩猎，不需要依附男人。

我一边念叨，一边把艾利·梅尔尾巴上的绷带扯下来，检查它的脚掌有没有在刚才从金斯克利尔来的短短路途中被划伤。这时，从另外一个马室里传来嘶鸣，艾利·梅尔也开始回应。是本的声音，这匹巨大的公马十年前和艾利·梅尔乘坐同一艘船从爱尔兰来到这里。本原来是大卫叔叔狩猎用的马，后来大卫叔叔回到美国建立了一个马戏团，本就被卖给了波克巴克猎场的一个人。

本很迷恋艾利·梅尔。它拖着新主人径直从它的马室朝着我们跑过来，再强壮的人都阻止不了它。本用鼻子嗅了嗅艾利·梅尔，看起来就像在亲吻它。只有结束了浪漫的问好之后，它才会听话地回到自己的马室。

艾利·梅尔在引路狩猎中一直照顾我，我都不记得有多少次了，就算它不是最好看的，我也很爱它。海克利尔赛道是整个赛马季中的点睛之笔，因为其中的一条穿越镇上的赛马道曾作为英国赛马协会（不是英国家庭商店）[2]的赛道。我很珍惜跳跃这些漂亮的栅栏的机会；从技术层面来说，它们比我在家用过的跑道更有挑战性。在海克利尔，这不仅仅关乎勇气和胆量，还事关技术：得精准地估量距离，选择正确的线路。

---

① 位于汉普郡西北部的一个文化中心。

② 英国赛马协会（British Horse Society，简称 BHS），成立于 1947 年，现有成员超过 7700 名，是英国最大的赛马类组织；英国家庭商店（British Home Stores，简称同为 BHS），为英国著名连锁商店。

我想象着自己像我的偶像露辛达·格林一样参加奥林匹克和巴德明顿赛马。我第一年上学的时候,伯威克夫人问我们以后想要从事什么样的事业。我举手。

"我想要成为一个三日赛赛马选手。"我坚定而诚恳地说。

"真的吗?"伯威克夫人回答,"那你想要发明什么呢?"①

后来,在我澄清之前说的话时,我想她一定非常失望。

回到海克利尔,爸爸正骑着博尔达克。要想参加点对点赛马和猎手追逐赛,赛马必须获得一张证书,表明它们曾经参加过引路狩猎。这一点儿都不成问题,像爸爸这样爱赛马的人,作为一位引路赛马中的场地管理员,他可以在有人即将超越他的时候把竞争者甩在身后。博尔达克从鼻尖儿看着艾利·梅尔,艾利这会儿正站在斜坡上,好让我能爬上它。

我们直接去往海克利尔的会场,我让艾利站在它最喜欢的地方——本的旁边。艾利·梅尔跟着本走第一条线路,跃过本跳过的每一个障碍物。穿着大红色夹克的场管员和腊肠犬②跟在勒车犬后面快速跑着,一路上勒车犬都低着头嗅着地面,追踪地面上浓烈的味道。有的时候,可怜的猎物跑得太慢了,勒车犬就会抓住它。尽管跟着一群勒车犬朝着预先设计好的路线狩猎不是那么有趣,但是这些勒车犬也不会做出残忍的事情,最多就是一直舔它们刚才抓到的猎物。

一般来说,引路狩猎的路程大概是 4 英里,狩猎结束以后,猎狗们吃肉来进行补给,马儿和骑手们也需要时间休息一下。跑完第一条线路的时候,我让艾利·梅尔休息一下,

---

① 英文中,"三日赛赛马选手"(eventer)的发音与"发明家"(inventor)相近。

② 腊肠犬,是一种短腿长身的腊犬。其名源于德国,善于追踪、捕杀獾类及其他穴居的动物。

它当时喘得非常厉害，我非常担心它在狩猎中消耗了太多体力。妈妈在边上站着，我让妈妈来看看艾利·梅尔。

我们一致同意让它跑完第二条线路，如果它表现出任何疲倦的意思，就马上带它回来。它已经17岁了，虽然有点儿年纪，但还不至于跑不动。

第二条线路是沿着满是树木的山谷跑，一开始我们朝着一个障碍物开始跑。这个障碍物不过2英尺6英寸[①]高，只需要轻轻一跳就可以跃过去。我轻扯缰绳，让艾利缩短步伐。但是它没有回应。我又扯了一次，这一次扯得比刚才要急，但是仍然没有回应，相反，它的头沉了下去，嘴张着。

艾利连跳都没跳，直接撞了过去。尽管撞得不重，但冲击力还是把它甩到了一边，重重地摔在地上。我也被甩了出去，当我朝着它一瘸一拐地走过来的时候，我看到它的马鞍飞了出去。

幸运的是，场上的其他人一路向前，没有从我们身上跃过去。爸爸在前面很远的地方，根本不知道我们发生了什么，但是本看到了，它也不管派利·格林愿意不愿意，掉头朝我们往回跑。它开始疯狂地嘶鸣。艾利·梅尔也想要回应它。

大约过了一个小时，艾利·梅尔重新站了起来，我带着它朝着山上的马室走去。我们得时不时停下来才能让它有足够的体力一步一步地往前挪。我大声呼唤着妈妈，妈妈从山坡上朝我跑下来。

“我不知道怎么了，”我害怕地说，“它刚才就是不跳。我想要它跳过去，但是它不听。”

我害怕极了，因为这是妈妈的马，是她信得过的伙伴，我却让它陷入危险。我让它受伤了。都是我的错。

---

① 大约为0.7米。

妈妈接过缰绳，抚摸着艾利的脑袋说："一定是有什么地方出了问题。"

的确是出了问题，而且是大问题。当她走到马室的时候，艾利倒了下去。它的胸腔最后扩张了一下，突然不动了。它死了。

我不知道它是怎么回到山顶的，也不知道它刚才摔倒后是怎么站起来的。妈妈说，艾利是想死在一个不会给人们带来不便的地方。

没有了它，本也不愿意继续参赛，过了一会儿，我们看到本朝着我们跑来，背上的派利·格林失望地摇着头。本减速步行，停在艾利身边，低头嗅了嗅艾利的脸，嗓子里发出了一阵很深沉的声音，听起来非常悲恸，然后转身走开了。

据说马和驴子需要看到同伴的尸体，才能缅怀它们的同伴。本一定要亲自见到艾利，不然它接下来的日子都会一直号叫着等待艾利的回应，而艾利却再也不能回应它。

兽医说艾利在跑向栅栏的时候发生了大范围的脑出血。幸运的是，它摔倒的时候没压着我。来时马拖车载着两匹马，现在却只载着一匹马回家，这就已经让人难过了，更难过的是看到只有一匹马的马厩。利兹在家里看马，她朝着我们跑过来，还把博尔达克从爸爸身边一起带了过来。她看到我的眼睛因为哭过而变得红红的，她知道一定是发生了可怕的事情。

几天以后我得回到学校，但是我仍然没有恢复过来。要如何去跟不骑马的人解释呢？所以我谁都没告诉，继续过着平常的日子。在我家，转移注意力是治愈悲伤的方法。

艾利·梅尔跟我们在一起的一生中，跟纯种公马配过两次种，我们希望能有下一代来继承它的忠诚和聪明。它的第一个宝宝名字叫作阔克，第二个宝宝是一只深栗色的小马，名字是斯图尔特。

它们还很小的时候就被阉割了,长大了点儿才开始接受训练。大多数非纯种的公马在很小的时候就切除了睾丸。阉马更好驯服,体重更轻,也没那么好斗。赛马在 2 岁前就会被驯服,但是其他需要承担超过 7 英石重的赛马是 4 岁的时候才会被驯服。

阔克拒绝被驯服:有人爬到它背上的时候,它就猛地弓起背部;有人想牵着它往前走的时候,它就把脚趾深深地嵌入土里。它其实非常有天分,但是它就像一个不听话的孩子,讨厌被别人牵着鼻子做事,可如果你能让它知道它是在为自己做,那情况就完全不同了。它很聪明,不过有时候聪明过头了。

当阔克 6 岁的时候,我开始跟它配合,我们相处得还不错。放假的时候,只要有时间,我就会骑着它跑过丘陵顶,朝着学校跑过引路狩猎的马场,一口气跑几个小时,还一次次练习骑马跳跃。慢慢的,它会自信满满地跳过桌子、睡在火车道上的人,甚至是棺材。妈妈觉得由我带它去小矮马俱乐部会是个不错的主意,因为这样它就可以在一次锻炼中积累一年的经验。克雷文小矮马俱乐部在潘伯尼附近的英格力公园[①]举行夏令营,那儿有最漂亮的设施。超过一百名孩子和他们的小矮马会经历各种各样的麻烦。一天最多骑六个小时,有花式骑术、骑马跳跃、空鞍骑马,又或者是交叉训练。这样的训练会进行很久。

第一件事,也是最重要的一件事,就是我们得学会好好站着。小矮马俱乐部为所有的小矮马搭建了临时马厩。木条作支撑和梁架,帆布作为屋顶。只要没有小马拉扯木板,这些临时马厩其实是非常安全坚固的。只要没有像阔克这样的小马。

---

① 潘伯尼,伯克郡的一处人口众多的小镇,位于泰晤士河边上。英格力公园,潘伯尼的一处公园,公园内经常举办活动,例如夏令营和派对。

“那边吵什么呢?”

把水桶装满水的时候,我听到贾迪娜女士讲话,她是我们的骑马指导员。她的声音听起来比平常要慌张。我刚离开阔克五分钟时间。当我朝阔克的马厩看过去的时候,我发现马厩摇摇欲坠。那边声音非常嘈杂,好多人都在尖叫。

一大群惊慌失措的人聚集到阔克待着的马厩周围。我放下这桶水跑过去,发现它在来回拉扯拴着它的绳子。

“阔克,停下来! 马上停下来!”我用坚定的语气说着,口气一点儿都不像一个13岁的小姑娘。

它看了看我,我能看出来,它并不是因为害怕,只是在淘气。就像一个想要吸引别人注意力的孩子,它这样捣乱是因为我把它一个“人”丢在那儿了。我们之前说好的,只要我不把它拴起来,它就不捣乱。

到了周末的时候,整日的训练已经让阔克筋疲力尽,它也从其他马儿和我们的指导员那儿学到了很多礼节,我又尝试了一次。我把它拴在角落里,然后待在离它很近的地方,这样,一旦它开始拉扯绳子,我就能在它造成任何破坏之前阻止它。结果,阔克像个小绵羊似的站了半个小时。

阔克很喜欢小矮马俱乐部。它喜欢俱乐部里不同种类的课程,也很喜欢和其他马儿一起相处,尤其是得到努力工作之后的奖励。

艾利·梅尔的另外一个儿子斯图尔特,比阔克小两岁,却比阔克壮一圈。性格上它俩相差甚远,简直是一个天上一个地上。不过两匹马都结实粗壮,能轻轻松松地负重前行。

思派德和丹尼·哈瑞普很轻松地就驯服了斯图尔特。教育小马的诀窍就是要有耐心,坚定,保持友善。用暴力或者拉扯来驯服这些半吨重的小家伙可没有必要,因为你肯定会输。所以丹尼用温和的方法驯服了斯图尔特,斯图尔特还有点儿“畏手畏脚”。一开始的时候,它甚至有点害怕自己的影子。

妈妈禁止爸爸靠近斯图尔特或者阔克。它们都是妈妈的马,爸爸是不能碰的。妈妈说爸爸手头上有足够多的马可以骑,再者,她不想爸爸骑着它们跳跃一些不该他们跳的东西。妈妈不在的时候,爸爸会悄悄溜到种马场,要求卡罗——一个新来的马夫——帮他把马鞍装到阔克背上。

“但是,老板,”卡罗感到很困惑,脸都红了,“老板娘说不准您骑它。她清清楚楚地跟我说的。”

“这样啊,她改主意了,今早告诉我可以骑。”爸爸撒谎。

半个小时以后,阔克独自小跑着回到了种马场。它把爸爸甩了出去,放了一个屁然后把他一个人扔草地上了。爸爸很生气,他说阔克是匹没用、喜怒无常、没教养的马。如果爸爸这么想,那妈妈肯定会很开心。至少这样他就再也不会骑它了。

过了几年,随着年月流逝,阔克和爸爸都渐渐柔和了不少,他们建立起了难以置信的友谊。爸爸需要一匹马来代步,带领别的烈马,或者在爸爸检查赛马的时候在边上吃草陪着他。我建议他试试阔克,在吃草的时候,阔克可是九头牛都拉不动的。

尽管爸爸一开始的时候不太同意,但是最终他还是承认了阔克和洛奇逊①之间擦出的爱情火花。洛奇逊是爸爸在90年代初期拥有的一匹最具有天分的短跑赛马,但同样也是最狡猾的。它一直在大门那片草地上待着,不愿去4弗隆长的全季跑道,那里刚用沙子、橡胶和柏油重整过。当洛奇逊更知名了以后(后来它赢得了法国修道院赛马奖、楠索普

---

① 一匹纯种的枣红色赛马,两次赢得欧洲最佳短跑赛马,并且在1993年获得了“年度赛马”的荣誉。

奖、国王展赛马奖和一些其他的障碍赛奖项)①,它在家变得更无法无天了。

如果没有阔克带着它,洛奇逊一步都不肯朝跑道走。有一次,它以每小时100英里的速度跑向阔克,它背上的骑师完全控制不了它。洛奇逊是一个“要么全有要么全无”的小母马——在看不见别的马匹的情况下,它在巴黎举办的修道院大赛中赢得过小组第一;也曾在由威力·卡尔逊和弗兰基·迪特里②两位骑师带领的情况下,从起跑点掉头,最后一个完成比赛。

爸爸享受训练洛奇逊所带来的挑战,因为它爱着阔克,所以爸爸开始喜欢阔克了。

至于斯图尔特嘛,他们之间的相处从来都没有和谐过。爸爸再一次忘记了妈妈跟他说的(告诉他不要做什么,只会让他变本加厉),又骑着斯图尔特朝着珂亭顿山上走,想去察看引路狩猎的第二条线路。他们走到一条小路上,小路上有一个障碍物,又没有别的地方能绕过去,可是斯图尔特不肯跳过障碍物。

爸爸用鞭子拍它,斯图尔特还是不干,站在那儿动都不肯动一下。不论爸爸怎么做,不管爸爸多用力地踢或者吼,斯图尔特就是不肯挪一下步子。人们总说,“九头牛都强迫不了一匹马做它不想做的事”,斯图尔特用行动跟爸爸证明了这一点。它跟爸爸反抗起来。爸爸不得不回家,宣告失败。

---

① 法国修道院赛马奖:每年十月在法国举办的赛马比赛,赛程大约一千米,参赛马匹为两岁或两岁以上的纯种赛马。楠索普奖:每年八月在英国约克举办的赛马比赛,赛程约为一千米,参赛马匹为两岁或两岁以上的纯种赛马。国王展赛马奖:每年七月在英国阿斯科特举办的赛马比赛,赛程大约为一千米,参赛马匹为三岁或三岁以上的纯种赛马。

② 威力·卡尔逊,英国苏格兰人,曾经五次获得英国冠军骑师荣誉,职业生涯中获得超过三千八百次冠军,被誉为第四位最伟大的骑师。弗兰基·迪特里,意大利骑师,职业生涯中获得了超过五百次冠军。

第二天，我带着斯图尔特来到同样的地点，它轻轻松松地就跳过去了。它并不是因为害怕，也不是因为跳不过去，它只是不喜欢被人强迫。艾利·梅尔的两个儿子都很有自己的格调和态度。

斯图尔特不属于任何人。它非常绅士，我和妈妈都很向着它。它比阔克壮，而且招人喜爱，是一个心里柔软、举止温柔的小男孩，脸上总是很关心的神色。它会接住我用嘴递给它的薄荷糖，温柔地用鼻子轻轻地扫过我的脸。我靠着它的时候，它会把头搭在我的肩膀上，给我一个像泰迪熊那样的拥抱。它也会停下来，看前面的狍子从它前面跑过。我们每次散步都会持续很长时间，因为它不喜欢匆匆忙忙。

一年之中，我最喜欢的时间就是麦子刚刚收割完的时候。清晨，田地雾蒙蒙的，看起来一片深褐色，远处的丘陵像一只巨大的蓝鲸。我很喜欢清晨的颜色和安宁。我喜欢一个人默默地消失，去农场或者是丘陵上走走。

一天早上，我骑着斯图尔特穿过树丛，想要教它跳跃栅栏。当我们走到丘陵顶上的时候，斯图尔特已经热身完毕，我俯下身来重新调整马鞍的绑带。有一根断了，于是我御下马鞍，放在栅栏上。斯图尔特的背部很宽厚也很舒服，我之前在小矮马俱乐部就经常不安马鞍来骑马。我们不需要马鞍。

我们在场地里跳了十多个栅栏，尽管我知道马鞍就是骑马用的，但是不用马鞍骑马才能真正让你感觉到马的每一个动作，体会到每一次掌握平衡的感觉。我们穿过小围场一路往回慢跑的时候，我看到胡安那从他的拖拉机上爬下来，正在查看我的马鞍。

“没事儿吧，小姐？”他嚼着一根很长的叶子，说道，“绑带断了，是吗？”

“是的，胡安那，是断了。但是我不想因为马鞍坏了就不带着斯图尔特跳跃，这样它会失望的。”

“也更不想让你自己失望吧!”他说,“我从来没有看到哪个姑娘像你一样喜欢骑马跳。你就像你爸爸一样。那你想要我帮你把这个马鞍拿回去吗?”

“那就太谢谢你了。你人真好,胡安那。”

胡安那总是会默默地看着我,尤其是当我在教年轻的小马骑马跳的时候。他从没有告诉过爸爸妈妈我做了什么不该做的事情。

他的脸上有点雀斑,衣服上总是沾着青草和羊粪,走在赛马道上或者是在草地上的时候,姿势也是一跛一跛的。但是他内心非常平静安详,我们当中的很多人都希望能获得这样的安宁。

有一天早上,栅栏都修剪了边,我决定带着斯图尔特去草地边转转。我们在平地上练习了很多动作,跳过了各种大小的干草包,然后带着它去看另外一边的栅栏。

我到现在都不知道自己那天是怎么了,但是我心里有一种一定要跳过去的冲动。那个栅栏很大,跟“比彻溪”的栅栏一样大,我独自一人,在离马场 1 英里以外的地方。我不是出来玩引路狩猎的,当你热血沸腾的时候,你会非常坚定地去跳跃这些栅栏。

我让斯图尔特看了一下着陆的地面,然后走到另外一边,另一边有一点儿坡,这样我们可以朝着栅栏助跑。我仔细地挑选了起跳点,这样才能安全着陆,我不想吓着它。我骑着它慢跑了一小圈以后,转换步伐,变成短促、具有弹跳性的大步,这样它才能做好后腿发力的准备。接下来,我们朝着栅栏小步跑去。我大腿用力,脑袋开始想着我们到底能不能做这件事,我试着不让这样的想法阻止我。

斯图尔特起跳了。它飞跃了栅栏,准确无误地降落在栅栏的另外一边。一匹不愿意跟爸爸跃过2英尺6英寸[1]障碍的马，却载着我跳过了5英尺2英寸[2]高的栅栏。我从马上下来，拥抱了它，亲了亲它的脖子。真是一匹有思想的马。

斯图尔特很好满足，在我们法国助手驯马师埃尔文·查尔皮的帮助下，斯图尔特变得非常擅长花式骑术。埃尔文从小接受法式骑术的训练，是一位出色的骑手。我发现，他的小腿非常结实健壮，就像斯图尔特的一样，小跑或者转为慢跑的时候都很稳定。

“你看，克莱尔，诀窍就是要自信，”埃尔文对着我大喊，我在栅栏边看着他和斯图尔特绕圈跑，“你必须对你所做的一切很有自信，然后保持脚的姿势就可以了。”

斯图尔特浑身都汗湿了，每一个动作都是埃尔文想要的效果。当它的动作做对了，埃尔文就会轻拍鼓励它，在它耳边用法语小声说着什么，它也好像听得懂的样子；当它做错了，埃尔文就会耐心地重复指令，直到它明白。

我自信地看着埃尔文。他全神贯注，一直用马的思维去思考，跟斯图尔特交谈，这能让胆小的小马也慢慢变得自信起来。

“你来牵这匹马。你现在一定会觉得它比刚才更好了，因为是我让它这样的，你看，”埃尔文说道，“这就是你们所说的，怎么说来着？自信。”

“真的吗？”我回应道。

你越有自信，周围的人越会相信你，然后你就会变得更有自信。

在冬尼学校，我试着把我从埃尔文身上学到的付诸实践。只要你有自信，别人也会对你有信心。要一直这样：处事公平、诚实。我还有很多地方需要努力，但只要我不总是那么冒尖，大家就省心了。

---

① 约为0.7米。
② 约为1.5米。

第十三章
亨　利

有时候，你会碰到一匹没有自我约束力的马，像个疯子一样。亨利就是这样子的。

妈妈和我去索尔兹伯里[①]附近的威力镇试骑它。这块地属于公爵修·鲁塞尔夫妇，英国三日赛项目国家队就是在

---

① 索尔兹伯里是英格兰南部威尔特郡一座颇具中世纪风貌的小城，城内有全英国最高的天主教堂（高123米），城外不远的原野上耸立着著名的史前巨石柱。

这块地上进行训练的。修·鲁塞尔夫人会在越野障碍赛上，在她想要队员们跨越的地点喷上准确的标示，然后从双轮轻便马车上朝着骑手大喊向左或是向右。

除了浅棕色的鼻子，亨利几乎浑身黑色。它的眼睛是深棕色的，脸中间有一小块白色星星的图案。耳朵向后直立着，就像斯波克先生一样。它的毛色像赛马一样闪着光泽，毛发顺滑。跟阔克或者斯图尔特比起来，它的身体结构更优美，还有一点：它对周围发生的一切都非常警觉，对任何声音或者视线里的东西都会作出反应。

让我惊讶的是，我居然是在室内教亨利技巧。它慢跑时步伐短促有力，不过需要调整步伐，但是它跳跃得很出色。我向旁边的人询问我是否能骑它出去小跑一下。

“哦，我不能同意你这样做，”卖马的女孩子说，随后停了会，告诉我，“绵羊今天得搬到另外一个地方去，我们不能去越野障碍赛的场地。只能待在这儿。”

妈妈和我互相看了一眼，我耸了耸肩。我特别喜欢买马，因为所有的马我都喜欢。即便它们很难驯服，我也觉得自己能驯好它们；如果它们稍微招人爱一点儿，那我可就入迷了。妈妈更痴迷，在这样的情况下，我们俩得想个办法。最后我们不仅仅只是带它出去试试，还带走（买下）了亨利，不过没能享受在家试养一个星期的待遇。

在室内或者有围栏的室外场地，它都很听话，但是到了空旷的场地，就完全不一样了。爸爸训练的赛马跑得都没亨利快，亨利跑步就像在飞。如果是一圈圈地绕着场地跑，那它跑得相当不错，如果让它穿过场地或者跑道栅栏，那可就要命了。

我还曾经天真地以为，如果它朝着很高的围栏跑，可能会减速。但是亨利完全不是这么想的。有一次，我们跨越了在推斯尔顿的一个越野障碍赛的障碍，跨越的速度太快了，在附近水源边的裁判都没看到我们跨过去，直到我们跑到了另外一边他才看到。我妈妈不想骑它，别人都不想。

我把它当成一个挑战，冬尼学校在希克斯缇德①举办的骑马跳展示赛中骑着它来为学校争夺冠军。我骑着它小跑进入场地，当我停下来跟评委问好的时候——在这块艾迪·麦肯和哈维·史密斯也待过的场地，当我做着和尼克·斯科尔顿②相同的动作时，我突然感觉到，我就像这些传奇人物一样。希克斯缇德是世界上最大的场地。当我要求亨利把步伐变为有力且受控制的慢跑步伐时，我感觉到我们就好像是在越野障碍赛的赛道上，而不是在一个骑马跳展示的场地上。我一直让它跑曲线，这样它就不知道这个场地到底有多大。听到铃声以后，我让它掉了个头，然后我们一起穿过起点线。

亨利跨越了牛栏、平板和白色的大门。它把步伐减小以后又重新展开步子。最后一个障碍是一个棕色的直立木板，我几乎都拉不住它。它准确地降落在我想要的着陆点，板子仍然直立着。亨利跳得非常漂亮。在英国骑马跳的发源地，当我松开缰绳感谢观众掌声的时候，它好像被人按了开关一样，突然加速跑起来，以每小时100英里的速度围着场边跑。我一边假装故意让它这样，一边向人群致敬，然后用尽全力地控制住它。

我们冬尼学校代表队得了第三名，我们队里还有黛西·

---

① 位于英国西塞萨克斯郡，以举办花式骑马跳比赛而闻名。

② 艾迪·麦肯(Eddie Macken)，爱尔兰裔著名花式骑马跳骑师，从1976到1979年蝉联希克斯缇德花式骑马跳大赛的冠军。哈维·史密斯(Harvey Smith)，著名花式骑马跳骑师。尼克·斯科尔顿(Nick Skelton)，著名英国骑手，2012年，54岁的尼克·斯科尔顿代表英国骑马男子国家队获得了金牌。

迪克①,我还击败了道奇·庞恩——希克斯缇德场地的所有者——赢得了“最佳风范奖”。

我们让亨利尝试了很多不同的动作,但是没有一个是能看的。这下子亨利正式成为了一匹很难控制的马。它擅长的是越野障碍赛,或者展示骑马跳跃。引路狩猎或者小组追逐绝对不适合它,让它去肯定会破坏我的兴致。

我很享受假期,因为我可以每天骑两三匹马,一点儿都不会觉得无聊,但是别的女同学似乎不那么享受在家的假期。

“哦,是的,我们去了法国南部,那儿真无聊。”

又或者是“爸爸今年买了一架游艇,但是他又得回去工作,所以只有我和继母。有点儿……你懂的,总之很无聊”。

她们的假期就是无止境的海滩、派对和购物。我很羡慕她们这种光鲜亮丽的生活方式,但是不明白为什么她们自己却不怎么喜欢。冬天的时候,我的父母决定——虽然这个决定有点儿晚了——带我去滑雪。

爸爸滑雪的方法就跟他做人一样。不管前面是什么都飞快地往前冲。他一点儿都不在乎滑雪时候的风度。他就像一个发了疯的牛仔,从山坡上飞奔而下,直接急转弯抄到不明所以的滑雪者前面,随心所欲地赶开孩子,还经常摔跤。有一次他从山坡上滚到山脚下,滑雪板飞了,一只鞋也掉在半路上。

“我成功啦!”他边从地上爬起来边说,拍拍裤子上、手臂上和脸上的雪。他笑着,眼睛像发着光一样。安德鲁和我都不想告诉他,从山顶滚到山下可不叫滑雪。

妈妈则小心得多。她的主要目标就是避开爸爸。最好

---

① 英国女性骑手,曾在2008年北京奥林匹克运动会的骑马团体比赛中获得了铜牌,后来成为顶尖的国际赛马三日项目赛骑师。

的方法就是去另一座山滑。

全家出动去滑雪让我能在新学期回到学校的时候跟其他同学分享假期时光,不过她们大多是春天天气暖和一点儿,雪少一点儿的时候去玩。爸爸春天的时候会很忙碌,所以我们在冰天雪地的一月份出去玩。不是抱怨,只是说明一下,一月有多冷呢:安德鲁和我有一次在采尔马特的一个丁字架上冻住了下不来。

我已经慢慢习惯了每学期开始的时候,坐妈妈的车从萨彻姆[①]去冷灰镇一路上想吐的感觉。有时候我觉得都快要晕过去了,还好最终不是在医院里醒来,而是回到了学校。我不记得自己是从什么时候开始克服晕车,反倒在学期开始的时候觉得兴奋,一定是在我低五学年结束,高五学年开始的时候。

我在学校打曲棍球,因为比班上其他同学都要小,所以别人都在 15 岁以下组,而我在 14 岁以下组。这意味着我是我们队里年纪最大的球员,而不是相同年纪里最小的。我很努力地试着了解这项运动:拦截对方的球,阻止对方球员的进攻。我不断练习控球,变得善于从地面捡球。身体素质也得到了提高。整个队伍在大家的努力和相互尊重的气氛中,变得愈发团结。这成了我们之间很好的纽带。

只要能来,妈妈一定会来看我的比赛。她在球场旁朝我吹口哨,这样我就知道她来了。当安德鲁和我在人群中的时候,妈妈不会喊我们的名字,她只会吹口哨,就像她对小狗狗吹口哨那样,是两个调子的口哨,就像一只狼吹口哨召唤同伴一样。爸爸对我的比赛一点儿都不感兴趣。他不了解曲棍球。

“没有边界?”他打断我对曲棍球的解说,“没有边界线

---

① 英国伯克郡的一处小镇,东部距离纽伯里大约 5 公里。

你们怎么控制比赛啊？你是说你得朝着人多的地方跑？”

“这个，”我很理智地回答他，“如果你触犯了边界，裁判可能会吹哨子，但是，如果你可以，可以去人群中或者去球门里面。真的是个很好玩的运动，爸爸。你一定得来。”

他像水壶一样，发出了咕嘟声。

“听起来很傻，”他说，“我一直不喜欢女人的运动。”

我坚持让他来。“但是你只来过我的学校一次，你每次表现都很不好。上次你告诉我的拉丁语老师她的腿很漂亮。请别再这样了，你一定得来看我比赛。拜托。”

“如果你打进了第一名的队伍，我就去。”

我最终打进了第一名的队伍，但是我只参加了三场比赛。在第三场时，我扭伤了脚，软骨撕裂，左膝的韧带也拉伤了。我从球场上一瘸一拐地走出来，法尔老师开车载我回到主校区，把我送到了泰德伍兹二楼的校医院。修女用冰袋敷我的脚，还开了很多止痛药，但是当我“短期外宿”回家时，还是剧痛无比。

我试着骑马，但不论是在马背上还是走路的时候都很痛，当我试着让亨利跑到主道上的时候，都快痛疯了。我哭着掉头回到种马场。

“我不能骑马了”，对我来说，这就跟“我不能呼吸了”一样。

我的自信心也土崩瓦解。如果我不能骑马，如果以后都不能骑马，那该怎么办？那我还有什么特长呢？事情变得这么糟糕的时候我还能跟自己说什么呢？

我做了手术，接下来的几个月都拄着双拐，有八周不能骑马，在第一名队伍里的运动生涯也结束了。爸爸再也没有来看我打曲棍球。

我拄着双拐度过了16岁生日，还戴着牙齿矫正器，两排牙齿都挂着金属架子，晚上睡觉的时候还得枕着头部支架，还有什么能让一个女孩觉得自己更特别呢。尽管我脸上这些东西清清楚楚地表明了“别吻我”，但是在学校舞会上，还是有一个男孩子吻了我。好吧，可能他只是想吃了我，很难分清楚，但是他给人的感觉很甜蜜，我们互相写了好几个月的信。我们后来再也没见过对方，当然，我喜欢他用的笔名“雨果”。

有好多年，每个女孩都能收到情人节卡片，有的是爸妈借用家里养的宠物仓鼠的名义寄过来的，但是我的信箱总是空的。

“这些都是商业陷阱，就是想让你买贺卡的。”这就是妈妈对情人节卡片的态度。

我收到第一张看似雨果寄来的情人节卡片时，我觉得自己终于能回到大家的队伍了，就像能收到情人节贺卡的同学们一样，我是其中的一员。我尽量不去理会头脑里自己跟自己的碎碎念，只关心最后终于又能重新回到队伍里的事实。

我们年级的舞会非常成功。每个人都有了“对象”，还有一些姑娘在舞会当晚就订婚了。但是另一方面，也有很多姑娘染上了抽烟的恶习——她们用口香糖来掩盖抽完烟以后嘴里的味道，然后把口香糖随手黏，搞得我们年级有一半的姑娘在周末回到学校的时候都得从椅子和桌子底部扯掉嚼过的口香糖，这花了她们两天时间。我不抽烟，当然没被抓住。我强调这个都是因为我爸爸，他非说我的红紫绿三色的绸缎裙子上有烟味。其实是因为雨果抽烟，但是我不能告诉他是雨果抽烟染上的味道，我只说了：“不是我抽烟。”

“别对我说谎，克莱尔。我能闻到烟味。我知道你一直在抽烟，鉴于你从前的说谎记录，我觉得不能因为你说什么就相信你。”

爸爸在 12 岁的时候就戒烟了。他告诉我的时候还觉得这是一件很正常的事。他的父母，跟 20 世纪 40 年代的所有人一样，家里总放着一个木质的香烟盒子，客人和家人都从里面拿烟来抽。所以爸爸从6岁到12岁的时候都是自己从里面拿烟抽，后来他一天抽十支焦油含量很高的飞利浦·莫里斯香烟①，结果非常头晕。后来的几十年，凡是有人抽烟，他都以一个戒烟者的身份告诉别人抽烟的坏处。在这方面，我是无辜的，但是我也会以一个戒烟者的身份告诉别人不要抽烟。

爸爸后来忘了抽烟这件事，他承诺，等到16岁的时候我就可以参加越野障碍赛。这意味着我又可以像骑师一样，回到马背上了，不过膝盖得能承受马镫的压力才行。我明白爸爸对于“快乐”的定义——在卡车后面绑上雪橇，从山顶到山脚拖着两个孩子在雪地上飞奔。他说越野障碍赛是世界上最令人激动的事情，但是鉴于我了解到的情况，这不是一个好的建议。

当我终于取下双拐又能开始走路的时候，爸爸说我需要减肥。妈妈只说衣服看起来有点紧，但是爸爸很直白地说出来了。

“你在越野障碍赛的时候体重得保持11英石②，”爸爸告诉我，“你现在体重其实还算好，但是我希望你能成为一个出色的骑手，所以你得控制体重。起码要比现在轻一点。你现在太胖了。减肥吧。”

我的膝盖恢复得很好，每天都做恢复性训练，脚踝上绑着重物，举起脚踝，来强化膝盖两侧的肌肉。在动手术的地方有一条很长的疤，就是从这儿切除了里面坏掉的软骨和组织。虽然韧带伤着了，但是没撕裂，只是需要花时间来恢复。

骑马才是真正的考验。我选了斯图尔特，因为我知道它

---

① 美国香烟品牌。

② 约为70千克。

是最友善的。我牵着它走到水泥斜坡障碍上,这样爬上马鞍能容易一点。它直直地站着,竖起耳朵。我小心翼翼地爬上马鞍,把马鞍调得比平时长一点儿。到目前为止,感觉还不错。

我们朝着场地里走,重新回到马背上的感觉真好。我很紧张,担心自己手感不如从前,我一骑着马开始小跑,膝盖就像撕裂了一样疼。我们走上了主赛道,一直沿着圣诞树大道向上走,然后在终点向右转。我想要多争取一点儿时间,闻闻树的味道,看看场边跑过的小鹿或者头顶盘旋的秃鹰。

沿着坡爬上珂亭顿山,只要有比较陡的上坡路,我都会让斯图尔特减慢步伐。这才是最大的考验。我用坐立的姿势骑坐在马背上,膝盖保持弯曲,挤压着小马的大肚子。我没觉得疼。虽然感觉很奇怪,但是并不疼。

我可以骑马了！我开心得大叫,挥舞着拳头。斯图尔特立起耳朵,加快了步伐。我们骑过白马停车场,穿过主干道然后穿过丘陵边上用五根木板做成的门。

我们小跑着,我坐在马鞍上,骑马跳过农场的栅栏。我让斯图尔特加快了步伐,然后像一个骑手一样在马背上保持骑马的姿势。一切进行得还算顺利。

那天晚上,我用一包冰冻豆子敷在膝盖上来消肿。妈妈说一定是膝盖超负荷了。我不承认,但是第二天的时候我全身都疼:大腿根儿疼,屁股也疼,背和手都疼。爸爸说唯一的缓解方法就是骑马。我的肌肉已经好久没锻炼了,我得让它们重新恢复状态。接下来的几天,我慢慢减少了四肢的运动量,膝盖好像也恢复得更好了。

在学期结束的时候,我们年级去湖区①进行拓展训练。

---

① 湖区是位于英格兰西北部的一处知名的夏季度假胜地,更因其与19世纪的湖畔诗人,例如华兹华斯的联系而闻名。

对我们来说,放松一下也是一种奖励,奖励我们考完了所有的考试,也让我们这些女孩子之间的小圈子更加团结。经过了夏天的考试和锻炼以后,我的身体条件已经不怎么适合进行拓展训练,但是膝盖正在好转,我也决心不减少体育锻炼。我们坐火车直奔潘丽斯[1],然后穿过奥斯湖[2],还在那儿的佐治亚大厦跟室友们度过了第一个晚上。

第二天早上,老师早早地就叫我们起来了,比爸爸起床的时间还要早,还让我们穿上泳装。太阳升起来的时候,女学生尖叫着,踉踉跄跄地朝湖边跑去。

“跳进去!”拓展训练组织者大喊道。

我们面面相觑。难道要我们跳到这冰冷刺骨的湖水里?

“快点,你们这些被宠过了头的懦夫!”他接着说,“你们还指望着热乎乎的热水澡,再来块香皂吗?在野外,就这样的条件。快点儿,跳进去。”

“你这是开什么国际玩笑?”我朋友 KT 说道,“我还以为拓展训练应该是好吃好喝地招待。不是新兵训练营。”

“你的头得扎进水里。如果头不在水下,不计时!”

有一个年轻一点儿的指导员,他可能只有 22 岁。他朝着我和我朋友 KT、妥伊、格力在的地方低声说道:

“水,新鲜干净的水,世界上能让你清醒最好的办法就是它了。快点儿,进去。我保证你们绝对忘不掉这个感觉的。”

我决定用最快的速度入水。我脱掉了外面的套衫,穿着泳装跑到水边。水冰冷刺骨,但是我还是往湖里跑着,溅起水花,然后我把头埋进湖水里。身上的每一根神经都开始刺痛,大脑空白了一两秒,然后脑子里开始万马奔腾。这正是

---

① 在英格兰西北部的一个小镇,距离湖区大约 5 公里。

② 英格兰湖区第二大湖,14.5 公里长,1200 米宽,湖水最深处达 60 米。

我需要的头脑激活的状态。

奥斯湖周围的景色非常迷人——湖水拍打着岸边的鹅卵石，好像在邀请你去游泳一样，但是湖水很深，就算是仲夏也冰冷刺骨。

我很快从水面下伸出头来，朝着岸上大喊："来吧，这感觉不可思议！"

麦克，就是那位年轻一点儿的指导员，在岸边对我竖起了大拇指。一开始是一个个地走过来，不一会儿就是一群人都冲过来。大家叫着，笑着。我游到麻木了，然后往回游。麦克是对的，我到现在都忘不了那种感觉。

第二天晚上，我们在湖边露营。住在移动房里，结果发现移动房不防水。那天晚上雨下得很大，雨滴从"屋顶"上滴下来，床褥都湿了。我们周围的地面变得越来越湿，一些移动房朝着水边开始滑动。赫蒂和查尔住的移动房滑到了水里，她俩的尖叫声把我弄醒了。

我穿着睡衣，跑过去把她们拉出来，麦克帮她们把帆布背包和睡袋拉了出来。查尔都快吓傻了，就连总是开开心心的海蒂也是到了露营最后一天才从阴影里走出来，她可是把我们每个人都"打"了一顿才恢复过来的。因为腿脚不便，也担心膝盖再次受伤，我一瘸一拐地和她们俩在最后走着，一直跟她们说搞笑的事来消除这次的阴霾。

除了周末糟糕的遭遇，其他时间都是很美好的——坐竹筏、游绳下降、攀岩，以及在高高的树上进行快速的丛林穿梭。

"来啊，格力，你可以的，"我站在距离地面 10 英尺[①]高的一个树枝间的平台上，靠着绳索边想要哄劝我的朋友，"稳着来，别往下看就可以了。"

① 约为 3 米。

“我不行，我做不到。别逼我。”格力恐高。

“没事的，”我说，“没事的，真的，你只需要看着我，看着我的眼睛，慢慢往前走。”

格力开始对着我大吼，说她恨每个人，讨厌拓展训练，尤其讨厌我。虽然她大喊着脏话，但是她在慢慢往前挪动，所以我一直跟她说话，当她靠近的时候，伸出手。她一下子跳到平台上，冲击力把我们俩都扑倒了。

“你做到了！”我抓住她的时候喊道，“做得好，你做到了！”

“我讨厌你。我恨死你啦！”

她还在朝着我骂，我告诉自己，她是因为害怕才这样的。

麦克·伊文斯是我们小组的领导，如果他让我从悬崖这边跳到那边，我也会做。我知道他一定会确保绳子稳稳地绑在我身上。我完全信任他，当我从悬崖边上速降下来的时候，我觉得自己就像在演动作片。我一手抓住绳子，另一只手抓住头顶的绳子，从悬崖边上跳下来。感觉真棒。

离开这座狭长的“Z”型湖，我们继续出发，不到一个小时就远离了之前我们生活的现代文明。大概走了两个小时以后，我的脑子里渐渐不去想那些嘈杂的事情，变得冷静。心里想的只有我们前面要走的路，耳边只有一片寂静。女孩子们叽叽喳喳的聊天声也都消散而去，只有鞋子走在地上的声音和我们的喘气声。这就是人们所说的“被动思考时间”——大脑停止，专注地思考生命。只有长时间的走路和骑马能让我进行“被动思考”。

那一周带给我们的除了兴奋、冷静思考，还有真正的筋疲力尽。麦克是我们的头儿，他给我们带来前所未有的凝聚力。他温和地鼓励每一个女孩子完成挑战，鼓励我们爬过悬崖，或者当你往上爬的时候提醒你找一个合适的落脚点，还会一直不断地鼓励你。他不会忍受女孩子们的喋喋不休和抱怨谩骂，当他坐在篝火边的时候，我们从他身上能感受到，最快乐的人拥有的却可能最少。他只需要一支火把、一把小刀、一张地图和一个罗盘。

麦克懂得如何不用武力胁迫来让我们超越自己的极限。不像我们同年龄的男孩子，他的关注点不是长发飘飘、穿着短裙的女孩子，他只在乎如何让我们能在不熟悉周围环境的时候增长经验，激发我们的积极性，提高我们的身体素质。我仔细品味他说过的每一个字，因为在我看来，麦克传递的是生命的真理。他不是虚构人物或者电影明星，他是一个活生生的人，是我眼中的英雄。

两年以后，1988 年，我听说麦克·伊文斯在新西兰一次登山中意外死亡。我为失去这样一个自由的灵魂感到悲伤。为此我哭过很多次。几年前，在 BBC 广播四台的一档《漫步》节目中，有一段播放的是在佩特戴尔[1]湖畔的小道，我录了一段独白来纪念他。我是在一个偏远的小木屋里录制的，这个小木屋是给过路的人遮风避雨用的。当时，我念独白的时候由于悲伤，嗓子发紧，不得不终止录音。在一周的时间内，他就让我明白世界比我想象的要更加宽广更加有趣，还让我找到了适合自己的一片天地。

霍福顿老师写了一张告示贴在他一楼房间的外面，上面写着按照发布的时间表单独约见我们年级的每个人。我把自己的名字写在最后一个，心里想着至少我可以问问先进去的人老师问了什么。

妥伊出来了，告诉我们霍福顿老师要她当学生宿管员。海蒂说她被任命为活动主任，薛蒂也是学生宿管员。我们都有点儿疑惑，因为我们原来以为她们三人的其中一个人会成

---

① 英格兰湖区东部的一个小镇。

为学舍主席,我们还以为霍福顿老师会在当天晚上我们都聚齐了再宣布。

我敲了敲门。

“进来!”霍福顿老师的声音清脆悦耳。

“啊,是克莱尔,请坐。”她摘掉眼镜,眼镜腿儿拴着金链子,挂在她巨大的胸前。桌子上有一盘剩了一半的牛排,盘子里还有点儿腰子派、豆子和土豆。

“首先,亲爱的,我想说,做得好!确实表现得很好。我从教这么多年,从来没看过这么棒的拓展训练的报道。你找到了你最擅长的事情了,对吗?”

“这个,”我向后靠了靠,交叉双腿,看着霍福顿老师从她巨大的脸颊里找到一点儿食物的碎渣,“我的确很享受拓展训练。我觉得我很幸运,因为我觉得这些事情对我来说比较容易,我不恐高。”

霍福顿老师咽下她刚才嚼的东西,双手在膝盖上叠起,向前靠了一下。

“亲爱的,你可能觉得自己做得不错,是因为自己取得的成绩。你确实表现得很好,但并不是因为你们组的领导对你有好的印象。绝不是。是你跟其他在拓展训练营挣扎的女孩子之间的相处,让你们组的领导对你刮目相看的。”

“噢。”我并没有意识到他们观察我们如此仔细,我也不知道霍福顿老师居然收到了一份如此详细的报道。

“现在,正如你所知道的,”霍福顿老师好像接下来要说些我绝对不知道的东西,“在孩子们从拓展训练营回来以后,我做了一个艰难的决定,可能在我的职业生涯中这个决定很例外,但是我也决定打破一些常规。”

“克莱尔,是关于你的决定。”她停了一下,把嘴里食物残渣吞下去了以后,说出了我根本没想到的一句话,“我决定任命你为明年的学舍主席。”

我站起来,咳嗽了一下。

“您没开玩笑吧?”

“我当然没有在开玩笑。”霍福顿老师说着,我刚才的语气好像有点儿冒犯她了。

我怎么能当学舍主席呢?我被停过学,还被原来的学舍赶出来,整个“四上”和“四下”学期我基本都只是熬过来的,我从来没有担任过任何职务,我们年级有 10 个人都更应该得到这样的嘉奖。

“抱歉,”我终于讲了一句话,“我并不是说您在这么重要的决定上开玩笑。也不是说您在开玩笑。我只是太……太意外了。您确定吗?”

“我从未这么确定,”她说,“如果今晚之前你能不把这件事情说出去,那我会万分感激。我今晚会在我们学舍会议上宣布。”

她站起来伸出了手,我跟她握了握手。

那天晚上霍福顿老师宣布的时候,全体同学都倒吸了一口气。如果我们要来打赌的话,我一定会赌一百比一的赔率,因为估计没有人会赌我能当上学舍主席的。

我找了点儿零钱,打了个付费电话回家。妈妈听到这个消息,跟我一样惊讶,也跟我一样开心,但是爸爸觉得这根本就是该发生的事情。

“就是嘛,”他说,“我就觉得你肯定会当上的。”

我觉得爸爸肯定是忘记了我曾经惹过的麻烦。有时候,他的记性不好,倒是一件好事。

第十四章
罗斯·博尔达克

罗斯·博尔达克并不总是每天都很听话。赛跑的时候,它总跑在前面,展示自己最好的一面,但是在家的时候,它总是跟我们较劲儿,不肯老老实实站着。

所以爸爸不让我骑它,而是让我骑一匹叫作米勒·泰尔的赛马——水车礁石和一匹叫作"坎特伯雷故事集"的赛马生下的。这真是个好名字。给赛马起名字非常有趣,对于麦伦先生来说,这是一种挑战。他起的都是些好记而且有趣的名字。在英国,每匹赛马的名字都得注册,才能保证不会出现重复或者粗俗的名字。

一些诸如“狐皮帽”“速度之王”这样的名字,都是不允许登记在册的,因为太没品位。有一些赛马机构对赛马注册的名字不太严厉,也没注意到名字会产生的效果。

另外,麦伦先生还非常喜欢用名字来炫耀他的家族财富,他养的一匹叫作“等待天意”的小马,是公马“寻找上帝”和母马“惊喜”的孩子。

女王陛下在给赛马起名字方面很有创意。我弟弟帮她训练了一匹赛马,是公马“机动者”和母马“小金库”的孩子,叫作“银行红利”。很多年前,“女皇”的一匹名叫“年轻一代”的孩子是“未知数量”,“女高音”生下了“女低音”,“光闪”的孩子是“倒影”。皇室赛马的名字大多是些动听的字词——“珍力世”“金幽灵”“睡美人”“孤岛”“活力”和“忍让”。

爸爸拿出喷印枪,打上我的名字:克莱尔·B。我的名字也会像正规骑手的那样,出现在爸爸的木板条上。他在底下的一个横档上喷上名字,然后把米勒·泰尔的名字放在第一批赛马名单里。我想要爸爸把斯图尔特的名字也写上去,因为我吃完早饭就会在第二批赛马的时候骑斯图尔特,但爸爸是个自负的训练师,他不想把只有一半纯正血统的狩猎马的名字写上去,何况它超过了700公斤。这样会很丢面子的。

第二天,爸爸早上六点半就把我叫醒了,我随后走到马场去。尽管我的一生都在马场上度过,但是我真的不怎么清楚马场到底是怎么运营的,我知道这听起来很奇怪。童年时代,马场的哪儿我都不能去,在过去的四年时间里,我一直都只关心在种马场的小马驹和小矮马。

爸爸大约有四十名员工,他们一直骑马,直到身体承受不了了为止。即使不能骑马了,他们也会跟马待在一起,帮助打理马场,清理马厩,还会带着马去游泳。这是他们毕生的工作,当初跟爸爸一起训练赛马的员工是最具有凝聚力的核心人物。

近二十年来,领头马夫一直是比尔·帕尔默。他曾经是个骑师,有点儿罗圈腿,脸上是一生风吹雨打留下的痕迹。他总是穿着棕色的骑马裤,磨旧的棕色靴子和粗呢帽。他以前只戴粗呢帽骑马。但是爸爸坚持让每个人都戴安全帽,因为他见过很多人为此受伤。比尔可能只比爸爸大几岁,但是看起来已经很老很老了。

“克莱尔小姐,”他边把马鞍帮我装上边跟我说,“准备骑赛马了是吗?我猜这只是时间问题。从现在开始,拿着这根缰绳,一定记得每次用完了要洗。有一个套子,每次洗好以后要把缰绳放在里面。好了,它归你了。”

比尔递给我一个很轻的皮质马鞍,它只有不到1掌宽,2掌长,而且非常平整。马厩的每位马夫都有自己的装备,每次换骑另一匹马的时候都会把装备一起安上。为了防范马癣或者其他交叉传染的皮肤病,马的腰身上都会盖着一块可以洗涤的棉质遮盖物,每次用完了都会清洗。

我开始动手给米勒·泰尔装马具。它非常绅士,皮肤很软,我都不敢用力刷,只用橡胶刷子刷了身子。它从我手上取过薄荷糖的时候,鼻子划过我的手,感觉像绸缎一样柔软。

谢默思·欧格曼,一个年轻的学徒,在隔壁马室装马具,我去找他帮忙。他教我怎么叠马鞍上的棉布,如何把棉布固定在马腰上:只有绑在马鞍中间,才能保证这块棉布居于正中的位置;放棉布的动作得快。七点二十的时候我们离开了马厩。我尽量做到最好,然后牵着米勒·泰尔走到马场中间。

“忘记刷毛了吧?”谢默思从米勒·泰尔的黑色尾巴里

拉出了一点儿干草，“你还忘了什么吧？”

米勒·泰尔的蹄子一踩到沥青地面上，就开始排泄，地上全都是它的排泄物。我忘记处理它的马蹄，才会导致它到处大便。这可真不是一个好的开头。

所有的马夫都牵着马走向比尔，比尔左手拿着缰绳，右手示意让他们抬起腿来。我看着他们是怎么做的，然后伸出我的左脚。

“一、二、三。”比尔说到“三”的时候做了一个上抬的动作，但是我什么都没干。我还是木桩似的站在原地，单腿跳着跟上米勒·泰尔，它正朝着门走。

“你得配合，”比尔解释说，“我数到三的时候你得跳起来。”

“噢，我不知道。我总是用登山棒爬到马背上的。”

我用不怎么好看的姿势爬上马鞍。很多年轻马夫一跳就上去了，坐在马背上晃荡双脚。谁想要像他们一样轻松地跳上去，弹跳力得比我好，也得比我瘦。

这些骑马的装备是为了让骑手在马背上坐稳，这样才能感受到马的运动。如果把马鞍比喻成一张椅子，那赛马用的马鞍就是一条光木板。你不能坐在上面，让屁股偶尔碰到马鞍即可。

有一次我骑在马上，拍了一下米勒·泰尔，示意他跟上，然后跟其他在聊天的马夫一起进入内马场。我感觉我的马镫短了点儿，但是我不想让人家觉得我是新手。

公马在前，母马在后，像米勒·泰尔这样的阉马想走哪儿就走哪儿，所以我们跟在后面走着。内马场是一大圈圆形的走道，走道上铺的是煤渣，大约8英尺宽。外墙很坚固，内墙的出入口大约跟马头一样高。刮风下雨的时候，马夫的脸会被雨打风吹，但是马却可以平安无事。这就是金斯克利尔的原则：马的安全性和舒适性排在第一位。

爸爸在内马场的门边儿,站在他的乘用马上。他看着每一匹马走过,问马夫是否感觉良好——他问的是马儿,不是马夫本人。他一点儿都不关心谁咳嗽谁感冒,但是如果是马儿咳嗽了或者走路姿势跟平时不太一样,他就一定得知道是为什么。我跟在队伍的后面,经过的时候,我的马鞍显得比平时要短。

"一切都好吗,克莱尔?"爸爸问。

"是的,我很好,谢谢。"我回答。

"不是你,你个傻子,我问的是米勒·泰尔,它还好吗?"爸爸坚定地说。

"是的。是的,我想它很好。"虽然我不太明白爸爸指的是什么。

我们又走了一两圈,然后我听到爸爸对着走在前面的思派德和约翰·马提亚斯喊道:"开始慢跑,八圈,来吧,让我们跑起来。"

四十匹马变成了小跑。一些马儿猛地弓起背,一些用鼻子使劲地喷气。骑手们都稳稳地坐着,精神抖擞。就在这时,我注意到,我似乎是唯一一个马镫绑短了的人。其他人绑的长度都刚刚好,脚可以和马的腰身完美地贴合。当我的马跟在后面进行慢快步跑的时候,我骑在上面上下移动,活像一只青蛙。

跑了三圈以后,我知道为什么他们要把马镫绑得长一点了。马儿在快步跑的时候,如果马镫绑得短了,骑手就会非常痛苦。就像现在,我的大腿感觉火烧火燎的,摩擦得生疼。我骑着马经过爸爸的时候,他仍然在仔细观察每匹马的状态,我问:"还有多少圈?"

"五圈。"

天呐,照这样的情况下去,我都不知道能不能跑完这一圈。这一次不是膝盖疼,是肌肉很痛。

比尔就在我后面。

“觉得累了吧，克莱尔小姐？”他笑道，“把你的手放在马肩隆上，然后站起来。剩下的交给马儿就好。”

我一站起来，就立刻觉得解脱了。米勒·泰尔跟着前面的马儿在后面步伐沉重地走着，我轻松地完成了剩下的快慢跑，直到听到口令以后，变成了走路的步伐。如果是一匹年轻的两岁大的公马，像我这样站着是绝对不行的，但是像米勒·泰尔这么温顺的一匹老马，我这样的姿势勉强可以。

“最好等到你小跑完以后再缩短你的马镫绑带。”比尔扯皮垫的时候跟我说。

噢，这个建议多好啊。对我很有帮助。虽然结束了，但是还是很感谢他告诉我这个。

我们走出了内马场，走到正门前的场地上。“圆碎屑跑道”是一圈铺满木屑的跑道，我们可以在上面慢跑。整个队伍像往常一样井然有序，公马在前，母马在后。

思派德在前面控制速度，每匹马有条不紊地跟在后面。有的马头向前伸着，有的则姿势优美。米勒·泰尔是一位绅士，它不会在别的赛马第一天训练的时候就把人家甩得远远的，别的赛马可就不会这样了。

爸爸骑着马小跑进来，说：“让马儿自己掌控头部姿势，你们得放松一点。背部挺直，腿保持姿势不变，向前向后移动，放松马嘴的缰绳。”

他骑着马跑在队伍前面，向马夫大喊指令。我们被分为两人或三人一组，特别难驯服的马一个人一组。我和比尔一组，他骑的马叫麦尔曼。我周围马夫的马镫都有点儿短，所以我也跟着他们学。这有点儿像蒸气浴：我必须得习惯现在的温度，然后慢慢地习惯更高的温度。

我跟着比尔来到 4 弗隆长的直线跑道，当他出发的时候我往后退了点儿，好让米勒·泰尔有空间调整步伐。我起身坐直,手放在马肩隆上,一根手指穿过脖子那儿的绑带来固定双手。比尔出发了,我也跟着我的马儿出发。突然间,米勒·泰尔冲了出去,也拉着我的手向前。我在以速度著称的赛马的马背上,体会到了奔驰的速度。

赛马奔跑的速度越快,骑手就越得把重量向前靠,要把重心放在超过马肩膀的地方。19 世纪 70 年代的时候,德加①的画作里就出现了长马镫,使用长马镫时,马夫的脚一直悬到马的胃部。这增加了安全性和可控性,因为有了长马镫就不会摔下去,但是长马镫却降低了速度。

两位美国骑师改革了英国骑师的骑马方式。威力·希姆斯②用新的骑马方式在美国大获成功,1895 年他来到英国。两年后,托德·斯隆恩③也采用新的骑马方式,在 1898 年,他用“骑猴式”的姿势在纽马克特连续获得了五次骑马冠军,也因此终结了英式直身骑马方式。

在山顶的时候,米勒·泰尔直起了上半身——它老早就知道怎么做了,它知道跑道是从哪儿开始到哪儿结束,我们沿着路边篱笆走回爸爸那儿的时候,我猛烈地拍了拍它给它加油鼓劲儿。

“好孩子。你真是个好孩子。”我大声说道。

“没事儿吧,比尔?”我爸爸问道。

“是的,老大,马儿感觉不错。我敢说,下周可以准备赛马了。”

“没事儿吧,克莱尔?”

“噢,它真可爱,真可爱。”我还在猛烈地拍打米勒·泰尔。

---

① 即埃德加·德加,法国印象派画家、雕塑家。

② 美国知名骑师,职业生涯中一共赢得了超过一千多场冠军,是使用短马镫最成功的骑师,曾被评为“美国殿堂级骑师”。

③ 美国知名骑师,也曾被评为“美国殿堂级骑师”。

"我的天啊，克莱尔，它不是你的小矮马。别拍它了。"爸爸大声说道，"你前两圈在干什么？你都要爬到马头上去了。你看起来像一个土豆。你得看起来有力量才行。"

他是对的。骑赛马对我来说，就像飞行与驾车一样。我得从头开始。

坐回到正常规格的马鞍上，我还在生亨利的气。我牵着它到丘陵去，想要它跳在队赛跑道上用比较快的速度进行骑马跳训练。它原地上下跳了一会儿，然后往前冲去，鼻孔里冒出的热气儿像一条龙。我想要完全松开缰绳，但是转念一想，如果我不控制住它，它就不能得第一了。可是进展不是很顺利。

我们走到分隔练习骑马跳的小围场和第二个赛马跑道的双层栅栏中间，结果跑的速度太快了，它绊了一下。我摔到地上，断了两根肋骨。虽然用不着去医院，但是有很长一段时间都很不舒服。每次笑的时候就会痛，打喷嚏的时候整个身体感觉断成了两截。

我的初次越野障碍赛即将开始。

大多数马都渴望得到关爱和人们的关注。它们喜欢人们拍拍它们、抚摸它们、亲吻它们或者拥抱它们。像人类一样，它们非常享受这些宠爱的方式，我们人类做这些是为了让自己感觉好起来或者感受到被爱。也就是这个原因，人类祖先驯化了野生的动物，希望能从动物身上得到温暖，让自己找到被需要的感觉。

理查德·道金斯①，一位具有革新精神的生物学家，他提出，正像人驯化了马一样，马也驯化了人。我们相信，马激发出了人性中最好的一部分。它们不依据我们的长相、穿

---

① 理查德·道金斯(Richard Dawkins)，英国演化生物学家、动物行为学家。

着、权势或者财富来判断我们，只根据我们和它们之间的情感和耐心来判断我们。在跟马的相处中，马儿对我们的行为和亲密度有一定的要求，而我们人类，必须努力去维持和它们之间的这种纽带。

我在想，是不是因为这样，所以世界上最有名、最有权势的人，例如女王陛下、阿迦汗王子[①]、迪拜酋长，甚至是麦当娜，这些人都和马建立了很深厚的感情。可能当你周围全都是赞美声的时候，只有跟马儿在一起才能找回自己。马是人类看待自己的一面镜子。

在第一次世界大战的时候，英国军队征集了超过一百万匹战马。一战是骑兵队的最后一场战争，因为自那以后就有了战马无法抵抗的武器——坦克。坦克固然更强壮，但是战马给人们提供的不仅仅是一种交通方式。对很多士兵来说，唯一能支撑他们熬过战争的残酷和不可预测性的，就是每日对于战马的关怀。迈克·莫波格的《战马》[②]讲述的就是乔伊和一匹被征用的耕马之间的故事，整本书都是从乔伊的角度来描写的。

即使是在最没有人性的战争中，人类也表现出了人性光辉的一面。战争完全不尊重人性，但是对于战马的关怀让他们撑到了最后。如果我们真正能在战后尊重、关怀那些战马就好了，但是我们所做的也就只是说说而已。大约有半数的战马存活了下来，只有六万两千匹战马被认定为有价值，运了回来。那是英国马匹史上最大的一次损失。

有一匹马，我骑了它有一阵子，它之前是一位官员的战马。我经常骑亨利，因为斯图尔特还没准备好参加比赛，阔

---

① 阿迦汗王子，沙阿卡里姆·侯赛因，阿迦汗四世。

② 迈克·莫波格(Michael Morpurgo)，一位著名的作家、诗人、编剧和作词人，他是英国儿童、青春文学最畅销作家之一。其作品《战马》(*War Horse*)是迈克自己最满意的四部创作之一。

克又有点跛脚，所以那年夏天妈妈给我们借了一匹马。一位在波克巴克参加引路狩猎的漫画家——托尼，一直试着参加三日项目赛，但是他的训练进展不怎么顺利。他跟这匹马相处得很不好，他觉得从另外两匹马里选一匹应该都比这个好。

托尼的马拖车比能装六匹马的马拖车还要大。他的马拖车装不了那么多马，但是有一个生活区、一个洗澡间和一台电视。因为太大了，马场停不下，所以得开到场地的坡面上停着。我不知道今天会来一匹什么样的马，但是这架马拖车绝对是意料之外的。

如果说这架马拖车非比寻常，那么从里面走出来的这匹马更加难以形容。托尼说它超过 17 掌①高，但是没有人能用尺子量出精确的数据。它的名字是珀特·拉克，当它从斜面上走下来的时候，浑身都是汗。

“真讨厌马拖车，”托尼说，“它太大了，而且它不喜欢坐着马拖车到处走。”

我从托尼手中接过绳子，走近珀特·拉克，想要摸摸它的头让它安静下来。它躲开了我的手，耳朵也向后展平。

“谢谢您选择它，”托尼跟我妈说，“说实话，这真让我松了一口气。我觉得它不是很喜欢我。”

我牵着它走开了，我们朝着种马场慢慢地走着。树上的鸟会吓得它到处乱蹿，小马驹会吓得它到处乱蹿，拖拉机也会吓得它到处乱蹿。它最害怕的是蒲公英。没错，蒲公英。

这匹马，个头很高，体重比得上一辆卡车，看起来可以带领一支轻骑兵营，但是却害怕自己的影子。它在大门的红色拱形门前停住了，开始反抗我手中的缰绳。我放松了点儿绳子，慢慢向它移动。

---

① 约为 2 米。

“来呀,你这个傻瓜,”我用愉快的口吻鼓励它,“真的,这一点儿都不可怕,只是一个拱门。”

卡尔从远处的杂物间走出来,手里拿着一个项圈。好吧,看起来也可能是一把空气枪。珀特向后冲去,我手里的缰绳突然间被扯紧了,拖着我整个人向后靠。我用尽全身力气想把它拉回来。我可不想因为这个跟它陷入拉锯战,所以只好稍微靠近一点儿,就放开一截缰绳,让它能好好站着。

它像个水母一样在打抖。它跟弗兰克、阔克或者海蒂不一样,它们这么做有时候只是因为淘气,但它完全是因为害怕。我站在它脑袋下面,等着它恢复过来。我不断地跟它低声说话,说的都是没实际意义的话,目的是为了让它习惯我的声音。

我口袋里有一袋薄荷糖,放了一颗在手上,并不是特意给它吃,只是把糖放在我手上。珀特当时可能会踩踏我,咬我,或者跑开,但是它都没有。所有马的好奇心都很重——不论是小马驹或者是成年马,它们会待在能吸引它们的人或者东西边上。

种马场慢慢变得热闹起来,到处都有马儿在场地里吃草、喝水和洗漱的声音。我跟珀特挨个说明谁是谁、周围发生的都是什么事。慢慢地,它把头低了下来,我终于能感受到它在我脖子上的呼吸了。我接着跟它聊天,当它的鼻孔靠近我的左耳时,我尽量保持头和手掌位置不动,我开始像马一样,用鼻子呼吸。

它犹豫了一下,接着靠过来,头超过我的肩膀,嘴巴靠近我的手掌。我稍稍抬起手掌,让它更接近,但是它的头缩了回去,我们又得从头开始。我不知道这还会继续多久,但是我有足够的时间,我知道第一步建立信任是非常重要的。

当珀特·拉克终于靠过来的时候,它从我手上吃掉了薄荷糖,嚼了嚼然后吐出来了。它的上嘴唇向后卷起,很嫌弃的样子,我开始大笑。它看起来真有趣,像一个孩子吐出嘴里吃的一样。我摸了摸它的大脑袋,它没有拒绝,我慢慢向它靠得更近,它也靠向我。

“这就对啦,大家伙。你想去看看你的新房间吗?”

我慢慢地朝着拱形门走去,经过的时候稍微放松了一点绳子,这样如果它跟上来,它才能走过这个门。它一小步一小步地挪着步子跟着我走了进去。我们朝左拐弯,向着它的房间走去,卡尔已经在它的新房间里铺好了新鲜的青草床和一大堆美味的干草。我们进马室门的时候,珀特把我挤到边上。当它进去的时候我松开了绳子,趁它走出来之前关上了门。

在正方形马室的另外一边,骄傲的罗斯·博尔达克的头都快碰到马室墙顶了。它正在享受夏季短休,那年的早些时候,它终于跟我一起参加了我的第一次场地越野赛。

当时是四月四日,海克伍德公园的女子公开赛日。我问爸爸借了骑马裤和靴子。衣服裤子都太大了,但是爸爸不许我穿我在三日项目赛上穿的衣服。其中一点,太重,另外一点,我爸爸说:“你看起来像一个业余选手。”

“但是这不就是业余选手比赛吗?越野障碍赛不就是业余选手参加的吗?”我问。

“是的,但是你看起来是业余中的业余。”

很明显,爸爸只是嫌我看起来很业余。我参加这项运动是因为喜欢,正如这个词在法语和拉丁语中的意思(“业余”的词源来自“爱”),但是我可不能让自己看起来像这个词在英文中的意思一样——“不入流”。越野障碍赛起源于爱尔兰,250年前,人们骑着赛马从一处跑到另一处。而且他们通常用教堂的塔尖或者其他清晰易见的高处的点来当坐标,因此,有了一个词叫作“尖点赛”。

其实,我一点儿也不想参加越野障碍赛,但这是不得不做的事。爸爸要我参加,我就得参加。问题是,在他看来,真正赢得比赛的不是我。理论上来说,如果我赢了,他会觉得是博尔达克的功劳;如果我输了,就是我的错。我觉得自己还没准备好,所以一直在发脾气,假装不在意。

海克伍德公园在贝辛斯托克①郊区,离金斯克利尔大约半小时车程。我跟妈妈还有利兹一起坐马拖车,利兹领着博尔达克。安德鲁坐在后面爸爸的那辆车里。天气一点儿都不好,所以场地减少为四个。只要我不从马鞍上掉下来,我觉得自己应该能出线。

海克伍德的场地是椭圆形的,约摸1英里,骑手得骑三圈。我跟爸爸一起在场地里走着,爸爸跟我解释走内道的重要性。因为场地缩小,他告诉我如果在拐弯的时候走在内道,就可以减少路程。我更担心的是我有可能会因为数错圈数导致没跑完。

我来到女更衣室进行准备工作,更衣室是一个很大的帐篷。爸爸的裤子对我来说腰太大了,一直往下掉。他的靴子底是薄薄的一层皮,靴子面儿是棕色,靴子是很好看的经典款,但是穿起来鞋底像纸板一样。我在里面塞了棉花和羊毛。我穿着T恤,外面套着背部防护套。脖子上围着一条奶油色的丝巾,上面还别了一个我曾外祖母的别针,最后,是爸爸的代表色——袖子的颜色是青绿色和棕色,还有一顶青绿色的帽子。

这是我面对公众的处女秀。《赛马邮报》上还有一页我将会进行首次赛马处女秀的报道。外祖母来了,其他住得近的同学也来了。一些赌马的人也会从押我赢的人身上挣钱。这已经不只是一场游戏了,一些我未曾谋面的人,会因此获利或赔钱。

---

① 贝辛斯托克(Basingstoke),英国英格兰汉普郡东北部的小镇。

我穿好全套衣服从更衣室出来，这些不合身的衣服让我非常难受。我很讨厌穿背部防护套，让我看起来驼背，16 岁的我关心的是外表，而不是应该得到保护的脊椎。爸爸放好了马鞍和其他马具。参加越野障碍赛的所有女士的体重连同马鞍的重量必须得达到 11 英石。有一些个子小的姑娘穿着重衣服才能达到这样的体重，我当然就不用了。

爸爸去装马鞍了，我和其他参加比赛的姑娘或女士一起候场。阿曼达·哈尔伍德的爸爸叫盖伊·哈尔伍德，也是一位驯马师。他训练的“勇敢的舞者”，是当时一匹很出名的赛马，也是人们心目中最应该得德比奖的赛马。他 1986 年赢得了德比奖的第二名，2000 年赢得了基尼奖，后来还赢得了日食奖、英皇乔治六世锦标赛奖和凯旋门奖。

阿曼达虽然只比我大一岁，但是已经开始骑冠军赛马了。她在严肃认真地做着准备。我们四个站在那儿，等着从帐篷里出去，走到下着雨的小围场里。我觉得现在这个时候是最让人焦虑的。我试着聊天来排解紧张的情绪，说着我觉得有意思的闲话，但是在赛马之前，这些都是很不合适的。我变得越来越紧张，别人也是。

我走到了围场中间。我爸爸看起来很严肃，妈妈很紧张，弟弟看起来很奇怪，他穿着爸爸的旧皮夹克，牛仔裤外面露出我的衬衫和灰色的毛衣。我倒是不介意他穿我的衣服，我一直教他穿衣服教了五年，问题出在他的头发上。

跟我们不一样的是，安德鲁的头发卷卷的。一堆头发堆在头上，像一顶毛茸茸的假发。他试过各种护发用品，发蜡，摩丝，发胶。他甚至都试过了马蹄油，只要不是下大雨，他的头发仍然像一团假发，像莱昂纳尔·布莱尔[①]的头发一样。

---

① 英国演员、编剧，其代表作有《天皇真酷》《主要看点》等，其发型也是一头自然卷的卷发。

爸爸告诉我比赛中的步骤。他非常坚决，一直要求我跑在内道。小围场周围密密麻麻的人群分散了我的注意力，我听得不是很专心。当他要我把腿抬起来的时候，我没把握好时间。不过这还不是最难堪的。我听到人群里有人说"你知道她会骑马吗"，还有人说"我知道那匹赛马是一流的，但是一个路人甲骑一匹顶尖赛马也不行吧"。

利兹看着我笑了。

"它今天状态真的不错，"她说，"它一直把我往小围场里拉。你坐稳了就没事儿。"

博尔达克非常高贵、骄傲，让我感觉到很幸运的是，它知道自己要做什么。我们慢跑着去看第一个栅栏，我总会这么做，相比起对马儿的益处来说，我觉得看一眼栅栏对骑手更好。我很喜欢这样，因为就算是在竞争激烈的赛马运动中，也让人看到了柔软的一面，让赛马看一眼第一个栅栏，证明了赛马的智慧和性格。

博尔达克没怎么仔细看，它扫了一眼栅栏，耳朵立起来，盯着远处，好像看着海克伍德跑马场的拐弯处。一些照相机在"咔嚓"着，博尔达克绝对是很上相的。我爸爸总是说博尔达克有"鹰般的眼神"。

我们四个选手聚集在起点，都没跟对方说话。我看着人群，其他三个人则看着起点线。裁判员举起旗子，大喊："准备好了吗？"

阿曼达和别人当然都准备好了。我有点儿分心。起点裁判的旗子落下，她们三个人都冲向第一个栅栏。爸爸大喊着叫我冲到前面，手指着博尔达克向前跑的方向。

从我这儿看去，我能清楚地看到远处所有的栅栏，栅栏的另外一面场地很平整，如果一位骑手摔倒了，不会拖累另外一位。在近处，我们落后于阿曼达和其他人一个栅栏。当我经过起点的时候，我听到爸爸在大喊："狠狠地教训她们！

给她们点儿颜色看看!”

当我像一只猴子一样攀在马脖子上,我尽可能把腿放得好看一点。博尔达克给我回应,然后开始向其他马示威。它漂亮地跳起来,看看自己的步伐是否合适,调整自己的步伐。我把手一直穿在它的项圈里,让它掌握它自己的步伐。有几次它落地的时候我失去了平衡,缰绳很滑,我几乎抓不住,但是它一直稳稳的,所以我也没有摔下去。

它像箭一样跃过起点,我听到同学们为我加油打气。当我们再次经过起点的时候,我只比别的赛马落后了一点儿距离。我挤进了内道,当我们又再次经过终点线的时候,还有两个栅栏要跳,我超到了阿曼达·哈尔伍德前面。

“你怎么会在这里?”我听到她说,然后看到她抽了自己的马两鞭子。在最后一跳的时候,我们离莱德·沙哈和她的赛马很近,我们向她逼近。

当我们靠近别的人的时候,我让博尔达克放松了一点,也可能是因为我太累了,结果我们得了第二名。第一次就骑3英里,绝对是一个挑战。利兹跑着来迎接我,然后牵着博尔达克去领奖台,她笑得很开心。她拍了拍马儿和我,然后告诉我们:我们表现得很棒。

我看到妈妈跟爸爸在为第二名保留的位子那儿说着话。我心想着,爸爸可能要开骂了,但是爸爸笑着问我:“你觉得刚才怎么样?我们还得在某些方面再加强,但是做得不错,女儿!第一次就能这样,不错!”

“我抄到阿曼达·哈尔伍德的前面了!”我如释重负,还好爸爸忽略了我一开始就向左靠,“你看到了吗?我超到她前面了!”

爸爸看到了,盖伊·哈尔伍德——阿曼达的爸爸——也看到了,他还在宽慰他女儿呢。

我看到外祖母朝我们走来,把钱装进口袋。她笑着。

“做得好,至少你没掉下来。不然可就丢人了。”

“我希望您没买我得第一名,”我回答她,“我不希望您输钱。”

“别傻了,”外祖母斜着眼睛看着我说,“我买的是阿曼达赢。她可是个不错的骑手。”

我们把冬尼学校的学校长官称作“学司”。他们是从全校选出来,获得票数最多的员工会成为学校的“司长”。1966 年,妈妈是副司长。1988 年,我也参加了竞选。通过担任学舍舍长的职位,我了解了学校很多方面的运作。

“大选”结果会在大餐厅公布。在职的司长莎拉·卡特尔宣布,我是下一任司长。妥伊、赫蒂、查尔、薛蒂、KT、贝克和格力都当选为学司,副司长是一个有点儿懒散但是心地善良的姑娘,马丽娜·穆罕默德·阿里夫。我们都是很要好的朋友,我们决心要成为一支坚强的团队。

在第四学年下学期的时候经过了停学和换学舍,四年以后我成为了学司。法尔老师为我的披风钉上了金属徽章。

“好样的,好样的,”她说,“我知道我一定得给你第二次机会,但是我没想到你居然会这么出色。让人如此瞠目结舌,我的好学生,非常出人意料。”

她的手放在我的肩膀上,对着我微笑。

我们再次走到法尔老师的休息室,坐在她的书桌对面,这一次,我可以放松了。我们每周见一次面,她向我咨询同学们有什么困扰。她每次听我说话的时候都很有耐心,也很专注。她让我觉得我提供的信息都很有价值,作为回报,我说的也都是重点。

没人能说清楚在青少年时期到底是什么让我们与众不同。青少年时期是一生中比较难挨的,也需要周围有人能帮助你。我有法尔老师,还有一位聪明睿智的英文老师希尔里。

她是我见过的最聪明的人。只比我们大一点儿,从牛津大学毕业以后,在冬尼学校任教是她的第一份工作。她教会我用善于发现的眼光来欣赏诗歌。

“穿透这些字词去看,克莱尔。你觉得这些字词说的是什么呢?”她看着我,让我开展头脑风暴。

“诗表达了诗人的想法,但并不全是这样,”她说,“诗人写这首诗的时候,思考的是只针对诗人本身的意境,但是作为读者你却用你自己的思想来品读这首诗。你读了这首诗,才让这首诗变得完整。如果没有读者,那这首诗就只是一些词句。有了读者在脑海中的诠释,才成为了一首诗。”

希尔里老师非常有魅力,非常独立,她改变了我。她深入的解读、得出的感想和结论都是她关于世界的看法,而不是别人强加给她的思想。

我也想像她那样。我要独立思考,而不是被别人强加的想法所控制。我想自己掌握自己的人生,而不是被掌控;我想掌握自己的生命,而不是等着事情发生到我身上,或者被别人的想法左右。最重要的是,我想要一个真正属于自己的身份,而不是依仗我的姓氏或家族。可能正是因为这样,我不是很喜欢赛马或者越野障碍赛。这些对我来说都是很陈词滥调的东西。在这两个方面,我一直会顶着“伊恩·鲍尔丁的女儿”的头衔。

第十五章

梅尔曼

“我觉得我紧张得都要变成神经病了。”我说。

“别傻了。像我们这样的人是不会变成神经病的。”外祖母站在厨房里，“只有闲人才会那样。”

很明显，“像我们这样的人”也不能有沮丧的感觉。

“真是自私。”外祖母说。

我们又不胖(胖的人都是因为缺乏自我管理)，也不像厌食症患者那样瘦。我们家族中没有未婚先孕的人，我们也不接受离婚。有一个亲戚离开他妻子选择另外一个女人，外祖母说:“如果他想尝尝腥,那就去找一个情人,别让别人知道不就行了,我不知道他为什么要如此大费周章。但是现在这样——太抛头露脸了,老实说,太不值得了。”

外祖母每天都会散步,手里拿着拐杖,旁边跟着她的三条狗,从丘陵开始,大踏步走遍整个马场。她是个爱狗之人,她觉得猫太普通了,让我诧异的是,她养了两只猫:汤米和凯蒂。

外祖母叫汤米的名字,汤米就会跟着她,但是她总是叫凯蒂“蒂蒂薇”。

“这是我能想到的最难听的名字,”外祖母说,“凯蒂也是我见过的最丑的,也是最没用的。”

安德鲁和我都不是很喜欢猫,但是我们喜欢拿猫来做实验——证明猫下落的时候是不是用脚着地。我们把猫用毯子裹起来,然后从顶楼的楼梯扶手上把猫摔下来。结果证明:猫是用脚来着地的。我们只做了一次实验,并不是因为外祖母发现了我们(她也可能对此持同意态度的),而是因为我们一走进房子,两只猫就都不见了。

我感觉到紧张是因为我的“A”水平测试马上要到了。

“压力?”外祖母嘲笑着说,“你根本就不知道什么是压力。”

我还指望着外祖母细数一堆让她痛苦的担忧:遗产继承税有多重;现在这种时候找到一个合适的男管家有多难;清理纯丝的衣料多么费劲儿等等。结果,她说:“一战的时候我是英国皇家海军妇女勤务队①的。我很喜欢当时的工作。我们开战车、编译密码、学习怎么开枪。我们还上过电工课,在这方面我可是天才。”

我从来没想过,除了在屋子里指挥别人做这个做那个,

---

① 英国皇家海军妇女勤务队,英国皇家海军的一支部队,在二战中表现突出。

她还会干别的。我知道她很聪明——她每天都做填字游戏和拼字游戏,但是我不知道她的智慧也会有如此实际的用途。

“打仗的时候我们做的事情都很有趣,”她说,“后来世界天翻地覆。”

这倒让我有点儿弄不明白了。因为一条诋毁女性的法律,外祖母不能考取训练师执照,她曾经是骑师俱乐部的第一位女性会员,管理很多的赛道、赛程;同时也是纽伯里赛道主任,管理着一个马场和种马场,她是我见过的最独立最能自给自足的女性之一,但是她仍然不觉得女性应当有同等的权利。我家谁都不觉得。

“你不能做这个。”

“为什么不能?”

“这个,首先,你是一个女孩子。”

我很崇拜的托比叔叔总是会说:“女人不能算作人。”我爸爸和其他伯伯都会笑起来。我妈妈把这句话当作一个笑话。我从来不笑,因为我觉得这样的想法很吓人。

“你会变成一位女权主义者吗?”妈妈会这么问我,抬起左边眉毛。她酝酿了半天,然后说出来。

我当时正在看玛丽·沃斯通克拉夫特①,所以我的想法全都跟《女权辩护》里的想法一样。1792 年她写下了这本书,我看了这本书以后,深感到近两个世纪以来,女权运动进步得如此缓慢,我感到义愤填膺。

“是的,我希望我是一名女权主义者。”我说。

我继续用自己的方式抵抗,如果爸爸和安德鲁不摆放碗筷、不洗盘子、不摆桌子,我也不去。妈妈从来没有要求他们

---

① 一位 18 世纪的英国作家、哲学家和女权主义者,《女权辩护》是她最为知名的作品。她认为男性和女性都应被视为有理性的生命,继而设想了建立基于理性之上的社会秩序。

做这些,那我为什么要做?

“因为你是一个女孩儿,”弟弟堵在门口挡着我的路,说,“这就是你的工作。”

我最终怒气冲冲地走出来,听到他在我背后说:“我就是不明白为什么她这么在意这件事情。又不是不允许女人参加大选投票。”

爸爸的咖啡杯里还剩一半的咖啡,他先把杯子放在水槽里,然后才把杯子放到该放的地方——洗碗机里。他已经73岁了,从来没有去过超市。他不是因为不会,是他觉得远离锅碗瓢盆、洗碗机、洗衣机才是他应得的生活方式。更糟糕的是,我妈妈还放任他这样。

“如果你学会了控制男人的自尊,那你的生活会顺利得多。”妈妈告诉我,“如果你没有什么好点子,起码你的男人能想出好点子。”

我知道她愿意这么做,但是我不明白为什么要去高捧任何人的自尊。如果他们很有能力,我愿意这样做;但是如果他们没有能力,那我为什么要说谎,只为了让一个男人自我感觉良好?

我暗下决心:一定不会假装愚蠢或者没主见,想做的事情我不会退却,我也不会期待着一个男人来承认我的地位。这并不是说我讨厌男人,我只是跟那些只以胸围大小来评判女人的男人相处不来。

我忍住眼泪说出这些话,因为如果哭出来就会破坏掉这段话的效果。妈妈又抬起了左边眉毛,说:“好吧,说完了这些我想你应该觉得好多了吧。”

我跟冬尼学校的学业主任参加过一次会议,她叫特伦布,个子不高,身材偏胖。她说我想要去牛津大学学习法律的想法有点儿不切实际。

“老实说，”她拖长了语调，然后用尖酸刻薄的语气说道，“我不知道你凭什么觉得自己能上牛津大学，恐怕你的自信用错了地方，别的学校会录取你的，记住我的话。”

在一段时间内，特伦布老师说的是对的。牛津大学的要求是两个A和一个B，我只得了一个A和两个C，还达不到这个标准，也去不了我想去的第二和第三所大学。我把成绩单放在厨房的桌子上然后跑到了种马场。给斯图尔特装好了马鞍以后，我消失了两个多小时。我们慢跑、跳跃、停下来看风景。我流着眼泪告诉它发生的一切。等我回来的时候，我已经处理好了自己失望的情绪。更难处理的，是爸妈的失望。

我爸爸不明白为什么他的旧同事克里斯，连“A”水平测试都没参加过，仅凭着接住了老师甩到他身上的一本书就能被录取，可是牛津大学竟然不录取我。比利斯托也没有，伊克斯特也没录取我。

“是因为我的分数没合格，”我第三次跟他解释，“这很简单，他们提出了要求，但是我没有达到要求。”

“但是我不明白。”他一遍一遍地说。

很多年以后，我才知道爸爸愤怒的一个原因是他给剑桥大学基督学院①基金会捐了一大笔钱。他坚持说并不是想帮我“买进”牛津，但是我不相信，我有点儿想把他摁到游泳池里淹死。

“你有多重？”爸爸一边看《体育生活》一边问我。我坐在餐桌旁，把面包片上涂满黄油。

“我不知道，”从春天参加完越野障碍赛以后我就没称过了，“我一直在参加考试，为考试担心。”

---

① 剑桥大学的一所学院，以学生出色的学术表现著称。

“这样啊，上楼用我的秤称一下。我需要知道你的确切体重。”

他新买的秤可以选择计量单位英石或者是磅，不仅称得很准，还能称出来你重了多少或者轻了多少。我先把砝码挪到我希望的体重，然后再加重一点点，结果发现自己只比想象的体重重了一点点。

“10.5 英石①。”我回到厨房告诉爸爸。

“好吧，那就没超过限制。”爸爸指着我涂好的面包和黄油，“你得在十天的时间内变成 9.9 英石②。你要参加索尔兹伯里的平地赛马，所以你最好减减肥。”

他那天晚上又问了我的体重，第二天早上、晚上都问了。他把自己的运动服借给我，然后教我怎么用桑拿房。

“温度不要调得太高，”他说，“不然你会被烤焦的。往这儿的木炭上一直浇水，这样就会有很多蒸汽，能让你出更多汗。蒸完以后身上裹满毛巾在这张床上躺一会儿，效果更好。如果成功的话，你一天能轻个六七磅③。”

他说的其实是他自己一天能轻六七磅。我可不行。我最多就轻个两三磅④，但是绝对瘦不了那么多。我每天早上骑三匹马，晚上穿着运动服跑步，或者带着随身听，听着摇滚踩几英里的单车，然后在桑拿房里坐 40 分钟。我想要在桑拿房里看书，但是里面温度高得书胶都融化了，书一页一页地掉下来，我就改看杂志，每次从桑拿房里出来，手上、脸上全都是杂志彩页上的墨水。

我每天至少称六次体重，如果体重一点变化都没有，我就觉得自己很没用。饮食方面：醒来后，参加清晨第一匹赛

---

① 约为 66 千克。
② 约为 63 千克。
③ 约为 2.7 千克。
④ 约为 1 千克。

马骑行之前，喝半杯茶；早餐后是一片甜瓜和半杯橘汁，小嘬一口咖啡；午餐是沙拉；晚餐是即食的瘦身餐。每天跑步和汗蒸都让我筋疲力尽，晚上什么都干不了，九点的时候就已经“瘫痪”在床上了，一遍遍地希望一觉醒来就能比入睡前轻两磅。

减肥很艰苦，也无聊透顶，因为我每天谈论的都是自己多重或者还得再瘦多少磅，以及喜欢哪种口味的即食瘦身餐——有鸡肉、橙子和牛肉蘑菇汤口味。我满脑子都是减肥，像中邪一样。剪指甲、刮腿毛、剪头发，能让我变轻的事情我都做了。我很享受能穿进小一号的衣服的感觉，对自己身体越来越自信也让我感觉很好，但是节食绝对不是一件美事，节食只是为了体重的数字。爸爸需要知道我到底多重。

最终答案：我瘦成了 9 英石 13 磅①。站起来如果速度太快我都会晕倒，我的嘴巴也像脱水一样干。我得一夜之间瘦身成功，不然从比赛的广播系统里宣布体重的时候会很丢人，这是我无能为力的事。如果我天生体重轻盈，那这些也不会让我如此难受。

1988 年 6 月 9 日，我和梅尔曼参加了在索尔兹伯里的一场业余选手赛马比赛，它是一匹体型精干、脸上有着一块白色闪电形状图案的深栗色赛马。它现在 9 岁了，状态很好。在家的时候，它有点儿不听话，只有比尔 · 帕尔默能骑它。有一次在丘陵上，爸爸建议我骑它来增进彼此配合的感觉。它载着我，跟着其他马在队伍里进行了第一次很平稳的跑步练习。

我听到爸爸对我大喊，我很生气，于是也对着他大叫。我已经尽力做到最好了，我已经没力气了。我们跑了 1 英

---

① 约为 63 千克。

里，在这 1 英里的路程中，用四分之三步的步伐练习了 6 弗隆，然后加速到全速赛跑，跑了 2 弗隆。我建议让梅尔曼保持四分之三步的步伐，这样我们跑了 6 弗隆的距离以后，在剩下的 2 弗隆也持续保持着这样的步伐，结果它已经筋疲力尽了。爸爸说我没用，但是他仍然坚持我应该让马儿自己控制步伐。

我惊呆了。如果我控制不了梅尔曼，它把我甩下来了呢？这儿还有另外其他十五个骑手，别人要是看到我摔下来我可就丢人了。全国的赛马赌局都会播放我掉下来的画面的。可能再也不会有人在我身上押注，这风险太大了。

索尔兹伯里的赛道形状是反过来的阿拉伯数字“9”，一又四分之一起点是在跑道尾部顶端，紧接着就是向右的急转弯。我在赛道上仔细走着检查内道的路面是否打滑，或者需要避开哪些不平整的路面。直线型的赛道部分很长，超过 5 弗隆长，所以有必要的话，在这里可以弥补一些时间。当然，前提是梅尔曼落后了。

在这次“布鲁邦德红茶杯”业余选手障碍骑马赛上一共有 23 名选手。包括马鞍和马镫在内，我的重量是 10.2 英石①，这个马镫是思派德能找到的最轻的了。当广播里宣布克莱尔·鲍尔丁小姐的体重超重了 3 磅②的时候，我把耳朵堵上了。我甚至都把头发剪短了来减低几盎司，但是都不管用。

这是我第一次从起点栏里面跳出来，我之前看过很多专业骑手做这个动作的视频。为了不让自己在马鞍上一上一下得像个蛤蟆，最好的方法就是向前靠，紧紧地抓住项圈，当隔间门打开的时候，保持赛马的姿势。专业选手不会这样，因为专业选手大多不会用到项圈，但是对于一个像我这种腿

---

① 约为 65 千克。
② 约为 1.3 千克。

粗屁股大、自身重力不断拖着自己往下坠的业余选手来说，这是个明智的选择。

门打开的瞬间，每匹赛马都会有一个反应时间。在这个时间里，世界就像停止了一样，然后突然复苏。整个跑道马上变成了竞技的海洋。业余赛马中，每个人都在拼命向前，从来都不会在马匹的步伐间出现断层。还好出现断层的不是我。梅尔曼在场地中间非常得心应手，我等着靠前的名次降落在我身上。

然而，我现在才知道，在大多数平地赛马中，你并不能享受等着名次降落在你身上的这种奢侈，你得争取。珍·艾利逊，骑着一匹叫作保罗·科勒的3岁赛马，已经跑了4弗隆，处于领先水平。我得向那些在梅尔曼身上押钱的人道歉，当时我并没注意到。我只是在高兴地骑着马，在梅尔曼的耳边说着“好孩子”。让我开心的是，它跑得很棒，我还在盘算着还剩下的距离。

还有3弗隆，我能听到周围的叫喊声和鞭子声，只剩2弗隆的时候，我发现我得加速了。珍在我前面还有点儿距离，剩下的人看样子已经加速不起来了，所以我让梅尔曼全速赶上。我看到代表斯托拉达的橘色越来越近。从看台上传来巨大的叫喊声，这些都是给梅尔曼或者斯托拉达下注的赌马者的叫喊声。站在那些人群中，就像在听管弦乐队的音阶到了最高音的部分。对于一位骑手来说，在开始跟结束的时候欢呼声最大。

我试着跟上梅尔曼的节奏，让它加快速度。我没有用鞭子，尽管爸爸一直很仔细地指导我每一个步骤，但我还是害怕单手骑马会失去平衡。我最多就是拍拍它的肩膀。我们每一步都在加速，已经跟斯托拉达的后腿部分齐平了，在快接近终点线的时候，已经跟它的腰部齐平了。

我们经过的时候，我看了周围一眼。再迈进一步，梅尔曼就超过它了。从计线来看，梅尔曼落后了一个头。

“天啊，好险。”珍松了一口气。

当我们到达终点的时候，第一名到达终点的照片出现在大屏幕上。

“第一名，6 号选手，斯托拉达。第二名，22 号选手，梅尔曼。”

我本该觉得失望的，应该为自己缺乏紧迫感感到沮丧的，但是我忙着兴高采烈去了。当时的感觉只是狂喜，肾上腺素都爆发了，在那么大的场地里，一匹 9 岁的阉马跟一匹 3 岁的公马比赛，竟然也能跑得这么好。我和乔一样开心，他负责照顾梅尔曼，乔领着它去了领奖台。思派德拍了拍它说：“干得好！”每个人看起来都很开心。

除了有些人喊着：“下次少吃点儿派，克莱尔！”

还有我爸爸。

“你本来该赢的。”是他说的第一句话，“你到底在干什么？这是赛马，不是该死的小矮马俱乐部的项目。第二名可没有玫瑰花环。”

我还在笑着，从马鞍上滑下来，拍了拍梅尔曼，亲吻了它的鼻子。妈妈跟我一起走回称量室，我重新站回秤上检查我的体重是否和赛前相同。尽管我盼望着赛马能让我神奇般地变成身轻如燕的骑手，但是体重秤显示我的体重保持不变。

回去的路上爸爸一直在发脾气，他让我一次次地看视频回放，一次次地告诉我该改进的地方和需要给马儿更多鼓励的地方。他让我一直坐在沙发扶手上——安德鲁和我在看全英赛马大赛的时候我们就坐在沙发上，让我在扶手上练习用鞭子。

“你不必经常用鞭子，”他解释说，“但是鞭子拍在身上的声音会让马儿跑得更快。你得确保你的鞭子拍在对的位置，这儿，上面点儿的位置。”

他拿着我的手，告诉我怎样拿起鞭子把儿，这样我能准确地打在马的后屁股上，打在这个位置不会痛，打在侧面就不行，因为这儿的皮肤薄。我每次骑马都会带一根鞭子，项目赛的时候也会。鞭子能让半吨重的马集中注意力，提醒它们你的存在，但是我很少因为生气甩鞭子。爸爸试着告诉我怎么有效、果断地在战术上使用鞭子，而不是发泄情绪，用鞭子得跟着马跑动的步伐。

赛马占用了我的家庭生活的很多时间，对此我一直很记恨，也故意避免过度地参与其中。我知道哪匹赛马很好，也很享受赛马大赛，但是除此以外就不感兴趣了。似乎一夜之间，我对赛马燃起了兴趣。

现在，我正式参加了赛马，也感受到了赛马给我的回应，对赛马燃起了无限的热情。我跟随马场里的其他人每天早上都骑赛马，周三和周六的时候进行其他项目的训练。我渐渐地掌握到了要领，更加关注自己的饮食，每天都穿着运动服跑步，或者去练习蹬自行车，固定称重，体重开始有减轻的趋势。

自从第一次在索尔兹伯里赛马的三周以后，梅尔曼和我再次成为一个团队，参加在埃尔举办的“PG 茶杯”业余选手赛马比赛。八名选手参加了比赛，当天天气非常糟糕，阴沉沉的，多雾——苏格兰西海岸的天气就是这样。麦克道加尔德夫人①的代表色是灰色和粉色。因为下雨的关系，衣服紧贴着我的皮肤变成透明色了。体重我已经控制在 10 英石之内了，我最担心的是该死的半透明的衣服。我决定用最小的马鞍，这样我的重量就不会超标。今天的比赛由妈妈负责，爸爸在南部地区有比赛，所以妈妈在称重室里装马鞍的时候

---

① John A.McDougald，加拿大知名商人，同时拥有多匹纯种冠军赛马。

又不开心地挑了挑左眉。

“你确定你用这个没事吗？”她大拇指和食指捏着马鞍说道。那个马鞍只比她的手掌大一点儿而已。

“没事的，”我干脆地说，“别唠叨啦。”

梅尔曼在上次索尔兹伯里的表现相当出色，是这次比赛的第二名种子选手。我走进围场里面找妈妈和安德鲁，安德鲁即将成为一名助理训练员。按道理，他应该是给我技术指导的人，但是他只说了一句：“哇，这些衣服好透明啊！”

在妈妈的帮助下，我爬上了马镫。我感觉了一下，马镫比我想要的长度短了点儿，所以我俯下身来调整，不过在皮带上已经没有多余的孔了。我从来没有用过这套马具，现在才想起来用这根皮带，为时已晚。

当然我什么都没跟妈妈说。我从起点线小跑出来，看看莱斯特·皮尔哥特①，希望我的脚能够支撑得了 1.25 英里的赛程。我想起爸爸在索尔兹伯里告诉过我，如果遇到类似的情况，就先在前半程的时候让梅尔曼适应比赛，然后再加快步伐，并且密切关注其他选手的动作。

“记住，这是一场血腥的比赛！”爸爸说过。

有时候，完全按照别人教你的步骤来做很难，尤其是当你发现，起跑点栅栏一打开自己就处于领先地位的时候。所以，我让梅尔曼掌握跑步的速度。它一直用很均匀的节奏，我也感觉不错。我数了一下，它大概参加过五十次赛马比赛，知道自己在做什么。

我只感觉得到雨打在我脸上，别的什么都不知道，也听不到。当我们接近终点线的时候，周围没有鞭子声，没有别的马，也没有人欢呼。我放松了几英寸缰绳，当我们还剩最

---

① Lester Keith Piggott，英国专业骑师，也有着“常胜将军”的美誉，职业生涯中一共赢得超过四千次冠军，横扫全球顶级赛马奖项，被认为是当时最成功的平地赛马骑师。

后220码的时候,梅尔曼向前伸长脖子。还剩100码[①]的时候,我突然间听到了什么声音。

爸爸告诉过我,任何情况下,都不要看周围,只需要向前看,向着终点线跑,一个个地超越对手。我能感受到的只有不断向前的阻力。每一步,我听到的口哨声、助威声都在慢慢加强。

“加油!”

是一个男人的声音。我能感受到,在梅尔曼尾巴的方向有一个马头的影子,之后慢慢能看到那匹马的身子。我继续让梅尔曼加速,但是我没有用鞭子。我害怕如果用了鞭子我可能会掉下来。我的脚这会儿软了。我向前看去,看到了终点线,当我们经过的时候,我看了看旁边的一道。我们仅仅以一个脖子的距离超过了西蒙·怀塔克这位夺冠热门。

在我的第二次赛马比赛中,我就得了第一名。当梅尔曼立起上半身的时候,西蒙大喊着“干得漂亮”,可是我心里只想着:别摔下去别摔下去。

我把手放在梅尔曼的肩膀处作为支撑,希望它减速变成慢跑。它确实减速了,然后掉头,很绅士地走向围场入口。这匹马知道自己要做什么。我仅仅就是个路人甲,我也知道这一点。

妈妈在冠军的领奖台位置那儿,笑得很开心。我从马背上滑下来,落地的时候脚都没感觉了。我想要掩饰,但是妈妈不是傻瓜。我猜观众肯定觉得她是在拥抱我,而不是在把我抱起来。

“那些马镫太短了,”她小声说,“别再犯这样的错误了。”

1988年,我后来还参加了四次赛马,三次都是布鲁克·

① 约为90米。

邦德茶公司[①]赞助的，爸爸觉得我参加布鲁克·邦德业余选手赛马冠军赛已经积累了足够多的积分，这些比赛包括一系列共十场业余选手参加的赛马比赛。冠军奖品是一架全新的奥斯丁·罗孚迷你轿车。不过我还没拿到驾照。

布鲁克·邦德系列赛的决赛是10月1日在海多克[②]举办的。每个人的积分都差不多，所以竞争很激烈。我在埃尔的第一名让我赢得了五分，在索尔兹伯里的第二名让我赢得了三分，所以我名列前茅。女王的侄女赢得了资格赛，珍·艾利逊和领先的女性业余骑手伊莲娜·布朗逊也赢得了资格赛。如果选手们跑的成绩是小组前四名的话，那得奖概率是十分之一。

如果他们的成绩都不如我，那我和伊万娜·海尼斯就会一起竞争最终大奖。如果她跑了前四名但是我没有，那伊万娜·海尼斯就会赢得迷你轿车。

有十六位女士和四位男士组成了竞赛队伍，海多克公园的女更衣室挤满了人，这是今年头一次。嗓门最大的女性骑手是沙朗·穆加特罗伊德，三年以后她在班格尔[③]的一场赛马的最后一个障碍处摔倒了，结果终生四肢瘫痪。沙朗从31岁就开始了四肢毫无知觉的生活，但是她偶尔会写一些诗歌和散文。

麦琪——我们这么叫她——在给自己加油鼓劲。

"你赢不了车的，鲍尔丁！"她大喊着，"你都不会开车。你怎么把车拿回家？放在马拖车后面吗？"

沙朗虽然话说得很刻薄，但是从她说的话里能听出来，我是夺冠热门人选。我不需要向其他毫无同情心的训练师

---

① 英国茶叶品牌，联合利华旗下的子品牌。

② 位于英国默西赛德郡的一个小镇。

③ 迪河畔班格尔赛马场（Bangor-on-Dee Racecourse），一座位于威尔士迪河畔班格尔赛马场的纯血马赛马场。

打求助电话，也不需要在没有旅行资金的情况下横跨国家的每一个角落去参加骑马握蛋赛或者汤匙盛蛋赛。我有爸爸的支持，在这方面我可是衔着金汤匙出生的。

伊莲娜·布朗逊，另外一个活泼健谈，同时也很努力的骑手，加入了这场谈话。

“把两只手给我看看！”她说着，抓起我的手，“你看看，像婴儿的小屁股一样软绵绵的。你这辈子都没干过家务吧，是吗？”

“啊，”我说，“但是你看看这儿的手纹。说明我很有运气，如果你不干那么多家务，你也会有这样的掌纹，也能有好运气。”

伊莲娜和麦琪大笑起来，我们一起走向围场，经过冠军领奖台旁边那架红色的闪闪发亮的新车。

“很好看吧，”伊莲娜说着，敲了敲引擎盖，“别碰它！克莱尔，不许碰。没有驾照的人不许碰车。”

她边笑着边向前走，去找她的训练师，我在围场里找我爸妈的身影。第一次，我的体重已经不再是问题了。我将要骑的是一匹叫作沃特罗·帕克的马，它的身高几乎和场地里的障碍一样高，因此我可以利用这个优势用一个比较重的大马鞍。我基本上不用再节食了，腰围稍微粗了一点点。

在很多体育运动中，决定我们命运的并不是我们自己，但是我们能掌握的只有自己。我能控制的就是尽我最大的努力跑进前四名。爸爸说这很简单，只要不出洋相，让沃特罗·帕克在这次场地比较软的比赛中保持体力，它就能跑完全场。

对我来说可不止那么简单，但是我们尽力了。直到最后一圈的时候我都还在前四名。麦琪超过我，得了第二，然后是杰拉尔丁·丽思，她在后来成为了全国赛马大会的第一热门女骑手。我记得所有积分排名在我前面的骑手的代表色，但是前面一个都没看到。如果我能得第四,那我就能赢这部车。

沃特罗·帕克开始显露出疲惫的迹象了,软跑道已经耗尽了它的力气。我大喊着给它加油,用鞭子轻拍它的脖子,试着上下移动来示意它加快速度。我能感觉到在我们后方一匹马已经赶上来了,我开始着急了。我右手拿起鞭子,想要像爸爸教过我的那样,打在它后臀四分之一处的位置。

我打偏了。老天啊,我打空了,差点摔下来。这是我第一次也是最后一次这样给一匹马鼓励。在我目前短暂的职业生涯中,我一共骑过十七匹马获得冠军,但从来都没有这样做过。我做不来这个。在终点线的时候,我被第四名超过了,排名第五,比伊莲娜·布朗逊快将近一半。更要命的是,伊万娜·海尼斯摔倒了。

当我回到"参与者"卸马具的区域时,爸爸一直忙着算我的积分。他没有注意到我这次打空鞭子,所以他什么都没说。

"我不知道组委会怎么算分的,"他说,"你们最后得分都是八分。如果他们是按倒序积分,那她们都在第五名,所以今天的比赛非常关键,但是如果算分是从总分来算,那她得分比你高。"

最终,布鲁克·邦德茶公司决定把奖品升级为两辆车。伊万娜·海尼斯那天得到了一辆车,还把车开回了家。十天以后,我得到了驾照和一辆新迷你车,是一位在纽伯里的奥斯丁·罗孚车公司、留着小胡子的代理给我这辆车的。但是不走运的是,在《纽伯里新闻周报》的照片上,看不到任何奥斯丁·罗孚的标志,只有车后部"玛格丽特厨房"①的标志。

我用妈妈的大众车来学的驾照,也是用这辆车考的驾

---

① 英国厨房业零售商,在英国有超过两百家商店,员工超过2000人。

照。这辆车换挡的时候，向左是一挡和二挡，向上再向下是三挡和四挡。把迷你车开回家的时候，我一直不知道为什么每次我换三挡的时候，都会跳成一挡。所以我一直用二挡开回家。我真不明白广告语“享受引擎动力”到底说的是什么。

除了赛马，赢得迷你车，我还重新考了历史的“A”水平考试，分数是A。至于进大学嘛，我现在的分数可以让我选一个我想要的很好的大学了。

第十六章
哆　哆

这封信是用蓝色圆珠笔写在画了横线的纸张上。这是第一封笔友给我写的信。

亲爱的克莱尔,

我选你当我的妻子。

首先我想介绍我自己,以及我的过去。我 61 岁,身高 5

英尺6英寸①。头发灰白，秃头，戴眼镜。无业。每周职业介绍所发41欧元给我。

我没有存款。住在从居委会租来的一套两室房子里。

我的过去：因为诈骗坐过八次牢，坐过三个月、四个月、半年、一年和两年的。

克莱尔，我只知道你像我一样，都未婚。我也知道你看到这封信一定会觉得我是一个疯子。一个61岁有过牢狱史的人想要你成为他的妻子。这一定是你脑海里蹦出来的第一个想法。你可能连男朋友都有了，可能你还想嫁给他。这些都是我不知道的，但是对我来说这些都不重要。

我周六在电视上看到你，我很喜欢我看到的你。这就是为什么我选择你当我的妻子。

克莱尔，如果你心中有爱，那么年纪、外表、金钱、过去都不算什么。我觉得就算你有一个男朋友，你也会爱上我的。就算你很想，你也不会嫁给他的。你对我的爱会非常浓烈。

克莱尔，你看完这封信肯定会说这个男人真的是个疯子，甚至都不值得贴张邮票来回复这封信。

尊敬你的

乔治·马西

弟弟一直在练习签名，练习完的纸也全部堆在地上。他觉得这是他见过的最好的信。他想要我把这封信拿相框装起来，但是我没有，不过我还是留下了这封信，然后把它一字不落地摘录在这本书里。

“这可能是你这辈子唯一的一次求婚了，”弟弟说，“我觉得你应该仔细考虑一下。”

妈妈承认这封信写得太过直白，但是我一直不知道是谁

① 约为1.6米。

写的这封信。我一直以来接受的教育都把待人接物要有礼貌放在第一位,我给他回了信。我首先感谢了乔治写的这封信,也赞同他的浪漫情怀:爱能够超越一切。我告诉他我完全能体会他的感觉,不论是他的年龄、环境或者是犯罪记录都不会让我疏远他,但是我并没有准备好投入到一段谈婚论嫁的感情中。我觉得我给不了他想要的爱,我并没有跟他同样的感觉。我只有 18 岁,不知道爱情是什么。

后来再也没有收到乔治的来信。我想他的注意力应该是转移到了电视上出现的另外一个穿着紧身骑马裤的女人身上了。

我上次上电视的原因是,骑着一匹叫"哆哆"的马参加比赛。它的爸爸叫"敲木头",所以它叫"哆哆",哆哆有两位主人。它来到爸爸的马场是因为它的名字和日益下滑的比赛成绩。哆哆的问题在于:它不喜欢赛马运动。

令人费解的是,在家的时候,你可以骑着这匹 3 岁的赛马尽情飞奔。但是带着它到赛道上就是另一回事了。它在障碍赛方面表现一直下滑,在别人心中的形象甚至都比不过一条狗,但是我知道其实它很棒。它是我见过的最惹人喜爱的马。它喜欢人们亲吻它,抚摸它;它喜欢薄荷糖,讨厌别的马。每次一有马靠近的时候,它都会展平耳朵,露出牙齿。我总觉得它这样其实是在保护它背上的人。

负责照顾哆哆的是弗朗西斯·埃罗史密斯,一个跟我差不多大的学徒,我们叫他斯卡利。斯卡利后来骑着洛奇逊参加了埃尔赛马比赛,获得了金奖,不过这都是后话,当时他正在跟另外两位学徒驯马师竞争驯马师职位。大家都认为哆哆不适合参与学徒训练。

一个好的驯马师在分配训练马匹方面几乎不会犯错,赛马会在这样的分配中让自己的优势最大化。伟大的驯马师能找到别人发现不了的训练诀窍,还能赢得比赛。但是对于哆哆，似乎每个人都束手无策。它到底为什么在家就这么有天分，到了赛道上，一被鞭子拍打，被骑手用好话哄着鼓励它向前冲的时候，就完全变了个样儿呢？

“死马当活马医。”爸爸把它安排进在肯普顿的一场业余选手比赛中。爸爸让我参加，阿曼达·哈尔伍德也参加了这次比赛，她骑的也是她爸爸训练的赛马。

“我肯定不会赢的，”我跟她说，“爸爸叫我像一个非专业人士那样去骑，但是我不知道这句话什么意思。”

“就是说让你像平时练习一样。”阿曼达笑着说。

她真的是一个很棒的骑师。身体健壮，能准确判断马的脚步，而且两只手都会用鞭子。我知道我不可能变得像她一样，但是赛马仍然会为了我而跑，可能是因为我让赛马做它们想做的事情。

跟哆哆一起参加比赛的还有另外二十四匹赛马，这场比赛仅限于女骑手参加，都是一些妻子、女儿或者是驯马师的女秘书。哆哆的劣势是障碍赛，因为它重了1英石。我也不知道怎么解释接下来会发生的一切，只能说前面的选手都跑得太快了。当我们在肯普顿①赛道上向右转到直线跑道的时候，我鼓励哆哆：“好孩子，这边走。”我还告诉它：“就像在家里一样，放轻松。”

我听到旁边有人用力抽鞭子的声音。“快跑！”另外一位骑手喊道。“好孩子。”我温柔地跟哆哆说。每个人都在对着他们的马大喊大叫，挥鞭子，催促他们的马赶上前面一名骑手的距离，我意识到哆哆仍然很自在。

“接着保持，”我放松了手里的缰绳，让它自己掌握节奏，“保持这样就很好。”

在家训练的时候我就看出来了，哆哆身体里有一个小发

---

① 位于英国什罗普郡的一处小镇。

动机，不过这是它第一次把这样的能量用在赛马上。它开始超过前面的赛马，随着它不断超越，耳朵都立起来了。在最后一圈的时候，它前面只有一匹马，离终点还有四大步时，它成功超越了对手。有张照片拍下了这一瞬间，照片里它的耳朵立起来，我转头看看周围有没有人超上来，然后咧嘴笑得像个傻子。

没有压力，没有期待，任何人都觉得我们完全没戏。这就是成功的关键。

我们走到领奖台的时候爸爸一直笑着，发自内心地笑着。斯卡利跑过来迎接我们，我们像对待小矮马一样拍着哆哆。

爸爸说："我说过让你像一个非专业人士来骑，但是没想到你能做得这么棒。"

关键就是这句话。哆哆不喜欢压力，它不喜欢鞭子，也不喜欢被人使唤。它喜欢超过前面的马，很享受获胜的光荣感。在它的六次赛马比赛中，它没跌出过前四。

那年夏天，我们后来在桑当[1]打败了阿曼达·哈尔伍德和马克西恩·柯德利。正是因为这次比赛，刚才提到的那位想娶我的乔治·马西给我写了那封信。

马克西恩先生说："我只听到你跟它说'加油，好孩子，加油'，没有必要对它使用鞭子，但是拍得太用力了也会伤到它。"

阿曼达有点儿不开心了。

"我一路都没什么问题，"她说，"结果你就超过我了，还笑得像个傻子一样。"

赛马类报纸对我如此耐心的骑术大加赞赏。爸爸则说："她以为她骑的是水车礁石！"

---

① 位于英国怀特岛东北部的一处沿海小镇。

哆哆的主人斯玛特先生，看到自己从前似乎没一点儿用的赛马竟然出现在电视上，还赢得了冠军，非常开心。他告诉爸爸，只要我想，随时都可以骑着哆哆。但问题的关键是，那年业余赛马比赛不多，哆哆擅长的1.25英里①距离的比赛则更少，所以很多人都来骑它。斯卡利骑它，谢默思·欧格曼骑它，甚至是一些像雷·科克伦这样非主流的骑师都能来骑它，只有一个严格的条件：绝对不能打它。

两份关于赛马的报纸——《赛马邮报》和《体育生活》，可能这两家报纸都没什么合适的故事可以写，也可能是他们发现，如果报道我和阿曼达·哈尔伍德之间的竞争能让报纸销量更大。那年夏天，有很多封面都是关于我们的，比如《赛马邮报》一篇名为“父亲和女儿”的文章，封面照片就是我和爸爸。

“我完全赞成女孩子参加业余赛马，”他在那篇文章中说道，“但是她们总是想努力成为专业骑手。我觉得她们不应该有这样的想法。”

“我也当然不想让克莱尔成为专业选手……其实我希望她参加项目赛而不是赛马。很明显，有一匹良驹是决胜的关键，但是女孩子们比较擅长这方面。不论怎么样，她的体型都不适合当骑师！”

这就是我的爸爸。他觉得性别障碍是不可逾越的鸿沟，如果你是男人，那你就掌握了绝对的优势。我总是跟他灌输女性在政治、学术、科学、医学、商业和科技方面的成就。

“哇！看看这个——一个有脑子的女人，”我会这么说，“你觉得她超越了周围的男人了吗？”

我想要挑战爸爸的固有思维，让他质疑自己的偏见，但其实我的内心非常难过，因为我做的没起到任何作用。对于

① 约为2000米。

男女平等这个理念,如果我连自己的爸爸都不能说服,我怎么去让别人信服呢?

我仍然坚持和爸爸争吵,或者"激烈地讨论"男性和女性在赛马方面各自的优势。哈莉·特纳[1]的专注、力量、技巧很大程度上改变了爸爸的观点,但是我争论的总是那几句话——如果没有骑一匹良驹的机会,任何人都不可能进步。一位水平中等的男性骑手总会比一位出色的女性骑手先得到马主人或者训练师的批准,允许他们骑一匹良驹。

对我来说,在项目赛中,评判女性选手是根据她们良好的表现,也不会因为是女人就受到不公的对待,所以我找到了露辛达·格林[2]——当时最棒的一位女性项目赛骑手,为她工作,想要知道我能否以项目赛为终身职业。

露辛达骑六匹不同的赛马连续六次赢得了博德明顿比赛,而且正在练习危险却精彩的越野障碍赛。她是我的偶像,但是我当她的助手的时间并不长。我负责管理她的两匹马,但是我喂错了食量,那匹叫作米斯特·摩丝的新来的马得了癣,整整一个星期都得被隔离起来不能回到马室里。

"不知道你有没有注意到,骑马对你的花式骑术并没帮助,"露辛达建议我,"恐怕有些事情你也觉得很困惑,所以去上大学吧,这也是我的选择。"

听君一席话,胜读十年书。露辛达的这句实话,可能为我节省了十多年赛马上令人心痛的花销。不过,去哪所大学还是问题,为了让我每天都有事干,不要每天跟我爸爸吵架,妈妈把我送到巴黎。妈妈认为我需要提高法语,帮我在巴黎大学注册了法语文化课程。如果我是艾伦·帕特奇[3],我会

① 哈莉·特纳(Hayley Turner),英国一位受到普遍认同的女性骑师。

② 露辛达·格林(Lucinda Green),英国女性骑师,同时也是一位记者。

③ 一个广播剧中的角色。

把这段经历称之为我的“巴黎时期”。或者更准确地说，我的法国长面包棒阶段。

噢，一根热热的法国长面包棒，沾着黄油和草莓酱，咬上一大口，是一种绝佳的享受。又好吃，又便宜，但是很恐怖的是：发胖。我的屁股变得更大了，胸围也是，除了骑马的术语，法语也没怎么进步。我知道从巴黎到尚蒂利①怎么走，每天早上五点半出发，搭上克里蒂克·海德②，她的女儿帕里西亚是我的一个朋友。

我开着车穿过尚蒂利茂密的森林，走在深邃宽广的跑道上，身边坐着一个干巴巴的翻版瑞普·凡·温克尔③，他总是就着一大口浓咖啡，抽一种叫杰坦斯的高级香烟。这里的人讲话时，声音非常低沉沙哑。很少人说英语，跟在英国比起来，骑马的女孩儿更少。在这里，我骑马的方式几乎是独树一帜的。

法国骑手在宽阔的跑道上漫步，他们的马镫挂得长长的，脚都快碰到地面了。骑手们完成了第一轮跑步练习，在马背上直直地站着，彼此叫骂着。之后，他们在树林里清点人数，克里蒂克·海德告诉他们应该做什么。

为了准备接下来速度更快的跑步训练，骑手们绑紧了马镫的绑带。世界上的骑术不尽相同，在法国，“弗莱德·海德式”④则是一种社交礼节。我从来没有见过骑手的马镫比弗莱德更短的。他像一个迷你小松鼠蹲在一匹河马背上，简直是平衡能力冠军，正常身高和体重的人根本做不到这样。

---

① 法国瓦兹省的一个市镇。

② 克里蒂克·海德(Criquette Head)，世界上最杰出的女性骑师之一，曾赢得过所有的赛马奖项，祖父威廉·海德也是一位相当出色的骑师。

③ 19世纪美国小说家华盛顿·欧文所写同名短篇小说的主角。瑞普有一天和爱犬进入到森林的深处，遇到一群老年人。他们一起痛快地喝酒，随后沉沉睡去。当他醒来时，世上已经过了二十年。

④ 弗莱德·海德(Freddy Head)，知名骑师，克里蒂克·海德的哥哥。

我知道,因为我试过了。

克里蒂克让一个年纪稍长的叫作盖森的马夫看着我,我们朝着主跑道走去。尚蒂利训练场的面积大概有 1900 公顷,跑道长度共计 120 公里。跑道上铺了很深的沙子,冬夏都很适合马匹训练。跑道在郁郁葱葱的森林里,不论什么时候都很凉爽。我们开始跑步训练的时候,我很惊讶地看到一些马从对面跑来。

我的马被吓得到处逃窜,我不仅摔了个狗吃屎,还被后来的马绊住了,其他人却安然无恙。我有时自己一个人,或者和克里蒂克在马场里喝咖啡,喝完咖啡立马开着我的红色迷你车回到城里。因为训练时间太早了,下午我得补个短觉,通常在上课的时候睡。这直接导致我的法语不是很好。但是往好的方面想,我可以很有自信地开着车在巴黎转悠,知道所有通往马场的近道。

我们的法国文化课程都是用法语授课的,国际班里的学生都不许说本国语言。我本来想说"我是英国排名靠前的业余骑手,我得回国参加赛马",但是这些从我嘴里说出来的时候全是错的。我跟他们说我是"世界上最好的骑手",他们当然不明白我在说什么。世界上最好的骑手?我可不这么认为。

我也想告诉我的同学法国尚蒂利城堡①宏伟的大马厩。这些马厩是路易·亨利,也就是波旁公爵②建造的,他相信自己死后会变成一匹马,所以这些马厩是按照相当高的规格设计的。

"他觉得(法语),嗯,'将要'用法语怎么说来着(英语)……?"

---

① 一座古老的城堡,位于法国尚蒂利。

② 路易四世·亨利·德·波旁(Louis IV Henri de Bourbon-Condé),法国国王路易十五世时的首相。

"不许说英语(法语)!"

"他会像一匹马一样!"

我确实让别人明白了马的意思。他们听了我说的法语以后,认为公爵在儿童哑剧里找到了一份工作。

每次我不用开车去北部的尚蒂利的时候,我会在巴黎到处逛逛。我住在第四区[1]的房子里,离城市酒店不远。

经过壮观的市政厅,当时正值青春期的我,脑海中开始还原作家罗伯特·杜瓦诺[2]拍摄的浪漫的《吻》。我也想成为照片中的女人,所以在城市酒店里到处晃荡,希望有一个人能来吻我。但是都不奏效。

有一条去上课的路是我最喜欢的:先穿过一个鲜花市场,再走上通往西岱岛[3]的桥。整个人都浸在鲜花的香气里,处处都是浪漫的感觉。我从来没有买过这些花,只是像经过艺术博物馆一样走过这个鲜花市场,让自己沉浸在鲜花美丽的色彩和沁人的芳香中。

我的确有过一个男朋友,他是个军人。我们是在那年夏天的派对上相遇的,他要了我的电话号码。他有着松软的深色头发、深色的皮肤和深邃的目光,非常帅气,当时我都不相信他正走向我。当他问我的时候,我的膝盖都开始发抖,心中小鹿乱撞。我想他应该不会打电话给我,但是他真的打了,而且整个夏天,每当他要离开的时候,我们都难舍难分。他像我的祖父一样,打板球、橄榄球和马球。他还懂点赛马,能跟我的家人聊上几句。

---

① 法国巴黎市的20个区之一,拥有文艺复兴时期的巴黎市政厅,以及文艺复兴式的孚日广场、完全现代的蓬皮杜中心和中世纪风格的玛莱区南部。

② 罗伯特·杜瓦诺(Robert Doisneau),法国平民摄影家。

③ 位于法国巴黎市中心塞纳河中的两座岛屿之一,也是巴黎城区的发源地,著名的巴黎圣母院和圣礼拜堂都位于该岛。

当我前往巴黎的时候，我开车载这位军官去布里兹·诺顿[1]。他受委派，前往马尔维纳斯群岛[2]驻扎，为期三个月。分别的时候，我哭了，告诉他我爱他。他顿了一下，看着我的眼睛说："我想，可能，我也爱你。"

我们每隔一天都会写信，经营着老式的远距离恋爱关系。我们也会时不时打电话，但真正的交流都是通过书信。我写诗或情书，他会告诉我他遇到的有趣的事情。

这样的关系只存在于我们的脑海中，是非常完美的，因为我们都不用为了对方改变自己的生活。当他见到我的时候，我身材非常匀称。当时是夏季中旬，我每天都骑马，穿着运动服跑步。我绝对不会忘记在戴高乐机场我们重新见面时他的表情。距离上次我们见面过去了十二周，在那段时间，我的饮食习惯也变了，从为了比赛的节食习惯变成了每天一根法国长面包棒。鲁本斯可能会喜欢我当时新膨胀起来的圆润体型，但是这位军官并不欣赏。从他眼里可以看到失望。

"你这段时间伙食很好啊。"我们拥抱的时候他说。

令人难过的是，人们总是根据我的腰围和臀围来评判我。在第二年新的赛季，我又瘦了下来，爸爸还特地表扬了我。

"我现在瘦了，你更爱我了吗？"我问道，打破了妈妈告诉我要遵守的规则：绝对别问你不想听到答案的问题。

爸爸停顿了一下。"是的，我想是这样的。"

爸爸并没有漫不经心地说出这句话——他是仔细思考了以后说出来的。噢，噢，噢。我不知道原来爱像开关一样，

---

① 布里兹·诺顿皇家空军基地是英国皇家空军最大的基地，位于牛津郡境内。

② 位于南大西洋巴塔哥尼亚大陆架上的群岛，属于英国海外领土，拥有内部自治权，英国负责其国防和外交事务。

可以打开关上的。我认为只要你爱一个人,那你会一直爱他们,不论好坏,不论胖瘦。军官并没有因为我变胖了就抛弃我,但是我瘦的时候,他显然更爱我。

当然,当我身材苗条的时候我很爱我自己。我走路的姿势都不一样,也更有自信了。但是我发现如果没有目标,节食没有任何意义。一整个夏天的饥饿和身体的脱水让我想要疯狂地吃东西,整个人都着魔了。一旦能开始吃,我就毫无节制地吃。我要么在节食,要么看见什么吃什么。

我发现在没有比赛的时候,很难减轻体重,我的方法也变得越来越不健康。我吃了一阵子很恶心的泻药——一罐写着“巧克力口味”的胶囊,我觉得其实可以换一个写法——“大粪口味”。我挖出四勺恶心的颗粒,喝完了以后等着胃里开始翻腾。之后,我就只需要待在离厕所近的地方就行了。

催吐是一种很讨厌的感觉,但是如果变胖了,我就得逼自己这样。我一点儿都不喜欢这样,这对喉咙伤害很大。几年以后,安德鲁褪掉了婴儿肥,开始进行越野障碍赛,他也染上了我的这个习惯。我不断往返浴室,浑身散发着病人的味道。后来看到他这样的时候,我内心感到非常恐惧。

“你以前也这么做过。”他指责我。

“是的,但是这并不是说你也能这么做。这对你伤害很大。请不要这样了。”

我和他都没有饮食混乱的问题,这是参加任何一项需要控制体重的运动都必须做的事情。我猜,拳击运动员、骑手、轻量级帆船手,或者任何需要控制体重的运动员都得这么做。能骑着像梅尔曼、沃特罗·帕克,还有哆哆这样的赛马参加比赛,让我觉得这都是值得的。

三年间,我骑着哆哆参加了十四场比赛。我们赢得了四次冠军,只有两次排在第四名以外。我们之间有独特的感应，哆哆给了我赛马生涯中最愉快的体验。它赢得了十六次平地赛马和两次障碍赛，赢得了超过13万英镑的奖金，给他的主人——乔治·斯玛特和约翰·赛亚——带来非常多的欢乐。马场里的每个人都喜欢哆哆，他也是我爸爸见过的最棒的工作马。

第十七章
沃特罗·帕克

报纸上很少有业余赛马的新闻报道。在《赛马邮报》《体育生活》或者《马与犬》上会有一些集中的报道，但是在国家级的日报上，绝对不会有业余赛马的消息。当然，除非有皇室成员参与。

ANNE FURY AT PHOTO DEFEAT 赛场失利，安妮公主暴怒

Princess has rough passage at Beverly 公主在贝弗利[1]的艰难比赛

Tender touch eludes Princess 公主与冠军失之交臂

Princess is foiled in thrilling finish 公主在结束时刻险败

Waterlow has Clare seeking Royal pardon 沃特罗害得克莱尔向皇室道歉

还有更要命的：

Clare was not guilty 克莱尔没错

你们看到的都只是打了鸡血的标语的冰山一角。有时候赛马在比赛时会发生碰撞，这些都是很平常的。谁能要求赛马在一些急转的跑道中应怎么走呢，比如说，像贝弗利这样的跑道，如果一匹马跑到内道，插到别人的赛马前面，就会干扰别人。

不过有些事是可以规定的，不然也不会有《赛马规则》这样的东西了，但是出乎意料的事情还是会发生。如果长公主[2]开口跟我讲话，我也会对她说这句。但是她没有。自从康特莱克电脑杯女子障碍赛之后，她就没有跟我讲过话了，这场比赛是1.5英里，获奖者能够获得2200英镑的奖金和一个水晶花瓶。对获胜的骑师来说，这点奖金不算什么，精美的水晶花瓶倒是很漂亮。

我记得当时钻石赛快要开赛了，钻石赛是女子赛赛季的重头戏，奖品为一条钻石项链，对于好胜心强的参赛者来说，他们想要的是每场比赛都赢，而不仅仅是奖品。长公主殿下

---

① 位于英国约克郡东部的一座小镇。

② “长公主”(Princess Royal)是英国君主授予其嫡长女的终身封号。

在1976年参加了蒙特利尔的奥林匹克赛，1971年在伯利①举办的欧洲冠军杯获得了金牌，1975年在德国路木伦赛马中获得了银奖。毫无疑问，长公主是一位非常有竞争力的骑手。

作为一名业余骑手，她的经验不是特别丰富。她参加过一些骑马跳比赛，也得到过一些冠军。在平地赛马方面，她在1987年获得了钻石赛的冠军。她还骑过爸爸训练的"孤岛"赢得过比赛，这匹马属于女王陛下。

不论长公主在哪里参加比赛，主办方都会稍微装扮一下女士更衣室，我们也能跟着沾光。她和我们一起换衣服，不要求特别待遇。我对这点很是困惑，因为打小起大人就告诉我见到女王得行屈膝礼等皇室礼仪。

当我在贝弗利的更衣室给长公主行屈膝礼，并称她为"罗耀尔殿下"时，她说："别犯傻了。"

她当时只穿着内衣，可能这种时候行屈膝礼不怎么合适。

长公主骑的赛马叫作"体贴"。它在那个赛季的三次初赛中已经花完了所有的资金，因此错过了障碍赛。我的赛马沃特罗·帕克，在那个赛季则非常优秀。八月初的时候参加了十次比赛，三次获得冠军，其他名次分别为第二名或者第三名。七月份的时候，我骑着它在古德伍德赢得了冠军。赛场内外它都是一个非常可爱的伙伴。它体型巨大，身体健壮，浑身深栗色，在前额处有一块闪电图案。它很安静、温柔，是一位绅士。对于学徒或者业余选手来说，它无疑是最佳选择。

妈妈开车载我去贝弗利。快到比赛地点的时候，我的胃

---

① 位于英国林肯郡的一座小镇，镇上有一处赛马场，每年九月会举办赛马三项赛。

里感觉到似曾相识的刺痛，并不是泻药引起的疼痛，是因为紧张。我的手心都汗湿了，我搓了搓手，下巴也因为紧张感觉紧绷绷的。我问妈妈在走到比赛跑道之前，能不能放首我的幸运歌，很快，从磁带播放器里传出了彼得·盖布瑞尔①的那首《大时代》。

当一辆路虎汽车经过的时候，妈妈和我一起唱："大时代，生活无限大！"

妈妈说："那是安妮公主，你今天可不能挡着她的路。"

"好，好，好，"我敷衍地说道，"大时代，我家的房子也越来越大。大时代，我的眼睛也越来越大。我的嘴——嘴——嘴巴也变得越来越——大——大——大。"

我读过其他选手的资料，仔细过了一遍比赛的流程，还有爸爸教的技巧。音乐一停，肾上腺素立马让我紧张起来，这样的紧张足够让我支撑接下来的几个小时。我非常紧张，不停地数数，不断地回忆平时生活里的小细节。如果考试的时候有这样的思路，我肯定能得"A"。

我很享受这样的过程，在比赛前我变得越来越紧张，一遍遍地跑厕所，直到听见有人喊我们的名字，让我们到小围场去。

"骑手们！"一个声音对着更衣室高声响起，我们一起进入称量室，接着走进小围场。

我的嘴巴很干，不怎么说话，但是当我走进围场里，感觉就像身体里打开了一个开关。我也经常看到别人有这样的表现：心跳渐渐平稳，紧张的情绪消失了，整个人变得放松起来。在比赛的时候，我觉得我好像拥有了全世界。如果马儿的步伐很慢，我就会加速。如果太快了，我就会适当调整。在我需要的时候，前方好像就会出现一些空位，如果没有，我

① 彼得·盖布瑞尔(Peter Gabriel)，英国音乐家，"创世纪"(Genesis)摇滚乐队的主唱。

会对着前面的人喊:“让点儿位子给我!”

现在,在电视或者电台直播的时候,同样的事情也发生在我身上。在全体选手集合的时候我变得很紧张,不得不戴着耳机听一些很吵闹的音乐,但只要看到摄像机的红色光点,我就会变得放松起来。从节目一开始,我就觉得一切都在掌握之中,越是出错,我就越是享受这个过程。最开心的时候要数比赛顺序出炉时,有了顺序我就能推算出比赛情形。每个人都可以表现得很好,一切尽在掌握中。

在这场特殊的比赛中,有10位选手:伊莲娜·布朗逊,后来跟我成为了很好的朋友;阿曼达·哈尔伍德和特雷西·贝利(后来嫁给了训练师克里姆·贝利)等人。长公主的代表色跟我的代表色很相近,她的是巧克力色和青绿色,我的是棕色和青绿色。

“但愿赌马的人别搞混了。”在起点处等候的时候我说。

“不可能的。”她回答。

我很用力地咽了咽口水,尽管没有可以咽下去的口水。我黔驴技穷了。

在贝弗利的1.5英里赛道的观众看台前,观众都是斜靠在栏杆上,给我们大喊加油。

“冲啊,克莱尔!”我听到一个声音。“别搞砸了。我还把钱押在你身上了呢。”

沃特罗·帕克从来都不急着从起点处的栅栏跳出来。它跳出来的时候有点儿蹒跚,冲过起点线的时间比所有的马儿都要慢。第一次经过起点线的时候,我们是最后一个。至少我是这么想的。经过主看台时,它看到一条行人踩出来的通往跑道中间的路,调整了一下角度,跳进了内道,接着往下跑。

直到那时我才意识到,我不是最后一个从小隔间里面出来的。开门的时候,有匹马还远远地落在我们后面。我们到达第一个弯道时，后面的马赶上来了，就在我们后面，沃特罗·帕克换道的时候它就在我们内侧。

"你到底在干什么？看着点！小心！"

还喊了一点别的。都是些脏话，我就不在这里重复了。

"哦，天啊！"我心想。我抄了人家的道。还好不是长公主。她从来不会像这样粗鲁地讲话。

虽然听到身后传来越来越多的声音，但是我的注意力全都在我前面的马身上，我只关注跟前一匹马的间距和我需要获得的最好名次。有人在我身上押了钱。我得为那些赌马的人尽自己最大的努力。

跑道笔直地向前铺开，我让沃特罗·帕克加速，但是它并没有像我想的那样加速。我一直让它加速，听鞭子的声音。在我身后有三匹马，我能感觉到它们正在步步逼近。经过终点的时候，尽管不很确定，但是我觉得我们可能赢了。

穿着青绿色和巧克力色的"体贴"，一个大步跨到了前面。长公主在直行跑道部分赶上了很大距离，到达终点也好像比别人更快，但是我们都不知道到底谁最终领先。

快冲刺时，我抓紧时间加速，拉着马头冲过终点，这样做一是可以在照相确定最终获胜者的时候稍微有点儿优势，还有一部分原因是我很害怕。我不知道是害怕导致失控了，还是我得了冠军。不管是出于哪一种，都会给我带来麻烦。

引用布兰卡·哈利姆①的一首歌名，我妈妈在小围场接我的时候，脸色"惨白如纸"。

"你知道你刚才做了什么吗？"她着急地低声说。

"是的！我觉得我可能赢了。"我想要用一个迟钝的笑容来让她相信我真的赢了。

"才不是呢！"她说，"在第一个弯道的时候，就第一个弯

---

① 英国摇滚乐队，其最知名的作品是单曲《惨白如纸》，发行量超过了1000万张。

道的时候——你到底在干什么？你差点儿把安妮公主绊倒了。刚才公爵指着我的头告诉我，你这样赛马非常危险，还说你不该参加任何该死的赛马。”

这位公爵是大卫·尼克森[①]，是长公主的赛马指导。他是冠军赛马驯马师，赢得过“金杯”[②]和“乔治国王杯”[③]。他是一个非常有手段，愿意不惜一切代价逐步消灭对手以实现目标的人。他全权负责长公主的赛马活动，监督她每一次晨练和跑道上的表现，也会对别人的表现指手画脚。

我可以想象得出当时他对着妈妈大发雷霆的样子（他和妈妈相识很久了），现在对着安妮公主滔滔不绝的样子。她被一个中间插出来的人害得挨骂了。那个人就是我。

比赛管理员开始说话。裁判一直在研究选手们冲过终点线时仪器拍下的黑白影像，都超过五分钟了。

“接下来将要公布结果。”管理员调整了一下声调。我低头看了看我的马身上披着的数字，再三检查我的序号：一号。

“第一名是——”场管还故意停顿了一下，就好像秀场颁奖一样，“一号。”

那些把钱押在沃特罗·帕克身上的人欢呼雀跃。他们是站在我这边的。因为不能太张扬，所以我只拍了拍它的脖子，脸上挂起了“谦虚的获胜者”的表情。

“紧接着是竞争激烈的第二名，”这个声音接着宣布，“二号和六号竞争得非常激烈。第四名是七号。”

我们之间的距离非常接近，我也只是略胜一筹，前四名

---

① 大卫·尼克森（David Nicholson），英国著名骑师，多次获得英国最佳骑马跳骑师的荣誉称号。职业生涯中共赢得超过530次冠军。

② 每年在英国萨里郡伊舍举办的赛马，赛程约为6公里，5岁及5岁以上的赛马方能参赛。

③ 每年在英国古德伍德赛场举办的赛马，赛程约为1公里，3岁或3岁以上的赛马方能参赛。

之间都很难分胜负，相差的距离甚至都不到一块毛毯的长度，但是在这种微弱的优势中，沃特罗・帕克的脖子稍稍往前伸出来了一点儿，它的鼻子和鼻梁越过了体贴，体贴也因为微弱的劣势屈居第二。

我从马背上滑下地，慢吞吞地把马鞍卸下来。我真的一点儿都不想回更衣室。

重新称了体重以后，我去领奖台拿了冠军奖杯。回称量室时，我注意到场馆工作间的门半开着，工作人员都在看比赛的回放。我把头伸进去，虽然获胜了，但是我只说了一句话："请问，你们是在开会吗？"很多落败的骑手会这么问，但是如果你得了冠军，那你最好感谢你的幸运星，然后往前走，别来问东问西。

"不，我们没在开会，"一位场管秘书说道，"但是如果你想看看比赛回放，可以进来。"

我走进去看了回放，体贴在前半程都处于落后地位，难怪我在前半程都没有看到它在我后面。我看到沃特罗・帕克一跃就抄到内道，体贴一下子就被挤了出来，然后长公主开始向前夺回阵地。

"从这个角度我们可以很清楚地看到，"场馆秘书是一位军人，说话时字正腔圆，他用手杖指着屏幕说，"你不是故意抄近道的，鲍尔丁小姐。坦白说，我们都觉得这不是你能控制的事情，而且就算你的赛马抄道抄早了，也不会对比赛结果有任何影响。"

带着这些能够为自己辩护的事实，我重新鼓起勇气回到了战争中心——更衣室。我安静地打开女更衣室的门，听到很多人都在说："她一直是这样的。""她还以为这样就没有她的责任了。"

伊莲娜・布朗逊后来告诉我，她当时认为这些人说这些都是因为比赛过后的兴奋，她自己也是因为好玩才说的。公平点说，我上升得太快了，在业余选手的第二个赛季，我比别的选手获得更多的冠军。这对他们来说是一种威胁。

长公主背对着我站着。当她转过来的时候，我觉得我的整个世界都停住了。我吞了吞口水，站在那儿，不知道该说什么。我看着她的眼睛，主要是因为她当时没有穿衣服，如果看向别处会很尴尬。

“那个，”她说，“他们是不是在开场管会？”

“不是的，”我回答，“我问过了，他们没有。他们说就算我的赛马早点抄近道结果也还是一样。”

“真的吗？”我们之间的气氛开始变得冰冷。“如果早点抄道，就不会这样。”

“真的很抱歉，公主殿下。我真的很抱歉。”我说。我应该就此打住，安静地走进去换衣服的。但是我的本性如此，我不知道什么时候住嘴最好，所以我接着说：“真的非常抱歉……但是我也不会故意减速让你赢的。”

如果把现在的时刻放在电影场景中，那我就是斯巴达克斯，周围的业余骑手就会一个个开始鼓掌。但是在真实场景中，他们都倒吸了一口凉气。我这么做真的很危险。

长公主直勾勾地盯着我看。

“好吧，可能你应该这么做。”她转过身接着穿衣服。如果我当时不是膀胱好，可能早就被吓得尿裤子了。

《太阳报》写道：“公主回到称重室的时候脸色铁青。有些不怕死的想要采访公主，全都被公主犀利的目光吓回来了。”

很多媒体都要我向皇室道歉，这些文章的主要论调是“刚入行不久的业余骑手、皇室驯马师的女儿，在第一个弯道上抄了女王女儿的道，并且在最终照片定格的瞬间击败了公主”。

在英国广播公司的节目里,朱利安·威尔逊①介绍了贝弗利的现场比赛视频,并询问吉米·林德利②的看法。

“克莱尔·鲍尔丁触犯了赛马比赛中最重要的一条规则,”这位前专业骑师的评论员说,“她丝毫没有考虑到她身后的马。这样可不行。她没被取消资格,对此我很震惊。”

这就是媒体对我第一次抄近道的评价,大家从不同的角度来评价这次赛马,有不同的声音。

后来,长公主和我又一次在比赛中相遇,但是我们都成功地避免了碰面——她在场上的时候我不在,我在场上的时候她不在。两年后,1991 年,我们重新回到了贝弗利的赛场,这次赛程是 1 英里,只有七位骑手。长公主骑的是一匹叫作克罗夫特·瓦力的赛马,这匹赛马的驯马师也训练了长公主的赛马体贴,我则骑着我心爱的哆哆。

公爵刚到赛道就看到了我妈妈,紧接着便朝着她走去。妈妈想要走开,但最终还是站在那儿等着公爵开口。

“我意识到我先前有点儿粗鲁,”他说,“我看了很多次令爱在‘那次’比赛的回放,可能是我错怪她了。她真的是个很有竞争力的选手。我很抱歉。”

妈妈微笑着说:“没事儿,不过下一次请不要用手指着我的额头。那样很粗鲁。”

“如果她这次又抄道,我也不会了。”

克罗夫特·瓦力这次凭着一个脖颈长度的优势赢了哆哆,当我们在最后越过终点线的时候,我两年来第一次跟公主说话。

“殿下,做得好,”我说,“现在开心了吧?”

对。我知道。我应该在说完“做得好”就闭嘴,但我就是忍不住,有时候脑子会抽风。我觉得这样说很有趣,但是

---

① 英国广播公司报道赛马的新闻记者,他的后继者就是本书作者。

② 英国骑师,曾获得“金杯”等多项大奖。

一句玩笑得有一个包容的听众。

沃特罗·帕克在贝弗利击败了长公主,它在1989年的整个赛季表现得都非常好,在它的配合之下,十九场比赛中我赢得了六次冠军,获胜率达到了百分之三十。在业余骑手冠军赛和"朗讯杯"比赛,我都处于领先地位,成为排名靠前的业余女性骑手。当年的最后一场比赛,是十月份在福克斯通[①]举行的。当时我刚从巴黎回来,因为吃了太多法国面包棒,身体状态和体重都不适合比赛,在尚蒂利进行的训练也不是很充分,总之疏于训练。

唯一一个积分排名可能会超过我的骑手就是伊莲娜·布朗逊。她笑我越来越胖的身材。

"从巴黎飞回来,多洋气啊。你现在都不用打工贴补生活费吗?"

我们最后一次一起骑马的时候,伊莲娜从她的后车厢里拿出了一张CD和一件夹克衫来跟我交换,还说是"勉强"送给我的。

"说实话,克莱尔,"她向我保证,"你再也找不到更划算的买卖了。"

她的话让我大笑起来,我的天呐,她也太刻薄了。对于这场比赛,她志在必得。除了冠军,别的她都不要。如果她赢了,我到底第几根本不重要,因为她是第一。如果别人赢了她,那我在积分榜上还是处于排名领先的地位,冠军也还是我的。

伊莲娜为驯马师大卫·威尔逊工作。他以装模作样著称,每次出现在赛马场上,手里都会拿着一本厚厚的笔记本,在上面记下每匹赛马的表现,还会备注评语和排名。他很聪

① 英格兰肯特郡的一个城市,被人们誉为"英格兰的花园"。

明,精心安排赛马的出场顺序,经常让赌马的结果大变样。他有一个独特的才能:在一场比赛中准确匹配,让每匹马跑自己最适合的赛道,尽管过程艰难,他安排的赛马却总能跑出最好的结果。科瓦勒夫是他为伊莲娜选的一匹4岁的母马,他让科瓦勒夫最后上场。它前三次比赛表现不是很好,赛程都超过了1.5英里,因此没能参加障碍赛。现在到了它比较擅长的赛程距离,它有一定的优势,但是根据我的猜测,我觉得另外一匹赛马斯特雷特·金的表现会更棒。

“终点处见。”我们进入小隔间的时候,伊莲娜跟我说道。

另外一位女性骑师沙朗·穆加特罗伊德也参加了这次比赛。

“好好比赛,姑娘们,”她大声说道,“祝表现最棒的人最后获胜。”

伊莲娜一路领先。她跑在前面,离我们很远,当我们跑在福克斯通赛场的拐弯处准备进入直线跑道的时候,她远远地甩开了我们。我发现斯特雷特·金赶不上它的时候,我大喊:“快来人追上她啊!”

斯特雷特·金开始加速,但是太迟了。科瓦勒夫领先我们十五个马身长度。这样的差距太大了。

我跑到了伊莲娜边上,拍了拍她的背。

“做得好,”我说,“令人诧异的结果。”

“我的赛马就像会飞一样,这匹小母马,”她说,“我知道我肯定能赢你,但是没想到竟然会这么简单。”

她调皮地朝我眨眨眼睛,笑着说:“努力真的会有回报。”

不过,我心里有一部分是在替她开心的。我很喜欢她,当我看到大卫·威尔逊用拥抱迎接她,把她抱上领奖台的时候,我想他们身后一定也有很多下注者赌他们赢。科瓦勒夫的排位也上升了五个名次。她们跑了很多场比赛才积累了这样的名次,我则是靠着获胜的次数赢得这样的积分。

我心里还是有点儿难受的。从前我就已经处在领先地位,心里也认为自己是“准冠军”,结果现在是我站在这儿看着别人领奖,看别人成为全国最棒的业余骑手。一流的运动员会告诉你,他们都经历过这样的阶段。他们想要记住失败的痛苦,来激励自己继续在黑暗中不断前进,熬过日复一日孤独的训练。很多人都有点儿受虐倾向。不过我可一点儿都不想记住这种滋味。

我虽然可以应付这些,但是无法面对别人对我的失望。当我走到第二名的领奖台时,甚至都不想看爸爸一眼。他一直觉得第二名跟失败者没有区别。但是现在,他却让我感到非常意外。

“别在意,”他说,“你已经尽力了,而且你今年表现一直很好。我们全都尽力了,我们明年再努力得第一。”

说完这些,他亲吻了我的脸颊,拍了拍我的肩膀。

“别忘了去称重。”他说,而我只想假装没有哭鼻子。

当我们开车回家的时候,爸爸提醒我,说我至少还赢了一样东西。他给了我一个盒子和一张卡片。盒子里有一枚蝴蝶状的胸针,卡片上写着:

给冠军业余骑手
(也是一位冠军女性业余骑手)
满心爱你
一位非常自豪的爸爸赠

第十八章
六便士之歌

很多马夫在马场里工作了一辈子。吉姆·柯飞德三十出头就来了,一直在这儿,在他 85 岁离开人世前的那天早上都还在喂马。爸爸在他的葬礼上致了悼词,说他是自己见过的最棒的养马人。

有一张吉姆的黑白照片,照片上他骑着一匹毛发乌黑、闪着光泽的纯种马奔驰。他没戴帽子,裤子扎在袜子里,骑马靴的铁扣紧紧地扣着。

照片上写了一段温斯顿·丘吉尔说的话："人可以从马身上学到很多有用的东西。"

自从1964年取得执照以后，吉姆一直是爸爸的高级助手，负责照顾一匹6岁大的肚子圆滚滚的阉马——六便士之歌。六便士之歌有着辉煌的过去，但是现在已经大不如从前了。

当时的训练在夜间进行，爸爸对每一匹马的腿部温度进行例行检查，这可以反应出马的身体是否有不适。我们的助手驯马师帕特里克，拿着一桶胡萝卜，我跟在他身后几步开外，时不时停下来去摸摸我认识的马。这时，我无意中听到爸爸在隔壁马室说话。

"我觉得我们应该让它尝试全新的东西。"爸爸说。

"比如说呢？"

"我也不知道，也许是一场业余赛马。克莱尔来骑，看看会不会有什么不同。"

"噢，不，头儿，这可不行。还是让它试试别人吧。"

我站在那儿一动不动，害怕万一被他们发现我在场会让情形更糟。

爸爸心意已决。"可以的，吉姆，不会像你想的那么糟糕。这个星期在纽伯里有一场赛马就挺合适的。我们就让它参加，看看表现怎样。"

吉姆露出了有史以来最难过的表情，我透过马室栅栏看到了，那应该是他最难过的一个晚上。当他把六便士之歌的缰绳绑好时，我悄悄地从马厩前面溜掉了，但愿他没看见我。

我躲着吉姆，虽然我很少骑六便士之歌，但是每次吉姆都无视我的存在。六便士之歌是一匹可爱、温和的马，但是骑着它可一点儿都不舒服。它慢跑的时候浑身颤抖，骑着它就像坐在一架快散架的拖拉机上，但是当它加起速来，步伐就流畅多了。很多赛马慢速跑的时候步伐一般，但是当它们可以伸展四肢加快步伐的时候,它们会跑得很棒。

六便士之歌可以承载很重的重量,这点正合适,因为接下来我和它会参加一些障碍赛。毫无疑问,它是我骑过的顶尖的赛马之一。

在纽伯里的比赛中,马克西恩·柯德利骑的赛马梅礼迪,是由玛丽·莱福利训练的。他是一号种子选手,二号种子选手是阿曼达·哈尔伍德,骑的马叫作阿尔里夫,三号种子赛马就是六便士之歌。

英国广播公司对当时赛况进行了直播。我决定紧盯着马克西恩和阿曼达,尽可能地跟他们保持近距离。爸爸给了我一些简单的指示:

"就看着他。只要知道你在干什么就可以了,如果你觉得前面的人会赢,那就跟紧点。至少要让他感觉到你紧追不舍。"

他之所以会这么说,是因为那个月初我参加的一场比赛中,站在前排的赛场管理员说我"一点儿都没努力"。我记得自己全程都在拼命努力,但是从视频回放中看起来,我好像根本没动一样。

"看看我骑过的每匹冠军赛马就知道了,"我告诉他们,"我每次骑马都是像这样子的。说实话,我已经尽力了。"

吉姆带着我走到跑道上,嘴里还嘟嘟哝哝地说着他不同意让他最心爱的赛马参加业余比赛,但是既然我都要骑着六便士之歌参加比赛了,那就好好骑之类的话。

六便士之歌一路颠簸着走到了起点线,我感觉它走起路来一跛一跛的,都想牵着它退赛了。还好我在家骑过它,知道它本来就是这个样子的。我想起了吉姆,我想证明给他看我可以骑好它,我还想起了麦伦先生,六便士之歌是他的马。我身上穿着代表他的著名的黑底金十字图案,正是当年水车礁石的代表色。现在,我身着这个颜色,而且在我的主场纽伯里,又有英国广播公司转播这次比赛,我不能退缩。

比赛开始的时候,我的脑子里还在想着六便士之歌,想着它的好和它的坏。我决定,如果比赛的时候它出现任何异常,我就带着它跑离比赛场地。但是它很快进入了状态,感觉一切良好。我紧跟在阿尔里夫身后,跟梅礼迪并排跑着。太好了。纽伯里赛场的直行跑道很长,所以我还有时间来赶超他们,当我们跑到赛道的拐弯处时,机会来了。我看到马克西恩示意梅礼迪加速跑在前面。阿尔里夫跟着她们,我也紧跟在她们身后,等着一有空隙我就立马补上。梅礼迪第一个跑过线,我紧跟在她们后面,边跑我边对六便士之歌说:"它是一个好骑手,你也可以做到的,加油,再抄一个。我们走。"

它开始加速,慢慢跟阿尔里夫持平。我感受到六便士之歌肺部的扩张和收缩,试着按照它的步伐让它加速。我们缓慢地缩小跟前面的距离,当我们越过终点线的时候,我在空中挥拳庆祝。

我把它拉得直立起上半身,然后调转方向回到准备处。吉姆向我们跑过来,脸上挂着满意的微笑。

"好马,"他边说边拍拍六便士之歌的脖子,"我就知道这个主意准没错儿。我一直这么说的。"

他看着我笑着。爸爸来到冠军领奖台的时候也是神采飞扬。

"看吧,吉姆,我告诉过你她会好好照顾它的。你这个混蛋啊!"爸爸看着我,"我都要吓出心脏病了,不过你做到了。看起来没怎么发力,但是最终还是以一个脑袋的优势赢了——我猜你都想看看你自己的样子,不过现在别忘了先去称重。"

颁发完奖杯以后,朱利安·威尔逊邀请我到广播间里,对我进行了采访。由于刚比完赛,我满脸通红,整个采访都上气不接下气。

六便士之歌后来升级了，由专业骑手带着参加了比赛，还为史蒂夫·高森赢得了冠军，在这场比赛中，它本来应该发挥得更好的，但是最终只以微弱优势取胜。后来它在谢默思·欧格曼的带领下又在约克获得了冠军。

“吉姆，它怎么样了？”晚间训练的时候爸爸问。

“我就觉得它可能有点儿变了，”吉姆说，“我能给您个建议吗？”

“当然，你说。”

“好吧，事情是这样的”，吉姆顿了一下，然后很小声地说，“我觉得克莱尔应该再骑一次六便士之歌。”

“不好意思，吉姆，你说什么，我没听见。”爸爸故意逗他。

“我觉得克莱尔应该再骑一次六便士之歌。”吉姆这回大声了点儿。

“真的吗？只要你同意，克莱尔肯定很开心。我看看还有什么适合它跑的比赛。”

当爸爸告诉我这件事的时候，他止不住地笑。在埃尔有一场赛马，几年前我骑梅尔曼参加过。吉姆和六便士之歌乘坐马拖车长途跋涉，到了格拉斯哥①南部，妈妈和我直接在那跟他们会合。六便士之歌以极高的热情，轻松赢得了冠军。那场比赛中，它的排位上升了几个名次。史蒂夫·高森再次执鞭，在接下来两次周六的比赛中都赢得了冠军，其中一场比赛是在古德伍德举办的切斯特菲尔德杯。在温莎市的排位赛中，它的排名继续上升，已经远远超过了业余赛马等级。

吉姆是对的，六便士之歌的才能远不是我能驾驭得了

---

① 英国第三大城市，苏格兰最大的城市，位于苏格兰西部的克莱德河河口。

的，但是我在合适的时间遇到了它，还在两场比赛中完胜。

当时我19岁，处在我的第二个“间隔年”①，再一次被我喜欢的所有学校拒绝。尽管我已经拿到了A，但是布里斯托大学和埃克塞特大学②还是拒绝了我的申请。面试的时候，我向面试官坦白，我是根据学校离赛场的距离来选择大学的。但是我现在想想，怀疑这不是最好的答案，因为面试官好像对此并不感兴趣。

我还想再试试剑桥，虽然我身上并没有值得剑桥看上我的地方。我想申请法律专业，虽然我一点儿都不懂，不过我的英语还不错。我还有点儿年龄上的优势，我比我的同学们都要小，只要我许诺做出点有成就的事，学校应该还是会考虑我的，妈妈说我可以用这个理由去试试。

爸爸做了唯一一件帮助我学习的事情，那就是为我安排了在剑桥大学拉德利学院的面试，面试官是爸爸的一位橄榄球老球友，丹尼斯·斯尔克③，我弟弟小时候就拜在他门下。

“人家都说男孩子面试的时候更有自信，”爸爸说，“我的意思是，当然，他们本来就很有自信，他们对绝大多数事情都很擅长，但是我觉得如果你可以展示一下自己擅长的东西，也许对你会比较有帮助。”

“这回你想读哪个专业了？生物吗？”

“不是的，爸爸。”他一点儿都不知道自己女儿擅长的专业，我真生气，“英语。”

---

① 一般指青年在升学之后开学之前，或者毕业之后工作之前，所做的一次长期旅行。

② 布里斯托大学，坐落在英格兰西南部埃文河畔布里斯托市的一所顶尖研究型大学，英国六所“红砖”高等学府之一，也是素有英国常春藤联盟之称的罗素大学集团成员之一。埃克塞特大学，位于英国西南部德云郡埃克塞特，现为罗素集团成员之一。

③ 曾任拉德利学院院长，一位国际知名的橄榄球运动员。

到拉德利学院的路我很熟。我开着自己的迷你车送过安德鲁好几次，他总是把头伸出来抽烟，手上戴着“吸烟手套”，这样就不会被人家发现他手上的香烟味。他买了十包烟，躲在家里的花园里抽，因为抽得太猛了，结果烟嘴都湿了。

“噢，别那么古板。”我不让他在车里抽烟，他有点儿生气了。

“这是我的车，我不喜欢烟味。我在下一个停车处停车，你下去吧。”

我觉得站在双向车道的边上抽烟一点儿都没意思，但是安德鲁没有讨价还价的余地。这是我的车，每个从青少年时代成长过来的人都知道，第一部车是你通向独立生活的一张入场券。那辆红色的迷你不只是一辆车，所以安德鲁不能在里面抽烟。如果我们的时间比较紧，我会让他把头从右边的窗户伸出去，而且得保持脑袋和烟一直都在外面，脑袋回到车里的时候也不能吐气。

车速显示已经超过了 90 英里每小时①，风从面前嗖嗖吹过，从纽伯里到牛津的 A34 号公路的这一段下坡路上，我们能空挡继续让车以超过 90 英里每小时的速度飞驰。整辆车会因为高速行驶而开始颤抖，我手里的方向盘也都快抓不稳了。安德鲁和我大笑着，尖叫着，车里的音乐也开到最大。我们从小就习惯了跟爸爸一起在高速路上飞奔，认为速度才是驾驶的唯一乐趣。

爸爸总是载着我们一起去给妈妈买礼物，这是我们一年一度的例行购物。他总是到了最后一分钟才想起来要去买圣诞节礼物。我们从一家店出来紧接着又钻进另一家店，爸

① 约为时速每小时 144 千米。

爸急急忙忙地买东西，就像橄榄球运动员戏弄对方守卫队员，佯攻一样地在店里跑来跑去，留下边上看起来一脸疑惑的店员。安德鲁和我跟在他身后一路小跑，想要说服爸爸不要买带蕾丝花边的内衣或者是松松垮垮的女士文胸。

“爸爸，我觉得妈妈不会想要这一件的，真的。”

安德鲁在我边上一言不发，很尴尬地站着。

“但是你觉得怎么样呢？”爸爸转身问旁边的店员，通常是一些20多岁的小姑娘，她的脸马上就红了。

“我老婆的尺寸跟你的差不多，你觉得这件合适吗？”爸爸拿着很暴露的蕾丝内衣问店员。

“是的，先生，我想应该是合适的。如果您不介意的话我要去那边帮忙了，那边还有一位顾客……”

然后店员就仓皇离开了。

我知道爸爸肯定没有恶意，但是我觉得有点儿尴尬。我们每个人都拿着一个购物篮，里面装着我们觉得合适的礼物。我的篮子里全是唱片、书、香皂、滑石粉和配套的洗发露。

爸爸基本上是看到什么要什么。只要是在他面前的，他都会装到篮子里——手提包、皮带、手套、果酱。我心想，估计这样的购物超市里面，货架的摆放也是根据男人打仗一样的购物习惯来设计的。这就是为什么所有的皮具都在第一层，只要你一走进商场就能买到，像爸爸这样的男人，都会随便装一些他们觉得自己的妻子会喜欢的东西。

“爸爸，妈妈不喜欢绿色。”我从篮子里拿出了一双亮绿色的手套，“你也知道，她不能穿羊毛制品，当然，也不能戴人造珠宝，这些都会让她过敏的。”

“但是这些很好看啊，”爸爸跟我争论，“我很喜欢这个。”

“是很好看，但是这不是关键。”

我看了看安德鲁的篮子。有一个篮球和一盒果冻糖。他满心欢喜地看着我。

终于去结账了，店员问我们："现金付款还是刷卡呢，先生？"

爸爸终于等到了圣诞节的现金大采购。

"现金！"爸爸拿出一捆捆的钱答道，然后把钱"啪"的一声放在收银台上。

爸爸数钱的时候，安德鲁会把篮球装在大袋子里，上面垫上一件长袍。

我就负责把东西装好，然后拿出不该买的东西。我还得负责收好这些收据，因为我们每次都会回来退货。

拉德利学院的面试就要到了。妈妈开车载我去纽马克特，我们在那儿住了一晚上，第二天她开车载我去纽纳姆学院①参加面试。

我们穿过门厅的值班处，走进内门就能欣赏到纽纳姆学院，当时我心里非常放松。这里的房子独具特色：红色砖墙、高拱门，还有镶嵌木纹花边的窗户，给人一种光线和空间交错的感觉，我知道如果自己能在这里学习，这样的环境能让我静下心来思考。

学校远离喧嚣的另外一边，除了难看的西季威克大街，还有 80 英亩②的花园。学校里有一个洒满阳光的花园、一个池塘，还有绵延几英里的栅栏。不像剑桥大学别的学院，学生一年四季都可以在那些草地上坐着或躺着。基本上，很少有游客知道纽纳姆学院，所以在这里，不会有人打扰你。

我喜欢这个地方。虽然我没承认过，但是我真的真的很喜欢这里。我已经准备好再次投入学习中，我想在这里

---

① 剑桥大学的一所女子学院。

② 约为 32 公顷。

学习。

我一心想给教务处主任古德夫人留下好印象,结果我进入她的办公室时差点摔倒了。古德夫人非常和善,慈眉善目的样子都让我想立刻给她一个大大的拥抱了。但是我克制住了自己,跟她握了握手。

她的书房在一楼,面向花园的方向有一个很大的桌子。房间很大,还有一排沙发和椅子,后来我们二十个女孩子就坐在这里跟古德老师交流自己对莎士比亚、狄更斯、亨利·詹姆斯和艾米丽·狄金森的看法。

我不知道自己的面试发挥得怎么样,只记得当时大谈特谈自己喜欢的书,喜欢诗词带来的挑战,好像当时我的过分热情还是收到了一点儿效果。古德夫人没问我很多问题,但是我感觉我们交流得很深入。

我甚至都不想结束面试。古德夫人终于看了看手表,礼貌地把我引到了门的方向。我边走边说:"这是一个很棒的地方,我可以在这里学到很多。我真的希望您能给我这个机会。"

我的确是这么想的。可能出门的时候显得不那么自然,但是我想在纽纳姆学院学习的热情是真的。

"我们会好好考虑的。"古德夫人和蔼地看着我说。

过了不到一个月,我收到了来自剑桥大学纽纳姆学院的信,信里说他们接受了我的申请,期待在 1990 年 9 月新学年开始的时候我能来报到。我可以像 A.S.拜厄特、玛格丽特·德拉贝尔、爱丽丝·莫多奇、胡安·贝克维尔、依里诺尔·布朗和艾玛·汤姆森①一样,在这里学习了。

很多人都说我不够聪明,不能去剑桥大学读书。对此我很生气,况且我还多花了一年来申请。不过现在,妈妈为我

① 以上都是曾经在纽纳姆学院学习过的名人。

感到非常高兴。

“一定是丹尼斯·斯尔克上次给你的面试起作用了，”爸爸说，“我就知道他们到头来一定会后悔的。当初不接受你的申请简直是太荒谬了。荒唐！”

“爸爸，”我第一百一十五次说明，“当初不是他们拒绝我。是我的分数没有达到要求。你还记得吗？比利斯托和埃克塞特学院拒绝我是因为我的分数不够。”

不过他能关心我也算是不错的了，我不确定爸爸到底明不明白，这就是现实世界的规则——有的人喜欢你，但是有的人不喜欢。他们会因为你毕业的大学或是你的职业来选择是否接纳你。现实世界非常主观。爸爸的世界是基于客观的事实，在我的世界里，我关心的是人们喜不喜欢我。这样的标准跟你训练过多少冠军，在赛马界排在第几名没有多大关系。

为了上好大学第一学期，我那年夏天得看很多书，同时也有更多的比赛要参加。作为一名业余骑手，在我的第三个赛季中，我把一切都押在了我之前一个赛季错过的机会上，这也是我获得业余女子冠军的唯一机会。

工作人员每周都会送来赛马挂历。赛马挂历是一份日程表，跟《广播时报》地位相同，上面不仅记录了英国所有赛马比赛的举办日期，还写明了参加条件。现在有些骑师用电脑来计划哪匹马跑哪场比赛，但是爸爸就不用电脑，就算有电脑他也不会用。他喜欢自己用水彩笔为每匹赛马规划好比赛，写下每一匹赛马的名字和他们应该参加的每场比赛。他把时间都花在了赛马上，难怪他没有时间来陪他的孩子们。

1990 年的整个夏天，吸引爸爸注意力的不是专业小组赛，而是业余赛马比赛。他在赛马日历上把所有的业余比赛找出来，然后匹配他觉得合适的赛马。他和我都知道我的业余赛马生涯不会一直持续下去，如果不是当下，以后可能就再没有机会了。我在卡特里克、埃尔、庞蒂弗拉克特、贝弗利、布莱顿、古德伍德、雅茅斯都参加过比赛，但是重要的并不是我的赛程积累了多少或者是每场比赛的名次如何，重要的是我积了多少分，我必须达到一定的分数。

我也骑过其他选手的赛马，其中有些赛马可能不适合业余比赛。在肯普顿的时候我摔过一跤，摔得马镫绑带都断了，我像一袋水泥一样摔下来，还被一匹从我身上跨过的赛马踢到了头。我也不记得后来怎么了，但是当我恢复意识的时候，我一直在说："我本来可以赢的，本来该是我赢的。"

医务人员很有耐心地说："当然了，你本来是可以赢的，亲爱的。现在把这杯水喝下去，然后告诉我你的名字、出生日期，还有现任首相的名字。"

因为那次摔跤，我错过了一些比赛，但是两周以后，我又开始骑马了。

有一天早上，丘陵上布满黄色的浓雾，我骑着一匹叫斯卡卡的母马。它以前从来没当过工作马，一直都是做些不费体力的活儿，那天早上，当我们的视线只有前方 50 码的时候，它突然跑离了马群。我从来不知道它还能跑这么快，它跑了很远我才挣扎着拉住它。

"真有趣，"爸爸说，"我从前见过马在雾里会这样，就像闪光警示灯一样。它看不到后面的情形，所以试着摆脱身后传来的追逐的声音。"

在两三年的工作生涯中，斯卡卡都很乖巧。它的妈妈是一匹叫作温特·沃兹的母马，保罗·麦伦先生为它选了一个俄罗斯名字，意为"童话"，希望它能长成一匹特别的马。不幸的是，它没能如保罗·麦伦先生所愿，这一次，它在大雾中突然展现出这么多年从未有过的热情。

爸爸让它参加了在贝弗利的赛马比赛——康特拉克电

脑配件障碍赛，我之前骑着沃特罗·帕克也参加过这场比赛，还跟长公主展开正面交锋。爸爸担心斯卡卡跑不完 1.5 英里，让我保存它的体力。妈妈和我一起去比赛，我们重新踏上了通往唐卡斯特[①]的熟悉的 M1 号公路，从 M1 号转到 M18 号公路上，经过古尔[②]，一直去往赫尔北部[③]，到达我最喜欢的比赛场地。

我在赛道上熟悉跑道时，碰到了伊莲娜·布朗逊，她骑着她最爱的卡索斯。

"你觉得怎么样？"她问。

"跑道还不错，"我说，"稍微有点儿硬，但是很平整。"

"我问的不是跑道，"她说，"我是问你觉得自己获胜的几率怎样？布奇可把你视为最大的热门人选。"

"噢，"我有点儿不屑一顾地说，"我觉得我的赛马体力可能支撑不了那么久。说实话，赛程超过 1 英里的比赛它从来没有赢过。"

我说的是实话，这次比赛我胜算不大，不过我知道前 2 弗隆我们应该没有问题。好像没什么能激励斯卡卡完成比赛，当我们跑过一年前沃特罗·帕克抄入内道的地方时，我们处在领先的位置。斯卡卡被什么声音吓到了，开始加速。

我尽力稳住它，但是不想干扰它的节奏。在不到 1 弗隆的距离，我们就领先了 10 个马身的长度，当我们跑入赛道的直线型部分的时候，身后已经没有别人了。我让它一直跑在内道的右边，因为这儿有一块不到 4 英尺宽的草皮很松软。我的靴子刮到了赛道，当我们经过弗隆标志处的时候，斯卡卡失去了平衡。我听到尖叫声和马蹄声，不敢回头看。

斯卡卡慢慢减速，我只能坐在它背上，抓住它一动不动，

① 位于英国约克郡东北部的一处小镇。
② 位于英国约克郡东部的一处小镇。
③ 位于英国约克郡东部的一处小镇。

心想着终点线快点出现。刚才可怕的声音应该是伊莲娜的，这声音越来越近，但幸运的是，很快就到了终点线。两大步之后，伊莲娜在我们身后越过了线。

“我记得你说过你的赛马撑不了那么久的?”伊莲娜对着我大喊。

“我以为她支撑不了那么久。”我上气不接下气地说。

我不知道为什么当时伊莲娜那么生气，但是当我看到她的老板大卫·威尔逊先生的表情时，我知道了，这一次又有很多人在他们身上押注，但是这次，他们没能让别人赢钱。

“所以去剑桥的是她不是你，”他对着伊莲娜大喊，“你去不了！她骗了你，你这个蠢货。”

爸爸跑过来说我没按照他的要求比赛，我告诉他我是故意这么告诉别人的。

在现实世界中，我学会了一件事，那就是人们似乎觉得自己的成功是理所当然的，哪怕只是非常偶然的成功。如果失败了，他们不会立即承认自己的错误。妈妈深谙这个道理，当然，我觉得爸爸也清楚这一点。伊莲娜·布朗逊和大卫·威尔逊一直觉得，我比表面看起来的要精明。

我到纽纳姆学院的第一件事，就是说服古德夫人让我在学校里开车，然后申请参加在切普斯顿①的最后一场赛马。

---

① 位于英国威尔士蒙默思郡的一座城市。

第十九章
值得尊敬的乔斯

“你说你想去哪儿?”古德夫人问我。

我跟她说我需要她帮个忙。我也知道这样的开头不是很好,终于来到了梦想中的大学,但是一来学校就要请一天的假。

“事情是这样的……”我开口说。

“拜托,亲爱的,”古德夫人说,“说话的时候请不要用‘事情是这样的’来开头。我想任何伟大的作家都不会用这句话作为他们的文学基础。你可以说出更美的句子。”

“这是本赛季的最后一场比赛，”我的声音里透露着绝望，“我必须赢，不然莉迪亚·皮尔斯就会打败我了。去年的最后一场比赛我已经输了，我不想重蹈覆辙，托比叔叔说我可以在切普斯顿的比赛中骑乔斯，还可以穿着代表他的香槟色。我保证，如果我赢了，我一定会在致辞中提到纽纳姆学院……”

古德夫人抬起了手。

“请先喘口气再说话。我们来商量一下看这样行不行：报纸上有一页内容我一点儿都不明白，如果你能给我解释一下，你就可以去参加切普斯顿的比赛。”

她打开了《卫报》报道赛马的部分，然后用手指了一下。

“这页报纸冗长得简直难懂。弄得我像个文盲一样，我一点儿都不喜欢这种感觉。”

我郑重地点了点头。

“我答应您。谢谢您，太谢谢了，谢谢。”

“说一句谢谢就可以了，”古德夫人说，“说得多了就会弱化语气。现在，趁我还没改变主意之前，快去吧。”

我站在门边，她朝我挥了挥手，想了想，然后加了一句：“当你在切普斯顿的时候，你也许会想拜读华兹华斯关于丁登寺的词句。我想你应该能在切普斯顿的不远处找到丁登寺。”

当我关上门的时候，我听到古德夫人在吟念《丁登寺》中的句子：“五年过去了。五个夏天，还有五个漫长的冬天。”

我得在这个学期的第一周鞭策自己节食，因为我不想长胖太多。这一点儿都不容易，因为每天晚上都有社团来招新。大学的第一周就像新年大甩卖，每一个社团都像大型商场，我们这些大一新生就是那种好骗的顾客。

入学考试的照片是按照姓名的字母顺序来排列的，我跟站我边上的女生成了朋友，她叫路易斯·奥特尔，读的是当代语言学专业。我们决定一起在校园里转转，然后决定要参加哪个社团。每个社团都会给一些宣传资料，忽悠你后让你付一年的社团费。

我们一起注册了纽纳姆学院的划船俱乐部，还参加了剑桥大学辩论队，去了葡萄酒社团、芝士社团、电影社团和板球社团。我们还去了皇后学院的挑圆片游戏社团，但是觉得这个不太适合我们，因为游戏太激烈了。携猎兔犬打猎社团听起来很有趣，但是我们没有参加。我们在天主教社团"打劫了"很多免费的葡萄酒，直到临走我们连一句话都没有说，更别提入教了。

别人在大学的第一个学期是怎么学习的，我一点儿都不知道，这对我来说简直是个谜。高中同学之间的关系，也不如从前了。跟我一起来剑桥大学的高中同学都比我大，但是我们之间的关系也仅限于知道名字而已。路易斯和我壮着胆子开始了冒险。我们跟各种各样的人交朋友：有趣的人、健谈的人、不把自己太当回事儿的人。

我的自我保护意识总会在午夜之前自动提醒我该回去了，这时我就会拖着路易斯，趁着门卫还没锁门回到纽纳姆学院。虽然过了十二点也可以回去，但是得按门铃，门卫会大费周章地给你开门，你还得表现得很惭愧，因为门卫会用很可疑的眼神盯着你。

当时我还跟那个当兵的男朋友在一起，那时候他被派去参加第一次海湾战争。在离开前，他向我求婚。我内心"浪漫"的小人着急地想要答应，我觉得自己再不会像爱他一样爱别人。但是我内心另外一个叫作"现实"的小人告诉我，最好走一步看一步。他要去打仗，而我得去上大学，时机不对。所以我说:“等你回来的时候,再跟我求一次婚。”

我们在布莱兹·诺顿军用机场道别。在那里道别真让人心碎。我紧紧地抱住他,小声地说:“你一定得回来。”

我往后退了一步,最后映入眼帘的是他穿着“沙漠之鼠”迷彩服站在那儿的样子。他的帽穗挡住了左眼,他用手拨开了帽穗,给我敬了个礼,一直到我离开他都保持着那个姿势。在到家之前,我不得不因为泪水模糊双眼而停了三次车。

我们每天都给对方写信(我们很擅长这个),我也让自己全身心投入到大学生活中,忙起来就不会整天担心他到了哪儿、他在干什么,忙起来就不会想那么多。

我每天都看午餐时间和六点整的新闻播报,希望听到当天没有盟军伤亡的消息;每天都等着信,每次都会五六封一起寄来。我时不时会给他妈妈打电话,看看她听说了些什么。我的生活有两条主线,在第一条线中扮演着忠心却焦急的女朋友的角色,另一条线索中扮演的是生机勃勃的大一新生,无畏地探索新世界。

当然,还有家庭生活和冠军赛的挑战。我成功地说服了学校让我在校园里开车,在第一学期的前几周,我每天早上都会去纽马克特参加驯马师大卫·莫利的培训,这直接导致我每天听课都很难集中精力,每天早上十点钟,我的眼睛就开始困得打架。

杰曼·格里尔①正在滔滔不绝地上课,上的是关于莎士比亚和莎翁性暗示的文学符号。我心想,如果我把头搭在手臂上可以更好地听课。如果我……

“那边那个!”我在睡梦中都能听到老师用澳大利亚口音对着我喊。

---

① 澳洲作家及记者,被视为20世纪最重要的女权主义者之一。

我感觉到坐我边上的柯莱特用手肘碰了碰我。我坐直了。

“是的，就是你。”格里尔老师说，“你觉得上我的课很无聊吗？”

“不，”我着急地说，“一点儿都不。您的课非常有趣。”

“哪点有趣，请详细说说，”她问我，“哪一部分是你觉得最有趣的？”

格里尔老师盯着我，整个演讲厅的人都回头看着我。噢，天呐！她到底上到哪儿了？

“莎士比亚对于坚强、独立、睿智的女性的描写是跟对于男性的描写是一样的……我以前没觉得他是一位女权主义者，但是现在，我认为他是一位女权主义者。”

说到一半的时候我停住了，因为今天这场演讲的标题是“莎士比亚：一位原型女性主义者”。

“是的，”格里尔老师说，“然后呢？”

我得给出更多的细节。我瞄了一眼格莱特的笔记。她用大写字体写着：“《驯悍记》①。女性个人主义的贬低还是探索？”

“然后……凯特，”我接着说，“《驯悍记》中，对于女性个人主义的探索和对于一位身处传统父系婚姻限制的一位女性的保护。”

格里尔老师点了点头。我终于安全了。

“如果你在我的课上保持清醒，你就会发现你能学到更多”，她说，“接下来请大家对《哈姆雷特》中，把颅骨作为男性勃起失调的象征用法展开讨论。”

妈妈把她的手机——一个像砖头一样的东西，里面有一

① 威廉·莎士比亚早期的一部喜剧。

块电池，每次充电都只能用一个小时左右——借给了我。我是学院里唯一一个有手机的学生。爸爸每隔几天就会打电话问我的体重。他没有合适的赛马参加那年赛季的收官之战，那是一场6弗隆长的障碍赛，但是他一直都跟托比叔叔有联系。

“你叔叔说乔斯很合适，”爸爸说，“所以你千万不能超重，托比叔叔说了哪匹马能赢，那就一定会赢。”

周一早上的课我都是处在梦游的状态中，下课后开车前往金斯克利尔。我一进门，爸爸就催我上楼称重。我比原来重了点儿，但是对于乔斯来说，不会有太大的影响，这匹由托比叔叔选的赛马能承受11英石左右。但是，第二天一点钟在切普斯顿赛场的更衣室内，我发现我的腿“肿”了，裤子和靴子都很紧。我费了好大的劲儿才把皮靴拉上拉链。

第一百万次，我问自己：为什么我就不能像莉迪亚·皮尔斯一样苗条一点。她都不到8英石，根本都不用减肥。她那匹名叫小宝贝的赛马，也可以承重11英石左右。莉迪亚的马鞍和身上穿的衣服都有3英石了。

“只要活着，多重都好。”托比叔叔在称重室里面跟我这么说。他把我带到房间的另外一边，手臂搭上我的肩膀，神秘地说：

“听着，乔斯是一匹很可爱的赛马。从起点跑出来的时候要小心，不要让它的节奏跑乱了。它擅长短跑，心中对于赛跑的定义也是这样的——全力以赴。

“起跑的时候它的步伐非常利落。让它按照自己的节奏跑，你坐着就可以了。我知道它不是夺冠热门人选，但是相信我，它一定会赢。”

跟爸爸不同，托比叔叔并不反对赌马。当我们从小围场里出来的时候，我听到场地管理员介绍说乔斯在最近比赛中积分排位不断上升。别人是对它的能力有信心，而不是对我。

我搭着安德鲁,开着我的迷你车来到切普斯顿。他那年夏天离开学校,来为托比叔叔训练赛马,心想着申请英国皇家农业大学的马术商科学习,这意味着,对他来说赛马变成了一种“工作”。

我们一起走在赛道上巡视赛道,我脸上的表情很严肃,他则看起来像一个副手,脸上的表情很自然。切普斯顿的跑道由一条长长的直线赛道和弯道组成,就像一个浸染缸的形状。最后的弯道就像一个排水沟。

“一定要在这一个部分保留体力。”安德鲁边跑向终点线边说。我跟着他一起跑,心里想,如果运气好的话,我得赶在安德鲁之前通过这个地方。我们尽力跑着,在最后几步的时候,我抓住了他,在空中举起双手,就像班·克劳斯在《火战车》[①]中扮演的哈罗德·亚伯拉罕一样。安德鲁对着我笑。我觉得他可能是故意让我赢的。

爸爸随后开车来给我加油助威,妈妈没能来。我尽量不让自己看起来那么失望,但是我心里还是很难过。如果我能赢得冠军,我希望妈妈能在身旁,妈妈曾经陪着我开车跨越半个国家一场一场地参加比赛,如果我输了,我更需要她在我身边。我承认,我很大了才发现世界不是围着我转的,但是在十月的这个星期二,我觉得,至少在这一个小时,应该围着我转。

赛马中,你不能控制别人的行动,除非你把别人绑起来或者是故意让马加速来扰乱他的节奏。大多数时候,你只能控制自己的赛马,而且你的行为一点都影响不到别人。更衣

① 一部于1981年出品的英国电影,获得当年奥斯卡最佳影片。电影改编自真人真事,以两名1924年巴黎奥运会的运动员哈罗德·亚伯拉罕及埃里克·利德尔之经历为蓝本,描述他们在1910年代末至1920年代初期间,努力成为英格兰及苏格兰的奥运田径选手,而最后分别赢得100米及400米短跑金牌的故事。

室一片嘈杂。沙朗·穆加特罗伊德买了一瓶香槟,准备喷到我们之中的获胜者身上。伊莲娜·布朗逊则一直在闹脾气,她说要像去年那样撞我。她必须跑赢莉迪亚和我,争取前四的排名。

莉迪亚很安静。因为她的两个孩子都来看她比赛,所以她非常想赢,不想让孩子们失望。对于冠军,她有种志在必得的气势,必须要跑在我之前,赢得第一,别的名次都不行。

妈妈不在那儿真的让我很心烦。妈妈说我从来都没注意到她对我的支持,还说我一直想要表现给爸爸看,但是现在她不在场,我确实注意到了。这种感觉真糟糕。爸爸的注意力就像一盏聚光灯,只要这盏灯打在你身上,会让你看不到别的,但是爸爸的注意力很快就会移到场上别的地方。妈妈则不会让你有这样的感觉,她会持续不断地关注你,像一束温暖的阳光。

十分钟以内,我去了四次厕所,然后听到了集合铃声。

"骑手们!"

穆尔琪对着我大喊:"鲍尔丁,快点! 别尿了。我们要走了,快点儿!"

我急急忙忙地整理干净以后,跑过去赶上别的女选手。衣服裤子全都很紧,我行动不是很方便。托比叔叔、爸爸和安德鲁都站在一起。

"看门的说你得照顾两匹马。"托比叔叔说。他总是叫安德鲁"看门的",因为安德鲁小时候太胖了,看起来一点儿都不像一个骑手,托比叔叔总是开玩笑说要安德鲁当他的"看门的"。

"所以,很简单,别让别人靠近你。"

三人给我加完油之后,托比叔叔护送我来到了小围场边上,乔斯在那儿。我们跟着它跑了一会儿,我跑的时候一直用右脚向前跳,左脚一直向前伸着。托比叔叔托起我的脚助我跨上马背的时候，我听到裤子撕裂的声音。我的裤子后面裂开了。

我啥都没说，只谢谢上帝，还好我没胖到再减掉一两盎司才能穿上这条裤子的地步。路过小围场的时候，我听到了口哨声。是妈妈的声音，连续两次的口哨声，是妈妈在人群中让我找她的信号声。我扫视了一下人群中的脸，再次听到了口哨声。

“妈妈？”我喊出了声。

“啊，她想要妈妈了。”我听到一个赌马的人说。

又响起了口哨声，当我们走出小围场的时候，我看到妈妈站在人群里。她对我笑了笑，竖起大拇指，作出了“好运”的口型。我努力控制了下情绪，然后拍了拍乔斯的脖子。这是我第一次骑在它背上。

“它的绑绳是老式的，”牵着乔斯的马夫说，“所以别让它带着你从这儿跑到起点。如果拉不住的话就尽量用小跑的步伐。”

马夫放开了手，我一直把这匹深栗色赛马的头固定在左边，用这样的姿势让它走到规定的跑道上，这样才不会变成跑步的步伐。看起来虽然不是很好看，但是真的很管用。这也意味着我可以跑在跑道中间，远离人群。这样，观众就不会知道我的裤子开裂了。我不知道到底我该担心哪件事情：我的赛马会不会在比赛之前就冲出去，还是全世界都会看到我的屁股。

我们安全抵达了起点线，我很想看看裤子的裂缝有没有变得更大。如果我想要赢的话，那我就顾不上这些，所以，去你的尊严！为了追逐成功，有时候是得以尊严为代价的。

在等待其他赛马就位的时候，我拍了拍乔斯，看着眼前6弗隆长的跑道。接下来不到一分零十秒的时间将会决定我的命运。除了裤子上的裂缝，我的内心非常平静。反正都已经是事实了，就算赢不了也不过如此。我以前也尝过这样的滋味。

栅栏门开了，乔斯一下子就进入状态。我们处于领先地位，右边是莉迪亚·皮尔斯。我知道这个是因为我后来看了照片。在这场比赛中，我只知道面前有绿色的草皮，身后有一匹赛马。我稳稳地控制住乔斯的头和手中的缰绳，防止它跑得太快，同时开始倒数剩下的长度标志。在美国和澳大利亚，计时是最重要的，每个骑手都会学习如何精确掌控每弗隆用时的准确时间，对于一匹擅长中等赛程的好马来说，跑完 1 弗隆大约耗时 12 秒。全速跑 1 弗隆可能只需要不到 10 秒钟，但是不能一直用全速跑下去。我必须保存乔斯的体力，让它用比较平均的速度跑完全程，将领先优势保持到终点。

我的大脑变得一片空白。我并不担心冠军奖杯、赌马的人、爸爸或者是别的事情。用他们的话说，我当时是处在“归零状态”。重要的是，乔斯也处在这样的状态中。它的速度一点儿都没变慢，跑步的步伐像鼓点一样。我们跑过了最后一个弗隆标志，人群开始欢呼。我不敢往周围看，只紧紧地盯着我们面前的绿色草地，让乔斯保持全速前进。当我们越过终点线的时候，我的身体作出了反应，但是我的大脑还没反应过来。我右手松开了缰绳，握了握拳。

我往周围看，看到莉迪亚·皮尔斯在我们身后半个距离的位置，她是第二名。她大喊着：“干得漂亮！”

伊莲娜·布朗逊全速跑上来，拍了拍我的背部。穆尔琪笑着说：“并列第二。”

我并没有立刻兴高采烈起来。我觉得别人在赢得了一场重要的比赛时也不会立马狂喜。我想我还处在震惊当中，开始想自己要怎样表现。如果我表现得兴奋过头，我妈妈肯定会被我吓到，我也知道，如果我走到领奖台，每个人都会看到我的裤子开裂了。

我拍了拍乔斯,它还在大口喘气。对它来说,这只是一场午后的奔驰。虽然我只是坐在那儿,但是我内心很快就反应过来,开始兴奋得上气不接下气。

走到领奖台的感觉非常棒,所有把赌注压在我们身上的赌马人都得到了丰厚的回报,在为我们欢呼。场地管理员知道分数了以后,宣布我就是冠军,是“新女子冠军”!

当我从乔斯身上滑下来的时候,我尽量让自己背对着它,这样我的裤子就不会被拍到了。裂了缝的裤子太丢人了。

“跟在我后面,跟我一起走到称重室去。”我小声示意安德鲁。

“什么?”他大声问我。

“紧紧地跟在我身后,像一个看门的一样。”

这一次他总算明白了,然后掩护我回到了称重室。称完秤,我还没来得及回到称重室换裤子,就被直接带到了领奖台上。这并不是我人生中得到的最大的或者最好的奖杯,却是最重要的,因为这是我的收官之作。

我赢得了女子冠军。在我的简历上,这可比“钢琴二级”更让人印象深刻。

当我回到更衣室的时候,穆加特罗伊德打开了她摇了五分钟的香槟。香槟全都洒到了我身上,整个房间充满了欢声笑语。我看到莉迪亚·皮尔斯安静地收拾好东西离开更衣室,一言不发。我太清楚她的感受了。

“至少接下来你可以有努力的方向了,”我鼓励她,“你看看我,起码接下来就不用一直辛苦地保持这样的身材了。要知道我本来就很胖啊。”

她笑了,我们都知道这是实话。至少有一点好处,我可以回归正常的体重,可能比在我之前,或者在我之后的骑手都要重得多。

回到剑桥的时候我顺便回了一趟家,外祖母过来吃晚饭。餐桌上有我最喜欢的菜——烤鸡和我想涂多少就涂多少的牛奶沙司。

“我听说你把骑马裤撑坏了。”她说。我盯着安德鲁,他一脸内疚的样子,他一定在我背后说了这件事。“我一点儿都不惊讶你会把裤子撑坏,你在剑桥的伙食一直很好。”

“我还划船呢,”我说,“划船能长肌肉。”

“嗯,”外祖母说,“这回又划船了啊?那下回要干什么啊!”

她看看我爸爸,然后弹了弹鼻子。

“托比打电话给我了。感谢上帝她没把这次比赛搞砸。”

后　记

1990 年,是我带着决胜之心参加业余比赛的最后一年。虽然我后来也得过一些奖,但是再也没挑战过冠军。莉迪亚・皮尔斯在第二年赢得了女子冠军,这次带回家的香槟可少多了。她的儿子西蒙,现在是我弟弟的骑师学徒。

在我 21 岁的生日派对上,我打开了一瓶一直收藏着的香槟,我的高中和大学朋友都来参加了。我们一起为哆哆、沃特罗・帕克、六便士之歌和乔斯干杯。

第二学年末,我成了剑桥大学辩论队的队长,并且以 2.1 分的英语专业高分从纽纳姆学院毕业。

古德老师的丈夫是克莱尔学院的教务处主任,他和古德老师一起来公园马厩度过了周末。她很喜欢能从家里看到赛马的感觉,也很喜欢看着它们奔跑。我们参加了纽伯里的赛马,她这一次能准确地读出赛马的表格。

虽然在同一个国家,但是我跟军官的感情并没有开花结果。写信交往的时候我们的感情比较好,当他从海湾战争回来以后(谢天谢地他没有受伤),他再也没有跟我求婚。我当时觉得自己应该去约会,后来也见过一些别的男孩子,但是那种感觉不对,就像把书从图书馆里借出来,发现自己不是很喜欢这个故事以后再把书还回去。我对他们不是很好,也不喜欢跟他们在一起相处的感觉。过了几年我才发现,原来我不该从图书馆的这一区借书。

几年前,弟弟和他的妻子、孩子一起搬到了公园马厩。我的父母在花园边上建了一座新房子。安德鲁在 2003 年 1 月考取了训练师执照,那年卡斯韦尔・路克赢得了“橡树奖”,弟弟也训练了他的第一匹冠军马。我想要跟爸爸和弟弟在电视转播的时候做视频连线,但是没能成功,因为我们都在哭。安德鲁现在训练了超过150匹赛马,有60多个员工。有一天他可能会成为冠军训练师。

从剑桥毕业以后,我不想从事与赛马相关的工作,我想当作家。机缘巧合之下,我认识了英国广播公司广播部赛马比赛的通讯员科勒尼斯·林赛特,他让我在第五广播频道做了一个试音。一周之后,我成了赛马频道的自由记者。在1994年新成立的一个节目《5台在线》中,我成为实习体育记者。后来,我慢慢从幕后转到了台前,当朱利安·威尔逊离开以后,我在1998年1月接管了英国广播公司的赛马播报员一职,并且工作至今。

2010年外祖母过世,享年90岁。她生命的最后一句话是跟医生说的,医生可受了不少这个病人的坏脾气。医生要她喝水的时候,她说:

"你到底在干什么?你想要淹死我吗?"

我抽屉里还有一张外祖母写给我的明信片,上面写着:"我曾经说过你的那些话都是无稽之谈。很抱歉。"这是唯一一次,她为说了别人是傻瓜而道歉。

我现在很少骑马了,经常会有人问我怀不怀念骑马。这是我人生前二十年中很重要的一部分,对我后来的人生影响也很大。在人生的前二十年,我对这份事业全身心投入,非常兴奋,收获也颇丰。我心里非常清楚,如果我一直待在家,我的职业生涯就不会像现在这样。

我已经不再在意那些不赞同我的生活方式的人了,因为我知道自己并不是这些乌合之众的一分子。如果别人因为我跟他们不一样而看不惯我,我也不会因此而道歉。我希望每个人都能有做自己的勇气,努力为自己的信仰而努力,为了那些需要保护的人而反抗,继续爱他们所爱的,并为自己的努力而骄傲。

爱丽丝和我在一起已经十年了,2006年我们取得了合法的关系。我的父母很爱她，爸爸接受了爱丽丝的高尔夫球打得比他好的事实，托比有一天问我："你和爱丽丝婶婶已经结婚了吗？"

"是的，当然了。"我回答，心里想着，他才 3 岁，太小了，根本不会明白我跟爱丽丝的关系受到法律保护和不被法律认可的差别。

"那女人还能跟男人结婚吗？"他问。

"如果她们想跟男人结婚，当然可以这么做，大多数女人都会和男人结婚。但不是所有的都会嫁给男人。"

他用他纯洁的蓝色眼睛看着我，笑着说："我很爱爱丽丝阿姨。"

"我知道，我也很爱她。"

当我写这些的时候，阿尔奇，我们养的西藏梗犬正要我们带它去散步。我们每天的生活作息时间都是根据它来安排的，我想说的是，它跟我们的日常作息也非常合拍——早上的时候要散久一点儿，晚上的时候小溜一下。早上按时吃早餐，下午四点准时喝下午茶。它晚上睡在床上，白天睡在沙发上。我们把它宠坏了，它一点儿都不听话，但它是我们生活中的一部分，爱丽丝和我选择了它，也选择了这样的生活方式。如果不是它，我们过的就不是这样的日子啦。

致　谢

这本书，我在脑海中构思了很多年，在这里我想要感谢李·杜瑞尔，是他给了我借用杰洛德·杜瑞尔①一部伟大作品的标题②来命名的权利，也是他给了我信心，让我努力写好这本书。

在此之前我从来没写过书，一部分是因为我害怕，另一部分是因为我一直拿没时间当借口。

事实证明我确实是有时间的，而且我很享受完成这本书的过程。看完多恩·弗莱奇的自传《亲爱的胖胖》(*Dear Fatty*)，我突然意识到，原来我也是可以讲故事的，不需要按照时间顺序，也不需要事无巨细地将每个细节都仔细描述，我可以用自然的方法记录这些悲伤的或者开心的故事。她用书信来作为引入每一章节的开头，我就用动物。

进入到切实的写作部分，我有幸从詹姆斯·格兰特集团的妮可拉·艾宾逊那里得到了许多实际的帮助，她是个非常严格的“鞭策者”，提笔写字比费尽心思跟她找借口推脱说我写不下去了更容易。她把我引荐给了才华横溢的伊凡·马尔卡西，他为我审阅了我的每一个章节的每一个字，每次我需要找他帮忙的时候他都非常热心。我觉得，我也通过让他养了一只毛茸茸的比熊犬——查理，让他找到了生命中的爱，教会了他爱的意义。

在企鹅出版社，最有意思的要数约尔·尼基特。他友好，有耐心，做事非常专注，他的建议总能让我的文章变得更好。编辑莎拉·德伊的工作做得非常出色，我还要感谢吉

---

① 杰洛德·杜瑞尔(1925—1995年)：英国博物学家和作家。

② 此处指杰洛德·杜瑞尔在1956年出版的自传故事集 *My Animals and Other Family*。

尔·西里,他为每一章都添加了非常好看的插图。

另外,我还要感谢我的家人。感谢我的妈妈,尽管我跟妈妈说,她可以给我多提反对意见,但是她看完了这本书的初稿以后,没有太多指出我的不足。感谢我的爸爸,他总是说我不能按时完成,搞得我非常生气,所以我就要按时写完给他看看,结果我做到了。感谢我的弟弟安德鲁,对于我写的这本书,他非常兴奋,但是没有表露出来。感谢我的弟媳安娜·丽萨,她对此也非常兴奋,但是跟安德鲁不同,她把自己的兴奋搞得众人皆知。感谢爱丽丝,她不断地鼓励我,激发我,听我说故事,我写完了她还每一章、每一段地仔细读。

JJ、托比和弗洛拉,希望你们在读到你们的爸爸和克莱尔姑妈小时候的趣事时,能一同分享这些有趣的故事,也希望你们的童年能跟我们小的时候一样有趣,但是你们小时候可不许偷东西!

谢谢我的生命中为我带来欢乐、让我感受到爱的所有的动物,尤其是弗兰克,谢谢你一直跟我心有灵犀。阿尔奇和伊缇,这两只狗狗和猫猫目睹了我的全部写作过程,如果它们能看懂的话,我觉得它们应该也会很享受这本书。带阿尔奇散步,对我的写作来说非常关键,因为遛它,我才能有独自思考的时间。

最后,谢谢你们,谢谢你们读完我的故事。

译名对照表

人名：

Aga Khan 阿迦汗王子

Anatole France (Jacques Anatole François Thibault) 雅克·阿纳托尔·弗朗索瓦·蒂博

A.S.Byatt A.S.拜厄特

Alan 阿兰

Alan Partridge 艾伦·帕特奇

Albert Finney 阿尔伯特·芬尼

Alexis Carrington Colby 艾利克斯·卡林顿·库柏

Amanda Harwood 阿曼达·哈尔伍德

Andrew 安德鲁

Anna Sewell 安娜·休厄尔

Annie the Nanny 保姆安妮

Antonia Kingsland 安东尼娅·金世岚(Toe 妥伊)

Arnold Weinstock 阿诺德·温斯托克

Aunt Sheila 希拉姑姑

Balders 小秃子

Bear 熊

Beck 贝克

Ben Cross 班·克劳斯

Bill Palmer 比尔·帕尔默

Bob Champion 鲍勃·詹培恩

Brian 布莱恩

Bud McDougald 巴德·麦克道戈尔德

Cagney 卡尼

Captain Becher 比彻上尉

Captain Peter Hastings 彼得·黑斯廷斯上尉

Captain Peter Hastings-Bass 彼得·黑斯廷斯-巴斯上尉

Carol 卡罗
Cary Grant 加里·格兰特
Cass 凯斯
Cass Donner 凯斯·多内
Casual Look 卡斯韦尔·路克
Char 查尔
Charles Darwin 查尔斯·达尔文
Clare Balding 克莱尔·鲍尔丁
Clive Lloyd 克莱夫·劳埃德
Cornelius Lysaght 科勒尼斯·林赛特
Criquette Head 克里蒂克·海德
Crufts 克鲁弗兹
Daisy Dick 黛西·迪克
Danny Harrap 丹尼·哈瑞普
David Bowie 大卫·鲍威
David Nicholson 大卫·尼克森
David Wilson 大卫·威尔逊
Degas 德佳
Dennis Silk 丹尼斯·斯尔克
Diana 戴安娜
Dickens 狄更斯
Dougie Bunn 道奇·庞恩
E.W. Hornung E.W.霍楠
Earl of Huntingdon 亨廷顿伯爵
Echo 艾克
Eddie Macken 艾迪·麦肯
Elaine 伊莲娜
Elaine Bronson 伊莲娜·布朗逊
Eleanor Bron 埃莉诺·布朗
Eleanor Hoagland 埃莉诺·霍格兰
Eleanor Hoagland Balding 埃莉诺·霍格兰·鲍尔丁

Emily Dickinson 艾米丽·狄金森

Emma 艾玛

Emma Thompson 艾玛·汤姆森

Erwan Charpy 埃尔文·查尔皮

Florence Nagle 弗洛伦斯·那吉尔

Francis Arrowsmith 弗朗西斯·埃罗史密斯

Frankie Dettori 弗兰基·迪特里

Fred Astaire 弗莱德·阿斯泰尔

Fred Pontin 弗雷德·庞廷

Geoff Lewis 杰夫·里维斯

George Mathie 乔治·马西

George Smart 乔治·斯玛特

Gerald Balding 杰拉德·鲍尔丁

Geraldine Rees 杰拉尔丁·丽思

Germaine Greer 杰曼·格里尔

Gerry 格力

Gianfranco Dettori 吉安弗兰科·蒂托里

Gooch 高琪

Guy Harwood 盖伊·哈尔伍德

Harvey Smith 哈维·史密斯

Hayley Turner 哈莉·特纳

Heather Cox 西斯·科克斯

Heidi 赫蒂

Henrietta Short 韩琳娜·史特(Shorty 史迪)

Henry James 亨利·詹姆斯

Henry V 亨利五世

Henry VIII 亨利八世

Hercules 海格力斯

Hugh Russell 修·鲁塞尔

Hugo 雨果

Ian Balding 伊恩·鲍尔丁

Iris Murdoch 爱丽丝·莫多奇
Ivor 艾弗
Jackie Knee 杰琪·尼易
Jackson Pollock 杰克逊·珀洛克
Jane Allison 珍·艾利逊
Jane Austen 简·奥斯汀
Jane 珍
Jason 杰逊
Jenny Pitman 珍妮·彼得曼
Jim Corfield 吉姆·柯飞德
Jimmy Lindley 吉米·林德利
Joan Bakewell 胡安·贝克维尔
Joan Crawford 琼·克劳馥
Joanne Jones 胡安娜·乔斯
Jock Whitney 乔克·惠特尼
Joe Bonner 乔·博纳
Joel Garner 罗艾·加内
John Cook 约翰·库克
John Hallum 约翰·哈伦
John Matthias 约翰·马提亚斯
John Porter 约翰·波特
Jon Sayer 约翰·赛亚
Jonna 胡安那
Jonna Holley 胡安·霍雷
Julian Wilson 朱利安·威尔逊
Katherine 凯瑟琳
Krystle Carrington 克莱斯勒·卡林顿
Lacey 莱西
Lady Victoria Stanley 维多利亚·斯坦利夫人
Lester Piggott 莱斯特·皮尔哥特
Lionel Blair 莱昂纳尔·布莱尔
Lord Carnarvon 卡纳翁伯爵

Lord Howard 霍华德爵士
Louis Henri 路易斯·亨利
Louise Arter 路易斯·奥特尔
Lucinda Green 露辛达·格林
Lydia Pearce 莉迪亚·皮尔斯
Madame Cholet 科勒肖莱夫人
Madonna 麦当娜
Malcolm Marshall 马尔科·马沙尔
Margaret Drabble 玛格丽特·德拉贝尔
Marina Mohammed－Arif 马丽娜·穆罕默德·阿里夫
Mary Reveley 玛丽·莱福利
Mary Wollstonecraft 玛丽·沃斯通克拉夫特
Maxine Cowdrey 马克西恩·柯德利
Medusa 美杜莎
Mercy Rimell 梅西·里美尔
Michael Holding 麦克·霍汀
Michael Morpurgo 迈克·莫波格
Milo 米罗
Miss Farr 法尔老师
Miss Healy 希尔里老师
Miss Houghton 霍福顿老师
Mr Fell 费尔先生
Mrs Berwick 伯威克夫人
Mrs Carpenter 卡朋特夫人
Mrs Cook 库克老师
Mrs Gooder 古德夫人
Mrs Hamilton 汉密尔顿夫人
Mrs Jessop 约瑟普夫人
Mrs McDougald 麦克道加尔德夫人
Narcissus 那耳喀索斯
Nick Skelton 尼克·斯科尔顿

Norton 诺顿

Pandora 潘多拉

Pat Eddery 帕特·艾德里

Patrick 帕特里克

Patrick Swayze 帕特里克·斯威兹

Paul Cole 保罗·科勒

Paul Mellon 保罗·麦伦

Paul Schockemöhle 保罗·巧克摩尔

Peter Gabriel 彼得·盖布瑞尔

Pickle 泡菜

Prince Andrew 安德鲁王子

Prince Edward 爱德华王子

Priscilla Hastings 普里西拉·黑斯廷斯

Procul Harum 布兰卡·哈利姆

Ray Cochrane 雷·科克伦

Red Shah 莱德·沙哈

Reference Point 莱佛伦斯·波因特

Richard Dawkins 理查德·多金斯

Richard the Lionheart 狮心王理查一世

Rip van Winkles 瑞普·凡·温克尔

Robert Doisneau 罗伯特·杜瓦诺

Robin Hood 罗宾·汉

Sabrina Jewell 萨布丽娜·杰威尔

Sarah 莎拉

Sarah Carter 沙拉·卡特尔

Scully 斯卡利

Seamus O'Gorman 谢默思·欧格曼

Shakespeare 莎士比亚

Sharron Murgatroyd 沙朗·穆加特罗伊德

Sheikh Mohammed 迪拜酋长

Simon 西蒙

Simon Whitaker 西蒙·怀塔克

Sir William Bass 威廉·巴斯爵士

Snorter 鼻喷喷

Spartacus 斯巴达克斯

Speedy 斯皮迪

Spider 思派德

Stampy 斯坦彼

Steve Cauthen 史蒂夫·高森

Tallulah Bankhead 塔卢拉赫·班克黑德

the Princess Royal 长公主

Tod Sloan 托德·斯隆恩

Tom Watson 汤姆·沃森

Tony 托尼

Tracey Bailey 特雷西·贝利

Uncle Toby 托比叔叔

Ursula Andress 乌苏拉·安德斯

Viv Richards 威孚·理查兹

William 威廉

William Edward Robin Hood 威廉·爱德华·罗宾·汉

Willie Carson 威力·卡尔逊

Willie Simms 威力·希姆斯

Winston Churchill 温斯顿·丘吉尔

Wordsworth 华兹华斯

Yvonne Haynes 伊万娜·海尼斯

动物名：

Barney 巴尼(狗)

Bertie 贝狄(狗)

Cindy 辛迪(狗)

Dusk 德斯珂(狗)

Flossy 弗洛西(狗)

Jenny 珍妮(狗)

Lily 莉莉(狗)

Liz 利兹(狗)

Polly 波利(狗)
Willow 薇罗(狗)
Aldaniti 阿尔丹妮提(马)
Alreef 阿尔里夫(马)
Black Secret 黑色秘密(马)
Brigadier Gerard 格列准将(马)
Christmas Robin 克里斯马·罗宾(马)
Corbiere 柯碧尔(马)
Cornelius 科尔列斯(马)
Croft Valley 克罗夫特·瓦力(马)
Easter Hero 伊斯特·西罗(马)
Ellie May 艾利·梅尔(马)
Elvin 埃尔文(马)
Frank 弗兰克(马)
Free Press 福里·普莱斯(马)
Glint of Gold 金闪(马)
Hattie 海蒂(马)
Heinz 57 黑斯 57 号(马)
Knock Knock 哆哆(马)
Kovalevskia 科瓦勒夫(马)
Kris 克里斯(马)
Lester Piggott 莱斯特·皮戈特(马)
Lochsong 洛奇逊(马)
Mellottie 梅礼迪(马)
Merry Slipper 快乐拖鞋(马)
Mill Reef 水车礁石(马)
Miller's Tale 米勒·泰尔(马)
Mister Moose 米斯特·摩丝(马)
Parsifal 帕西法尔(Percy 帕西)(马)
Pot Luck 珀特·拉克(马)
Prince Frank 弗兰克王子(马)
Quirk 阔克(马)
Raffles 来福(马)
Red Rum 红拉姆(马)

Ross Poldark 罗斯·博尔达克(马)

Shergar 薛加尔(马)

Shirley Heights 雪莱·海慈(马)

Song of Sixpence 六便士之歌(马)

Specify 指定(马)

Straight Gold 斯特雷特·金(马)

Stuart 斯图尔特(马)

Tender Type 体贴(马)

The Minstrel 吟游诗人(马)

Troy 特洛伊(马)

Valkyrie 女武神(马)

Vixen 维克森(马)

Volcano 火山(马)

Waterlow Park 沃特罗·帕克(马)

Katie 凯蒂(猫)

Tommy 汤米(猫)

动物种类名:

Afghan hound 阿富汗猎犬

boxer 斗牛犬

Labrador 拉布拉多犬

Lurcher 勒车犬

Whipper-in 腊肠犬

Whippet 小灵犬

地名:

Ascot 阿斯科特

Ashampstead 阿沙姆斯提镇

Ashford Hill 阿萨福德

Bangor 班格尔

Barbados 巴巴多斯

Basingstoke 贝辛斯托克

Berkshire 伯克郡

Beverley 贝弗利

Bognor Regis 博格诺里吉斯

Brize Norton 布里兹·诺顿

Burghley 伯利

Cannon Heath Down 埃能希

斯丘陵

Cary Grant 加里·格兰特

Chantilly 尚蒂利

Chepstow 切普斯

Cirencester Park 塞伦赛斯特公园

Cold Ash 冷灰镇

Colorado 科罗拉多州

Cornwall 康沃尔

Cottington Hill 珂亭顿山

Denver 丹佛市

Doncaster 唐卡斯特

Dorset 多塞特郡

Epsom 埃普瑟姆

Folkestone 福克斯通

Glasgow 格拉斯哥

Goodwoo 古德伍德

Greenham Common 格林汉科门

Hackwood 哈克伍德

Hampshire 汉普郡

Hannington 汉宁顿镇

Haydock 海多克

Hickstead 希克斯缇德

Highclere 海克利尔

Hollywood 好莱坞

Hull 赫尔

Jaipur 斋浦尔

Jersey 泽西镇

Kempton 肯普顿

Kent 肯特

King's Road 国王路

Kingsclere 金斯克利尔

Knowsley 诺斯利

Knowsley Safari Park 诺斯利野生动物园

Lake District 湖区

Lambourn 兰波恩

Larkhill 云雀山

Leicestershire 莱斯特郡

Liverpool 利物浦

Lockinge 洛金郡

London 伦敦

Long Island 长岛

New Jersey 新泽西州

Newbury 纽伯里

Newmarket 纽马克特镇

Oxford 牛津市

Pangbourne 潘伯尼

Park House Stables 公园马厩

Patterdale 佩特戴尔

Penrith 潘丽斯

Salisbury 索尔兹伯里

Sandown 桑当

Selfridges 赛尔弗里

Shetland 设得兰群岛

Sloane Square 斯隆恩广场

Southampton 南开普敦

Swindon 斯文顿

Thatcham 萨彻姆

the Île de la Cité 西岱岛

Tweseldown 推斯顿

West Wittering 西威特林

Wylye 威力镇

赛马、奖项名:

Badminton Horse Trials 巴德明顿赛马比赛

Chesterfield Cup 切斯特菲尔德杯

Luhmühlen 德国路木伦赛马比赛

Royal Ascot 英国皇家阿斯科特赛马会

The 2000 Guineas 两千畿尼赛

The Arc 凯旋门奖

The Berks & Bucks Drag Hunt 波克巴克引路狩猎

The Cheltenham Gold Cup 切尔腾纳姆杯

The Coronation Cup 加冕杯

The Derby 德比奖

The Eclipse 日食奖

The Fox Hunter's 猎狐追逐赛

The Grand National 英国跑马比赛

The King George 乔治国王奖

杂志名：

Horse & *Hound* 《马与犬》

Newbury Weekly News 《纽伯里周报》

Sporting Life 《体育生活》

Telegraph 《电报》

The Guardian 《卫报》

The Sun 《太阳报》

译后记

克莱尔·鲍尔丁的家庭比大多数人的家庭都要大得多，不仅训练出了荣获冠军的赛马，并且有“永远都很重要”的爸爸，沉默但慈爱的妈妈、淘气的弟弟、古板的外祖母；还有赛马、小马驹、小矮马，和陪伴左右的斗牛犬和猎犬（勒车犬）。通过这些小故事，作者把她与动物家人之间相处的经历以及一同成长的历程，以回忆录的形式呈献给读者，传递了动物们教给作者的关于生命的真谛：快乐、悲伤、爱。

本书记录了作者从不被外祖母看好的小姑娘，到成功进入剑桥大学并成长为冠军业余女骑师的故事。每一个故事为一个章节，十九个章节浓缩成了一本精巧的回忆录。这些成长故事让人无比着迷。而作者的回忆，从脑海中浮现出一只名叫“糖果”的斗牛犬的脸开始。糖果是作者小时候最关心她的“人”。此外，外祖母思维古板，认为女孩比不上男孩；爸爸除了对训练赛马有极高的天分，对生活一窍不通；妈妈除了要照顾女儿和儿子安德鲁，还得是爸爸工作上的得力助手——妈妈的世界围着爸爸转；弟弟安德鲁长大后继承了家族的赛马事业，虽然小时候聪明淘气，常常跟着姐姐克莱尔做些傻事……

这本回忆录的主人翁——克莱尔·鲍尔丁，是一个独立、坚韧不屈，有自己独到想法的勇敢的姑娘。除了上面提到的家人，她的其他“家庭成员”还包括名驹水车礁石、女武神、火山、弗兰克、亨利、哆哆，等等。总之，所有的动物家人都是她生命舞台剧中不可或缺的“主角”，也因此让她的成长经历变得精彩纷呈。这些天使的趣事，在作者“崎岖”的童年道路上，载满了整整一箩筐的快乐：她剪坏了小矮马火山的鬃毛，却在与火山的配合下赢得了很多趣味赛马比赛的第一名；猎犬巴尼的意外死亡，教会了小小的她绝对不能说谎；患有色盲症的小马弗兰克对阳光过敏，曾在跨越彩色栅栏的时候出尽洋相，但作者却发现弗兰克在引路狩猎时其实是一把好手，最后让外祖母都对这搭档的配合刮目相看……故事尽管个个独立，但都对作者的成长有举足轻重的影响，都饱含了作者真切的心理感受和生命体验。成长时期的林林总总，让我们倍感亲切，故事中若隐若现地折射着我们自己的影子；而作者与她的动物，尤其是她与赛马之间的故事，不仅让我们领略了赛马以及赛马运动的风采，也激发了读者心中对于动物与人类之间最本真、最淳朴的关系的向往。

对马、犬的驯化历史，一直伴随在人类文明的发展历程中。在与同类的交往中，人类变得世故；而这样的精明、算计在与赛马、犬类的相处中只会反射出人类的笨拙。犬类对于人类的顺从是一种崇拜，而马对于人类的顺从却需要长时间与人的相处，是建立在马与人相互磨合的基础上的一种尊重。因此，在作者与赛马的相处中，她必须展现出最好的自己；而作为回报，这样的相处让作者在不断变化的成长环境中，能最大程度地保有自我。对于心态浮躁的现代人来说，这是一本很好的启迪之书。

谨以此书献给我所有的家人。

朱虹博

2015 年 · 冬